匪我思存作品

FEIWOSICUN

WORKS

CHRONICLE

OF LIFE 01

匪我思存作品

FEIWOSICUN

WORKS

CHRONICLE

OF LIFE 01

寂寞空庭春欲晚

匪我思存 著

FEIWOSICUN
WORKS
CHRONICLE
OF LIFE

天為誰春

一生一代一雙人，爭教兩處銷魂。相思相望不相親，天為誰春？
槳向藍橋易乞，藥成碧海難奔。若容相訪飲牛津，相對忘貧。

——納蘭容若〈畫堂春〉

己未年的正月十六，天色晦暗，鉛雲低垂。到了未正時分，終於下起了雪珠子，打在琉璃瓦上沙沙輕響。那雪下得又密又急，不一會兒工夫，只見遠處屋宇已經覆上薄薄一層輕白。近處院子裡青磚地上，露出花白的青色，像是潑了麵粉口袋，撒得滿地不均。風刮著那雪霰子起來，打在臉上生疼生疼。玉箸連忙轉身放下簾子，屋子中央一盆炭火嗶剝有聲，她走過去拿火鉗撥火，不想火鉗碰到炭灰堆裡，卻是沉沉的觸不動，不由笑著說：「這必又是誰打下的埋伏，成日只知道嘴饞。」

話猶未落，卻聽門外有人問：「玉姑姑這又是在罵誰呢？」跟著簾子一挑，進來個人，穿一身青袍子，進了屋子先摘了帽子，一面撣著纓子上的雪珠，一面笑著說：「大正月裡，您老人家就甭教訓她們了。」

玉箸見是四執庫的小太監馮渭，便問：「小猴兒崽子，這時辰你怎麼有閒逛到我們這裡來？」馮渭一轉臉看到火盆裡埋著的芋頭，拿火鉗夾起來，笑嘻嘻地問：「這是哪位姐姐焐的好東西，我可先偏了啊。」說著便伸手去剝皮，炕上坐著拾掇袍服的畫珠回頭見了，恨聲道：「只有你們眼尖嘴饞，埋在炭灰裡的也逃不過。」那芋頭剛從炭火裡夾出來，燙得馮渭直甩手叫哎喲。畫珠不禁哧地一笑，說：「活該！」

馮渭捧著那燙手山芋，咬了一口，燙得在舌尖上打個滾就胡亂吞下去，對玉箸說道：「玉姑姑，畫珠姐姐是出落得越發進宜了，趕明兒得了高枝，也好提攜咱們過兩天體面日子。」畫珠便啐他一口：「呸！狗嘴裡吐不出象牙來！我沒有那好命。」馮渭往手上呼呼吹著氣：「妳別說，這宮裡頭的事，還眞說不準。就拿那端主子來說，還沒有畫珠姐姐妳模樣生得好，誰想得到她有今天？」

玉箸便伸指在他額上一戳：「又忘了教訓不是？別拿主子來跟咱們奴才混比，沒規矩，看我回頭不告訴你諳達去。」馮渭吐了吐舌頭，啃著那芋頭說：「差點忘了正經差事，諳達叫我來看，那件鴉青起花團福羽緞熨妥了沒有？眼見下著雪，怕回頭要用。」玉箸向裡面一揚臉，說：「琳琅在裡屋熨著呢。」馮渭便掀起裡屋的簾子，伸頭往裡面瞧。只見琳琅低著頭執著熨斗，彎腰正熨著衣服。一抬頭瞧見他，說：「瞧你那手上漆黑，回頭看弄髒了衣服。」

馮渭三口兩口呑下去，拍了拍手說：「別忙著和我計較這個，主子的衣裳要緊。」畫珠正走進來，說：「少拿主子壓咱們，這滿屋子掛的、熨的都是主子的衣裳。」馮渭見畫珠搭腔，不敢再裝腔拿架子，只扯別的說：「琳琅，妳這身新衣裳可眞不錯。」畫珠說：「沒上沒下，琳琅也是你叫的，連聲姐姐也不會稱呼了？」馮渭只是笑嘻嘻的：「她和我是同年，咱們不分大小。」琳琅不願和他胡扯，只問：「可是要那件鴉青羽緞？」

馮渭說：「原來妳聽見我在外頭說的話了？」琳琅答：「我哪裡聽見了，不過外面下了雪，想必是要羽緞——皇上向來揀莊重顏色，我就猜是那件鴉青了。」馮渭笑起來：「妳這話和諳達說的一樣。琳琅，妳可緊趕上御前侍候的人了。」

琳琅頭也未抬，只是吹著那熨斗裡的炭火：「少在這裡貧嘴。」畫珠取了青綾包袱來，將那件鴉青羽緞包上給馮渭，打發他出了門，抱怨說：「一天到晚只會亂嚼舌根。」又取了熨斗來熨一件袍服，歎氣說：「今兒可正月十六了，年也過完了，這一年一年說是難混，一眨眼也就過去了。」

琳琅低著頭久了，脖子不由發痠，於是伸手揉著，聽畫珠這樣說，不由微笑：「再熬幾年，就可以放出去了。」畫珠哧地一笑：「小妮子又思春了，我知道妳早也盼晚也盼，盼著放出宮去好嫁個小女婿。」琳琅走過去給熨斗添炭，嘴裡道：「我知道妳也是早也盼晚也盼，盼有揚眉吐氣的一日。」畫珠將臉孔一板：「少胡說。」琳琅笑道：「這會子拿出姐姐的款來了，得啦，算是我的不是好不好？」她軟語嬌聲，畫珠也繃不住臉，到底一笑罷了。

申末時分雪下得大了，一片片一團團，直如扯絮一般綿綿不絕。風倒是息了，只見那雪下得越發緊了，四處已是白茫茫一片。連綿起伏金碧輝煌的殿宇銀妝素裹，顯得格外靜謐。因天陰下雪，這時辰天已經擦黑了，玉箸進來叫人說：「畫珠，雪下大了，妳將那件紫貂端罩包了送去，只怕等他們臨了手忙腳亂，打發人取時來不及。」畫珠將辮子一甩，說道：「大雪黑天的送東西，姑姑就會挑剔我這樣的好差事。」琳琅說：「妳也太懶了，連姑姑都使不動妳。罷了，還是我去，反正我在這屋裡悶了一天，那炭火氣熏得腦門子疼，況且今兒是十六，只當是去走百病。」

最後一句話說得玉箸笑起來：「提那羊角燈去，仔細腳下別摔著。」

琳琅答應著，抱了衣服包袱，點了燈往四執庫去。天已經黑透了。各處宮裡正上燈，遠遠看見稀稀疏疏的燈光。那雪片子小了些，但仍舊細細密密，如篩鹽，如飛絮，無聲無息落著。隆福門的內庭宿衛正當換值，遠遠只聽見那佩刀碰在腰帶的銀釘之上，叮噹作響劃破寂靜。她深一腳淺一腳走著，踩著那雪浸濕了靴底，又冷又潮。

剛剛走過翊坤宮，遠遠只見迤邐而來一對羊角風燈，引著一乘肩輿從夾道過來，她連忙立於宮牆之下靜候迴避。只聽靴聲橐橐，踏在積雪上吱吱輕響。抬著肩輿的太監步伐齊整，如出一人。琳琅低著頭屏息靜氣，只覺一對一對的燈籠照過面前的雪地，忽聽一個清婉的聲音，喚著自己名字：「琳琅。」又叫太監：「停一停。」琳琅見是榮嬪，連忙請了一個雙安：「奴才給榮主子請安。」

榮嬪點點頭，琳琅又請安謝恩，方才站起來。見榮嬪穿著一件大紅羽緞斗篷，映著燈光灩灩生色，她在輿上側了身跟琳琅說話，露出裡面一線寶藍妝花百福緞袍，袖口出著三四寸的白狐風毛，輕輕軟軟拂在琺瑯的銅手爐上，只問她：「這陣子可見到芸初？」

琳琅道：「回榮主子話，昨兒我去交衣裳，還和她說了會子話。芸初姑娘很好，只是常常惦記主子，又礙著規矩，不好經常去給主子請安。」榮嬪輕輕點了點頭，說：「過幾日我打發人去瞧她。」她是前去慈寧宮太皇太后那裡定省，只怕誤了時辰，所以只說了幾句話，便示意太監起轎。琳琅依規矩避在一旁，待輿轎去得遠了，方才轉身。

她順著宮牆夾道走到西暖閣外，四執庫當值的太監長慶見了她，不由眉開眼笑：「是玉姑打發妳來的？」琳琅道：「玉姑姑看雪下大了，就怕這裡的諳達們著急，所以叫我送了件端罩來。」長慶接過包袱去，說道：「這樣冷的天，真是生受姑娘了。」琳琅微笑道：「公公太客氣了，玉姑姑常念著諳達們的好處，說諳達們常常替咱們擔待。況且這是咱們分內的差事。」長慶見她如此說，心裡歡喜：「回去替我向玉姑道謝，難爲她想得這樣周全，特意打發姑娘送來。」

琳琅正待要說話，忽見直房簾櫳響動，有人打起簾子，暈黃的燈映著影影綽綽一個苗條身子，欣然問：「琳琅，是不是妳？」琳琅只覺簾內暖氣洋洋拂在人臉上，不由笑道：「芸初，是我。」

芸初忙道：「快進來喝杯茶暖暖手。」

直房裡籠了地炕火龍，又生著兩個炭盆，用的銀骨炭，燒得如紅寶石一樣，絕無嗶剝之聲。琳琅迎面叫炭火的暖氣一撲，半晌才緩過勁來。芸初說：「外頭眞是冷，凍得腦子都要僵了似的。」將自己的手爐遞給琳琅，叫小太監倒了熱茶來，又說：「還沒吃晚飯吧，這餑餑是上頭賞下來的，妳也嚐嚐。」琳琅於是說：「路上正巧遇上榮主子，說過幾日打發人來瞧妳呢。」芸初聽了，果然高興，問：「姐姐氣色怎麼樣？」

琳琅說：「自然是好，而且穿著皇上新賞的衣裳，越發尊貴。」芸初問：「皇上新賞了姐姐衣裳麼？她告訴妳的？」琳琅微微一笑，說：「主子怎麼會對我說這個，是我自個兒琢磨的。」

芸初奇道：「妳怎麼琢磨出來？」

琳琅放下了手爐，在盤子裡揀了餑餑來吃，說道：「江寧織造府年前新貢的雲錦，除了太皇太后、太后那裡，並沒有分賞給各宮主子。今天瞧見榮主子穿著，自是皇上新近賞的。」兩句話倒說得芸初笑起來：「琳琅，明兒改叫妳女諸葛才是。」琳琅微笑著說：「我不過是憑空猜測，哪裡經得妳這樣說。」

芸初又問：「畫珠還好麼？」琳琅說：「還不是一樣淘氣。」芸初道：「咱們三個人，當年一塊兒進宮來，一塊兒被留牌子，在內務府學規矩的時候，又住同一間屋子，好得和親姊妹似的，到底算是有緣分的。可恨如今我孤零零一個人在這兒，離妳們都遠著，連說句貼心話的人也沒有。」

琳琅道：「何苦說這樣的話，咱們隔得雖遠，平日裡到底還能見著。再說妳當著上差，又總照應著我和畫珠。」芸初道：「妳先坐著，我有樣好東西給妳。」進裡屋不大一會兒，取了小小兩貼東西給她：「這個是上回表姐打發人來看我給我的，說是朝鮮貢來的參膏，擦了不皴不凍呢。給妳一貼，還有一貼給畫珠。」琳琅說：「榮主子給妳的，妳留著用就是了。」芸初說：「我還有，況且妳拿了，比我自己用了我還要高興呢。」琳琅聽她這樣說，只得接了。因天色已晚，怕宮門下鑰，琳琅與她又說了幾句話，便告辭回去了。

那雪綿綿下了半夜，到下半夜卻晴了。一輪斜月低低掛在西牆之上，照著雪光清冷，映得那窗紙透亮發白。琳琅睡得迷迷糊糊，睡眼惺忪地翻個身，還以為是天亮了，怕誤了時辰，坐起來聽，遠遠打過了四更，復又躺下。畫珠也醒了，卻慢慢牽過枕巾拭一拭眼角。琳琅問：「又夢見妳額娘了？」

畫珠不作聲，過了許久，方才輕輕「嗯」了一聲。琳琅幽幽歎了口氣，說：「別想了，熬得兩年放出去，總歸還有個盼頭。妳好歹有額娘，有親哥哥，比我不知強上多少倍。」畫珠道：「妳都知道，我那哥哥實實是個酒混帳，一喝醉了就打我，打我額娘。自打我進了宮，還不曉得我那額娘苦到哪一步。」琳琅心中酸楚，隔著被子輕輕拍了拍她：「睡吧，再過一會兒，又要起來了。」

每日裡辰正時分衣服就送到浣衣房裡來了。玉箸分派了人工，琳琅、畫珠所屬一班十二個人，向例專事熨燙。琳琅向來做事細緻，所以不用玉箸囑咐，首先將那件玄色納繡團章龍紋的袍子鋪在板上，拿水噴了，一回身去取熨斗，不由問：「誰又拿了我的熨斗去了？」畫珠隔著衣裳架子向她伸一伸頭，說：「好妹妹，我趕工夫，先借我用一用。」琳琅猶未答話，玉箸已經說：「畫珠，妳終歸有一日要懶出毛病來。」畫珠在花花綠綠的衣裳間向她扮個鬼臉，琳琅另外拿熨斗夾了炭燒著，一面俯下身子細看那衣裳：「這樣子馬虎，連這滾邊開線也不說一聲，回頭交上去，又有得饑荒。」

玉箸走過來細細看著，琳琅已經取了針線籃子來，將那黧色的線取出來比一比。玉箸說：「這個要玄色的線才好——」一句未了，自己覺察失言，笑道：「眞是老悖晦了，衝口忘了避諱。」畫珠嗔道：「姑姑成日總說自己老，其實瞧姑姑模樣，也不過和我們差不多罷了，只是何曾像我們這樣笨嘴拙舌的。」玉箸哧地一笑，說：「妳笨嘴拙舌，妳是笨嘴拙舌裡挑出來的。」因見著那件蜜色哆羅呢大氅，於是問：「熨好了不曾？還不快交過去，咸福宮的人交來的時候就說立等著呢，若是遲了，又有得饑荒。」畫珠將大氅折起來，嘴中猶自道：「一般都是主子，就見著那位要緊。」琳琅將手中線頭咬斷，回身取了包袱將大氅包起來，笑道：「我替妳送去吧，妳就別絮絮叨叨了。」

她從咸福宮交了衣裳出來，貪近從御花園側的小路穿過去，順著岔路走到夾道，正巧遇上馮渭抱著衣裳包袱，見了她眉開眼笑：「這眞叫巧了，萬歲爺換下來的，妳正好帶回去吧。」琳琅說：「我可不敢接，又沒個交割，回頭若是短了什麼，叫我怎麼能說得清白？」馮渭說：「裡頭就是一件灰色江綢箭袖。」琳琅道：「又在信口開河，在宮裡頭，又不打獵行圍，又不拉弓射箭，怎麼換下箭袖來？」

馮渭打開包袱：「妳瞧，不是箭袖是什麼？」他眉飛色舞地說道：「今兒萬歲爺有興致，和幾位大人下了彩頭，在花園裡比試射鵠子，那個叫精采啊。」琳琅問：「你親眼瞧見了？」馮渭不由吃癟：「我哪裡有那好福氣，可以到御前侍候去？我是聽諳達說的——」將手一比劃：「萬歲爺自不用說了，箭箭中的，箭無虛發。難得是侍衛納蘭大人奪了頭彩，竟射了個一箭雙鵰。」話音未畢，只聽他身後「唧」的一聲，琳琅抬頭看時，卻原來是一隻灰色的雀兒，撲著翅飛過山石那頭去了。她目光順著那鳥，舉頭看了看天色，西斜日影裡，碧空湛藍，一絲雲彩也沒有，遠遠仰望，彷彿一汪深潭靜水，像是叫人要溺斃其中一樣。不過極快的工夫，她就低頭說：「瞧這時辰不早了，我可不能再聽你閒磕牙了。」馮渭將包袱往她手中一塞：「那這衣裳交給妳了啊。」不待她說什麼，一溜煙就跑了。

琳琅只得抱了衣裳回浣衣房去，從鍾粹宮的角門旁過，只見四個人簇擁著一位貴婦出來，看那服飾，倒似是進宮來請安的朝廷命婦，連忙避在一旁。卻不想四人中先有一人訝然道：「這不是琳姑娘？」琳琅不由抬起頭來，那貴婦也正轉過臉來，見了琳琅，神色也是又驚又喜：「眞是琳姑娘。」琳琅已經跪下去，只叫了一聲：「四太太。」

那四人中先前叫出她名字的，正是侍候四太太的大丫頭，見四太太示意，連忙雙手攙起琳琅。四太太說：「姑娘快別多禮了，咱們是一家人，再說這又是在宮裡頭。」牽了琳琅的手，欣然道：「這麼些年不見，姑娘越發出挑了。老太太前兒還惦記，說不知什麼時候才能見上姑娘一面呢。」琳琅聽她這樣說，眼圈不由一紅，說：「今兒能見著太太，就是琳琅天大的福氣了。」一語未了，語中已帶一絲嗚咽之聲，連忙極力克制，強笑道：「太太回去就說琳琅給老太太請安。」宮禁之地，哪裡敢再多說，只又跪下來磕了個頭。四太太也知不便多說，只說：「好孩子，妳自己保重。」琳琅靜立宮牆之下，遙遙目送她遠去，只見連綿起伏的宮殿盡頭，天際幻起一縷一縷的晚霞，像是水面漣漪，細細碎碎浮漾開來。半空便似散開了的五色綢緞，光彩流離，四面卻漸漸滲起黑，彷彿墨汁滴到水盂裡，慢慢洇開了來。

出了宮門，天已經擦黑了，待回到府中，已經是掌燈時分。小廝們上來挽了馬，又取了凳子來，丫頭先下了車，二門裡三四個家人媳婦已經迎上來：「太太回來了。」四太太下了車，先至上房去，大太太、三太太陪了老太太在上房摸骨牌，見四太太進來，老太太忙撂了牌問：「見著姑奶奶了？」

四太太先請了安，方笑吟吟地說：「回老太太的話，見著惠主子了。主子氣色極好，和媳婦說了好半晌的話呢，又賞了東西叫媳婦帶回來。」丫頭忙奉與四太太遞上前去，是一尊赤金菩薩，並沉香枴、西洋金錶、貢緞等物。老太太看了，笑著連連點頭，說：「好，好。」回頭叫丫頭：「怎麼不攙妳們太太坐下歇歇？」

四太太謝了座，又說：「今兒還有一樁奇遇。」大太太便笑道：「什麼奇遇，倒說來聽聽，難道妳竟見著聖駕了不成？」四太太不由笑道：「老太太面前，大太太還這樣取笑，天底下哪裡有命婦見聖駕的理——我是遇上琳姑娘了。」

老太太聽了，果然忙問：「竟是見著琳琅了？她好不好？定然又長高了。」四太太便道：「老太太放心，琳姑娘很好，人長高了，容貌也越發出挑了，還叫我替她向您請安。」老太太歎息了一聲，說：「這孩子，不枉我疼她一場。只可惜她沒造化……」頓了一頓，說：「回頭冬郎回來，別在他面前提琳琅這話。」

四太太笑道：「我理會的。」又說：「惠主子惦著您老人家的身子，問上回賞的參吃完了沒有，我回說還沒呢。惠主子還說，隔幾日要打發大阿哥來瞧老太太。」老太太連聲說：「這可萬萬使不得，大阿哥是天潢貴冑，金枝玉葉，惠主子這樣說，別折煞我這把老骨頭了。」大太太、三太太自然湊趣，皆說：「惠主子如今雖是主子，待老太太的一片孝心，那是沒得比，不枉老太太素日裡疼她。」老太太道：「咱們家這些女孩兒裡頭，也算她是有造化的了，又爭氣，難得大阿哥也替她掙臉。」

正說話間，丫頭來說：「大爺回來了。」老太太一聽，眉開眼笑，只說：「快快叫他進來。」丫頭打起簾子，一位年輕公子已翩然而至。四太太抿嘴笑道：「冬郎穿了這朝服，才叫英氣好看。」容若已經叫了一聲：「老太太。」給祖母請了安，又給幾位伯母叔母請安。老太太拉了他的手，命他在自己榻前坐下，問：「今兒皇上叫了你去，公事都妥當嗎？」容若答：「老太太放心。」又說：「今兒還得了彩頭呢。」他將一支短銃雙手奉上與老太太看：「這是皇上賞的。」老太太接在手裡掂了一掂，笑道：「這是什麼勞什子，烏沉沉的？」容若道：「這是西洋火槍。今天在園子裡比試射鵠子，皇上一高興，就賞給我這個。」

四太太在一旁笑道：「我還沒出宮門就聽說了，說是冬郎今天得了頭彩，一箭雙鵰。不獨那些侍衛們，連幾位貝子、貝勒都被一股腦比了下去呢，皇上也很是高興。」老太太笑得直點頭，又說：「去見你額娘，教她也歡喜歡喜。」容若便應了聲「是」，起身去後堂見納蘭夫人。

納蘭夫人聽他說了，果然亦有喜色，說道：「你父親成日地說嘴，他也不過是恨鐵不成鋼。其實皇上一直待你很好，你別辜負了聖望才是。」容若應了「是」，納蘭夫人倒似想起一事來：「官媒拿了庚帖來，你回頭看看。你媳婦沒了快兩年了，這事也該上心了。」見他低頭不語，便道：「我知道你心裡仍舊不好受，但夫妻倫常，情分上頭你也盡心盡力了。」容若道：「此事但憑母親做主就是了。」

納蘭夫人半晌才道：「續弦雖不比元配，到底也是終身大事，你心裡有什麼意思，也不妨直說。」容若說：「母親這樣說，豈不是叫兒子無地自容？漢人的禮法，是父母之命，媒妁之言。咱們滿人納雁通媒，也是聽父母親大人的意思才是規矩。」

納蘭夫人道：「既然你這麼說，我也只去稟過老太太，再和你父親商量吧。」

容若照例陪母親侍候老太太吃畢晚飯，又去給父親明珠定省請安，方出來回自己房裡去。

丫頭提了燈在前頭，他一路迤邐穿廳過院，不知不覺走到月洞門外，遠遠望見那迴廊角落枝椏掩映，朦朧星輝之下，恍惚似是雪白一樹玉蕊瓊花，不由怔怔住了腳，脫口問：「是梨花開了麼？」

丫頭笑道：「大爺說笑了，這節氣連玉蘭都還沒有開呢，何況梨花？」容若默然不語，過了半晌，卻舉足往迴廊上走去，丫頭連忙跟上去。夜沉如水，那盞燈籠暖暖一團暈黃的光，照著腳下的青石方磚。一塊一塊三尺見方的大青磚，拼貼無縫，光潔如鏡。一磚一柱，一花一木，皆是昔日她的衣角窸窣拂過，夜風凜冽，吹著那窗扇微微動搖。

他仰起臉來，只見蒼茫夜空中一天璀璨的星子，東一顆，西一簇，彷彿天公順手撒下的一把銀釘。伸手撫過廊下的朱色廊柱，想起當年與她賭詞默韻，她一時文思偶滯，便只是撫著廊柱出神，或望芭蕉，或拂梨花。不過片刻，便喜盈盈轉過身來，面上梨渦淺笑，宛若春風。

他心中不由默然無聲地低吟：「風也蕭蕭，雨也蕭蕭，瘦盡燈花又一宵。」如今晴天朗星，心裡卻只是苦雨淒風，萬般愁緒不能言說。

醒也無聊，醉也無聊，夢也何曾到謝橋……

琳琅仰面凝望宮牆一角，襯著碧紫深黑的天。紅牆四合，天像是一口深深的井，她便在那井底下，只能凝佇，如同永遠沒有重見天日的時刻。那春寒猶冽的晚風，刀子一樣割在臉上也並不覺得。自從別後，她連在夢裡也沒有見過他……夢也何曾到謝橋……

畫珠出來見著，方「哎喲」了一聲，說道：「妳不要命了，這樣的天氣裡，站在這風頭上吹著？」琳琅這才覺得背心裡寒颼颼的，手足早已凍得冰涼，只說道：「我見一天的好星光，一時就看住了。」畫珠說：「星星有什麼好看，再站一會兒，看不凍破妳的皮。」

琳琅也覺著是凍著了，跟畫珠回到屋裡，坐在炭火旁暖了好一陣子，方覺得緩過來。畫珠先自睡了，不一會兒琳琅便聽她呼吸均停，顯是睡得熟了。火盆裡的炭火燃著，一芒一芒的紅星漸漸褪成灰燼。燈裡的油不多了，火焰跳了一跳，琳琅拔下髮間的簪子撥了撥燈芯，聽窗外風聲淒冷，那風是越刮越大了。她睡得不沉穩，半夢半醒之間，那風聲猶如在耳畔，嗚咽了一夜。

那春寒料峭的晚風，最是透寒刺骨。琳琅第二天起來，便有些氣滯神餳，強打精神做了大半個時辰的差事。畫珠就問：「妳別不是受了風寒吧？昨天下半宿只聽見妳在炕上翻來覆去。」琳琅說：「哪裡有那樣嬌貴，過會子喝碗薑湯，發散發散就好了。」不想到了下半晌，卻發起熱來。玉箸見她臉上紅彤彤的，走過來握一握她的手，「哎喲」了一聲，說：「我瞧妳那臉色就不對。怎麼這樣燙人？快去躺著歇一歇。」琳琅猶自強撐著說：「不必。」畫珠已經走過來，連推帶搡將她攙到炕上去了，說：「橫豎差事還有我，妳就歇一歇吧。」

琳琅只覺乏到了極處，不一會兒就昏昏沉沉睡著了。她人發著熱，恍恍惚惚卻像是聽見在下雨，人漸漸醒來，才知道是外間嘈嘈切切的講話聲。那聲音極低，她躺在炕上心裡安靜，隔了許久也才聽見一句半句，像是玉箸在和誰說著話。她出了一身汗，人卻覺得鬆快些了。睜眼看時，原來已經差不多是酉時光景了。

她坐起來穿了大衣裳，又攏了攏頭髮，只不知道是什麼人在外頭，躊躇了一下方挑起簾子。只見外面炕上上首坐著一位嬤嬤，年紀在四十上下，穿石青色緞織暗花梅竹靈芝袍，頭上除了赤金鑲珠扁方，只插帶通花。拿了支熟銅撥子正撥手爐裡的炭火，那左手指上兩支三寸來長的玳瑁嵌米珠團壽護甲，碰在手爐上叮噹作響，穿戴並不遜於主子。玉箸見琳琅掀簾出來，忙點手叫她：「這是太后跟前的英嬤嬤。」

琳琅忙請安，英嬤嬤卻十分客氣，伸了手虛扶了一扶。待她抬起臉來，那英嬤嬤卻怔了一怔，方牽著她手，細細打量一番，問：「叫什麼名字？」又問：「進宮幾年了？」

琳琅一一答了，玉箸才問她：「好些了麼？怎麼起來了？」琳琅道：「難爲姑姑惦記，不過是吹了風，受了些涼寒，這會子已經好多了。」玉箸就叫她：「去吃飯吧，畫珠她們都去了呢。」

待她走後，玉箸方笑著向英嬤嬤道：「嬤嬤可是瞧上這孩子了麼？」英嬤嬤笑了一聲，說道：「這孩子骨子清秀，竟是個十分的人才。只是可惜——妳我也不是外人，說句僭越沒有上下的話，我瞧她的樣子，竟有三分像是老主子爺的端敬皇后那品格。」玉箸聽了這一句，果然半晌作不得聲，最後方道：「我們名下這些女孩子裡，數這孩子最溫和周全，針線上也來得，做事又老到，只可惜她沒福。」英嬤嬤說道：「太后想挑個妥當人放在身邊服侍也不是一日兩日了，只不過後宮雖大，宮人衆多，皆不知道稟性底細，不過叫我們慢慢謀著。」忽然想起一事來，問：「妳剛才說到畫珠，是個什麼人，名字這樣有趣？」

玉箸笑道：「這孩子的名字，倒也有個來歷。說是她額娘懷著她的時候，夢見仙人送來一軸畫，打開那畫看時，卻是畫得極大一顆東珠。因此上就給她改了小名兒叫畫珠。」英嬤嬤「哎呀」了一聲，說：「這孩子只怕有些來歷，妳叫來我瞧瞧吧。」玉箸於是叫了小宮女，說：「去叫畫珠來。」

不一會兒畫珠來了，玉箸叫她給英嬤嬤請了安。英嬤嬤方看時，只見粉撲撲一張臉，團團皎若明月，眉清目秀。英嬤嬤問：「多大年紀啦？」畫珠答：「今年十六了。」一笑露出一口碎玉似的牙齒，嬌憨動人，英嬤嬤心裡已有了三分喜歡。又問：「老姓兒是哪一家？」畫珠道：「富察氏。」英嬤嬤道：「哎呀，弄了半天原來是一家子。」

玉箸便笑道：「怨不得這孩子與嬤嬤投緣，人說富察氏出美人，果然不假。嬤嬤年輕時候就是美人，畫珠這孩子也是十分齊整。」英嬤嬤放下手爐，牽了畫珠的手向玉箸笑道：「妳不過取笑我這老貨罷了，我算什麼美人，正經的沒人罷了。」畫珠早禁不住笑了。英嬤嬤又問了畫珠許多話，畫珠本就是愛熱鬧的人，問一句倒要答上三句，逗得英嬤嬤十分高興，說：「老成持重固然好，可是宮裡都是老成持重的人，成年累月的叫人生悶。這孩子愛說愛笑，只怕太后也會喜歡呢。」

玉箸忙對畫珠道：「英嬤嬤這樣抬舉妳，妳還不快給嬤嬤磕頭。」畫珠連忙磕下頭去，英嬤嬤忙伸手扶起，說：「事情還得稟過太后，請她老人家定奪呢，妳慌著磕什麼頭？等明兒得了準信兒，再謝我也不遲。」

玉箸在一旁笑道：「嬤嬤是太后跟前最得力的人，嬤嬤既能看得上，必也能投太后的緣。」英嬤嬤果然十分歡喜，說：「也不過是跟著主子久了，摸到主子一點脾氣罷了，咱們做奴才的，哪裡能替太后老主子當家。」起身說：「可遲了，要回去了，預備侍候太后安置呢。」玉箸忙起身相送，又叫畫珠：「天晚了，提燈送嬤嬤。」

畫珠答應著點了燈來，英嬤嬤扶著她去了。琳琅吃過飯回屋子裡，玉箸獨個坐在那裡檢點衣裳，琳琅上前去幫忙。玉箸不由幽幽歎了一聲，說：「各人有各人的緣法，那也是強求不來的。」琳琅道：「躺了半日了，這會子做點事也好。」玉箸說：「妳既病著，就先去歇著吧。」琳琅微笑道：「姑姑怎麼這樣說？」玉箸凝望她片刻，她既生著病，未免神色之間帶著幾分憔悴，烏亮的頭髮襯著那雪白的臉，一雙眸子盈潤動人。玉箸緩緩點一點頭，說：「妳啊，生得好，可惜生得好錯了。」琳琅道：「姑姑今天是怎麼了，盡說些教我摸不著頭腦的話。」玉箸道：「添上炭就去睡吧，天怪冷的，唉，立了春就好了。」

琳琅順著她的話答應了一聲，走過去添了炭，卻拿了針線來就著燈繡了兩支線，等畫珠回來，方一同睡了。她是偶感風寒，強掙著沒有調養，晚上卻做了繡工，那又是極勞神的活計，到了下半夜四更時分，又發起熱來。畫珠等到天明起來，見她燒得臉上紅紅的，忙去告訴了玉箸，玉箸又去回了總管，每日去取藥來吃。

她這一病來勢既猛，纏綿半月，每日吃藥，卻並無多大起色，那發熱時時不退，只是昏昏沉沉。迷迷糊糊睡著，恍惚是十來歲那年生病的時候，睜眼就瞧見窗上新糊的翠色窗紗。窗下是丫頭用銀吊子替她熬藥，一陣陣的藥香瀰漫開來。窗外風吹過花影搖曳，梨花似雪，月色如水，映在窗紗之上，花枝橫斜，皺然生姿。聽那抄手遊廊上腳步聲漸近，熟悉而親切。丫頭笑吟吟地說：「大爺來瞧姑娘了。」待要起來，他已伸出溫涼的一隻手來按在她額上。

她一驚就醒了。窗上糊著雪白的厚厚棉紙，一絲風也透不進來。藥吊子擱在爐上，煮得嘟嚕嘟嚕直響。她倒出了一身的汗。小宮女進來了，連忙將藥吊子端下來，喜孜孜地告訴她說：「琳琅姐姐，妳可醒了。畫珠姐姐要去侍候太后了，大家都在給她道喜呢。」

琳琅神色恍惚，見她潷了藥出來，滿滿一大碗端過來，接過來只見黑幽幽的藥汁子，嚥下去苦得透進五臟六腑。背裡卻有潤潤的汗意，額髮汗濕了，膩在鬢畔，只心裡是空落落的。

到了晚上，畫珠進來陪她說話，琳琅問她：「東西可都收拾好了？」畫珠道：「左右不過就是鋪蓋與幾件衣裳，有什麼好收拾的。」眼圈忽地一紅：「琳琅，我只捨不得妳。」琳琅微笑道：「傻話，去侍候太后當上差，那是旁人想都想不來的造化。」頓了頓又說：「太后她老人家素來慈祥寬厚，妳這性子說不定能投她老人家的眼緣。可有一樣，在太后面前當差不比別的，妳素來率性，貪玩愛笑不打緊，但行事要收斂，老人家都喜歡仁心厚道之人。」畫珠低頭半晌，方道：「我理會的。」忽道：「將妳的帕子給我。」琳琅這才明白她的意思，從枕下抽了一方帕子交給她。畫珠於是將自己的帕子給了她，臨別之際，終究依依不捨。

若只初見

知己一人誰是？已矣。贏得誤他生。有情終古似無情，別語悔分明。
莫道芳時易度，朝暮。珍重好花天。為伊指點再來緣，疏雨洗遺鈿。

——納蘭容若〈荷葉杯〉

開了春，琳琅才漸漸好起來。這幾日宮中卻忙著預備行圍。玉箸見琳琅日漸康復，已經可以如常應對差事，極是歡喜，說：「皇上要去保定行圍，咱們浣衣房也要預備隨扈侍候，妳好了我就放心了。」因琳琅做事謹慎周到，所以玉箸便回了總管，將她也指派在隨扈的宮人名冊中。

琳琅自入宮後，自是沒有踏出過宮門半步，所以此次出京，又喜又歎。喜的是偶然從車帷之間望去，街市城郭如舊。歎的是天子出巡，九城戒嚴，坊市間由步兵統領衙門，會同前鋒營、驍騎營、護軍營，由御前大臣負責統領蹕警。御駕所經之處，街旁皆張以黃幕，由三營親兵把守，別說閒人，只怕連隻耗子也被攆到十里開外去了。黃土墊道之上遠遠只望見迤邐的儀仗鑾駕，行列連綿十數里。其時入關未久，軍紀謹肅，只聽見千軍萬馬，蹄聲急遝，車輪轆轆，卻連一聲咳嗽之聲都聽不到。

至晚間紮營，營帳連綿亦是數里，松明火炬熊熊灼如白日，連天上一輪皓月都讓火光映得黯然失色。那平野曠原之上，月高夜靜，只聽火堆裡硬柴燃燒「劈啪」有聲，當值兵丁在各營帳之間來回巡邏，甲鎧上鑲釘相碰發出叮噹之聲，那深黑影子映在帳幕之上，恍若巨人。

琳琅就著那燈理好一件藍緞平金兩則團龍行袍，忽聽遠遠「嗚咽」一聲，有人吹起鐵簫來，在這曠野之中，靜月之下，格外清回動人。其聲悠長迴盪，起伏迴旋不絕。玉箸「咦」了一聲，說：「誰吹的莫庫尼？（莫庫尼，滿族傳統的一種樂器）」琳琅側耳細聽，只聽那簫聲激蕩低昂，隱約間有金戈之音，吹簫之人似胸伏雄兵百萬，大有丘壑。琳琅不由道：「這定是位統兵打仗的大將軍在吹。」

待得一曲既終，鐵簫之音極是激越，戛然而止，餘音不絕如縷，彷彿如那月色一樣，直映到人心上去。玉箸不由說：「吹得真好，聽得人意猶未盡。琳琅，妳不是會吹簫，也吹來聽聽。」琳琅笑道：「我那個不成，濫竽充數倒罷了，哪裡能夠見人。」玉箸笑道：「又不是在宮裡，就咱們幾個人，妳還要藏著掖著不成？我知道妳是簫不離身的，今兒非要妳獻一獻不可。」此番浣衣房隨扈十餘人，皆是年輕宮人，且宿營在外，規矩稍懈，早就要生出事來，見玉箸開了口，心下巴不得，七嘴八舌圍上來。琳琅被吵嚷不過，只得取出簫來，說：「好吧，妳們硬要聽，我就吹一曲。不過話說在前頭，若是聽得三月吃不下肉去，我可不管。」

琳琅略一沉吟，便豎起長簫，吹了一套〈小重山〉。

春到長門春草青。江梅些子破，未開勻。碧雲籠碾玉成塵。留曉夢，驚破一甌春。花影壓重門。疏簾鋪淡月，好黃昏。二年三度負東君。歸來也，著意過今春。

玉箸不通樂理，只覺簫調清冷哀婉，曲折動人。靜夜裡聽來，如泣如訴，那簫聲百折千回，縈繞不絕，如回風流月，清麗難言。一套簫曲吹完，帳中依舊鴉靜無聲。

玉箸半晌方笑道：「我是說不上來好在哪裡，不過到了這半晌，依舊覺著那聲音好像還在耳邊繞著似的。」琳琅微笑道：「姑姑太誇獎了。」一語未了，忽聽遠處那鐵簫之聲又響起來，玉箸道：「那鐵簫又吹起來啦，倒似有意跟咱們唱和似的。」此番吹的卻是一套〈月出〉。此樂常見於琴曲，琳琅從未曾聽人以鐵簫來吹奏。簫聲本就激越，吹奏這樣的古曲，卻是劍走偏鋒，令人耳目一新。

只是那簧樂中霸氣猶存，並無辭曲中的悽楚悲歎之意，反倒有著三分從容。只聽那鐵簧將一套〈月出〉吹畢，久久不聞再奏，又從頭吹遍。琳琅終忍不住豎簫相和，一簫一簧，遙相奏和，居然絲絲入扣。一曲方罷，簧聲收音乾脆清峻，簫聲收音低回綿長。那些宮人雖不懂得，但聽得好聽，又要猜度是何人在吹簧，自是笑著嚷起來。正七嘴八舌不可開交的熱鬧時節，忽見氈簾掀起，數人簇擁著一人進來。

帳中人皆向來者望去，只見當先那人氣宇軒昂，約莫二十六七歲，頭上只是一頂黑緞繡萬壽字紅絨結頂暖帽，穿一身絳色貢緞團福缺襟行袍，外罩一件袖只到肘的額倫代。顧盼之間頗有英氣，目光如電，向眾人面上一掃。眾人想不到闖入一個不速之客，見他這一身打扮，非官非卒，萬萬不知御駕隨扈大營之中為何會有此等人物，都不由錯愕在當地。惟琳琅只略一怔忡，便行禮如儀：「奴才叩見裕王爺，王爺萬福金安。」帳中諸人這才如夢初醒，呼啦啦跪下去磕頭請安。

福全卻只舉一舉手，示意眾人起來，問：「適才吹簫的人是誰？」琳琅低聲答：「是奴才。」福全「哦」了一聲，問：「妳從前認識我？」他雖常常出入宮闈，但因宮規，自是等閒不會見到後宮宮人，他身著便服，故而帳中眾人皆被瞞過，不想這女子依舊道破自己身分。

琳琅道：「奴才從前並沒有福氣識得王爺金面。」福全微有訝色：「那妳怎麼知道？」琳琅輕聲答：「王爺身上這件馬褂，定是御賜之物。」福全低首一看，只見袖口微露紫貂油亮絨滑的毛尖。向例御衣行袍才能用紫貂，即便顯貴如親王閣部大臣亦不能僭越。他不想是在這上頭露了破綻，不由微笑道：「不錯，這是皇上賞賜的。」心中激賞這女子心思玲瓏細密，見她不卑不亢垂手而立，目光微垂，眉目間並不讓人覺得出奇美豔，但燈下映得面色瑩白如玉，隱隱似有寶光流轉。福全卻輕輕嗽了一聲，說：「妳適才的簫吹得極好。」

琳琅道：「奴才不過小時候學過幾日，一時膽大貿然，有辱王爺清聽，請王爺恕罪。」福全道：「不用過謙，今晚這樣的好月，正宜聽簫，妳再吹一套曲來。」琳琅只得想了一想，細細吹了一套〈九罭〉。這〈九罭〉原是讚頌周公之辭，周公乃文王之子，武王之弟，幼以孝仁卓異於群子，武王即位，則以忠誠輔翼武王。她以此曲來應王命，卻是極爲妥切，不僅頌德福全，且將先帝及當今皇帝比作文武二賢聖。福全聽了，卻禁不住面露微笑，待得聽完，方問：「妳念過書麼？」

琳琅答：「只是識得幾個字罷了。」福全點一點頭，環顧左右，忽問：「妳們都是當什麼差事的？」玉箸這才恭聲答：「回王爺的話，奴才們都是浣衣房的。」福全「哦」了一聲。忽聽帳簾響動，一個小太監進來，見著福全，喜出望外地請個安：「王爺原來在這裡，叫奴才好找。萬歲爺那裡正尋王爺呢。」

福全聽了，忙帶人去了。待他走後，帳中這才炸了鍋似的。玉箸先拍拍胸口，吁了口氣方道：「眞眞唬了我一跳，沒想到竟是裕王爺。琳琅，虧得妳機靈。」琳琅道：「姑姑什麼沒經歷過，只不過咱們在內廷，從來不見外面的人，所以姑姑才一時沒想到罷了。」玉箸到帳門畔往外瞧了瞧天色，說：「這就打開鋪蓋吧，明兒還要早起當差呢。」衆人答應著，七手八腳去鋪了氈子，收拾了睡下。

琳琅的鋪蓋正在玉箸之側，她輾轉半晌，難以入眠，只靜靜聽著帳外的柝聲，遠遠像是打過三更了。帳中安靜下來，聽得熟睡各人此起彼伏的微鼾之聲。人人都睡得酣然沉香了，她便不由自主輕輕歎了口氣。玉箸卻低低問：「還沒睡著麼？」琳琅忙輕聲歉然：「我有擇席的毛病，定是吵著姑姑了。」玉箸說：「我也是換了地頭，睡不踏實。」頓了頓，依舊聲如蠅語：「今兒瞧那情形，裕王爺倒像是有所觸動，只怕妳可望有所倚靠了。」雖在暗夜裡，琳琅只覺得雙頰滾燙，隔了良久方聲如蚊蚋：「姑姑，連妳也來打趣我？」玉箸輕聲道：「妳知道我不是打趣妳。裕王爺是皇上的兄長，敕封的親王。他若開口向皇上或太后說一聲，妳也算是出脫了。」琳琅只是不作聲，久久方道：「姑姑，我沒有那樣天大的福氣。」

玉箸也靜默下來，隔了許久卻輕輕歎了一聲，道：「老實說，假若裕王爺眞開口問皇上討了妳去，我還替妳委屈，妳的造化應當還遠不止這個才是。」她聲音極低，琳琅駭異之下，終究只低低說：「姑姑妳竟這樣講，琳琅做夢都不敢想。」玉箸這些日子所思終於脫口而出，心中略慰，依舊只是耳語道：「其實我在宮裡頭這些年，獨獨遇上妳，叫人覺著是個有造化的。姑姑倚老賣個老，假若眞有那麼一日，也算是姑姑沒有看走眼。」琳琅從被下握了她的手：「姑姑說得人怕起來，我哪會有那樣的福分。姑姑別說這些折煞人的話了。」玉箸輕輕在她手上拍了一拍，只說：「睡吧。」

第二日卻是極晴朗的好天氣。因行圍在外，諸事從簡，人手便顯得吃緊。琳琅見衣裳沒有洗出來，便自告奮勇去幫忙洗浣。春三月裡，芳草如茵，夾雜野花紛亂，一路行去驚起彩蝶飛鳥。

四五個宮人抬了大筐的衣物，在水聲濺濺的河畔浣洗。

琳琅方洗了幾槌，忽然「哎呀」了一聲，她本不慣在河畔浣衣，不留神卻叫那水濡濕了鞋，腳下涼絲絲全濕得透了。見幾個同伴都赤著足踩在淺水之中，不由笑道：「雖說是春上，踏在水裡不涼麼？」一位宮女便道：「這會子也慣了，倒也有趣，妳也下來試試。」琳琅見那河水碧綠，清澈見底，自己到底有幾分怯意，笑道：「我倒有些怕——水流得這樣急呢。」旁邊宮女便說笑：「這樣淺的水，哪裡就能沖走妳？」琳琅只是搖頭笑道：「不成，我不敢呢。」正在笑語晏晏間，忽見一個小宮女從林子那頭尋來，老遠便喘吁吁地喊：「琳琅姐姐，快，快……玉姑姑叫妳回去呢。」

琳琅不由一怔，手裡的一件江綢衫子便順水漂去了，連忙伸手去撈住。將衣筐、衣槌交給了同伴，跟著小宮女回營帳去。只見芸初正坐在那裡，琳琅笑道：「我原猜妳應該也是隨扈出來，只是怎麼有工夫到我們這裡來？」按規矩，御前當差的人是不得隨意走動的，芸初略有憂色，給她瞧一件石青夾衣。琳琅見那織錦是妝花龍紋，知道是御衣，那衣肩上卻撕了寸許來長的一道口子。芸初道：「萬歲爺今天上午行圍時，這衣裳叫樹枝掛了這麼一道口子，偏生這回織補上的人都留在宮裡。」玉箸在一旁道：「琳琅，妳素來針線上十分來得，瞧瞧能不能拾掇？」

琳琅道：「姑姑吩咐，本該勉力試一試，可是這是御用之物，我怕弄不好，反倒連累了姑姑和芸初。」芸初道：「這回想不到天氣這樣暖和，只帶了三件夾衣出來。晚上萬歲爺指不定就要換，回京裡去取又來不及，四執庫那些人急得熱鍋上的螞蟻似的。我也是病急亂投醫，拿到妳們這邊來。我知道妳的手藝，妳橫豎只管試試。」

琳琅聽她這樣說，細細看了，取了綳子來綳上，先排緯識經，再細細看一回，方道：「這會子上哪裡去找這眞金線來？」玉箸說：「我瞧妳那裡有金色絲線。」琳琅說：「只怕補上不十分像，這雲錦妝花沒有眞金線，可充不過去。」芸初臉上略有焦灼之色，琳琅想了一想，說道：「我先織補上了，再瞧瞧有沒有旁的法子。」對芸初道：「這不是一會子半會子就能成的事情，妳先回去，過會兒補好了，再打發人給妳送去。」

芸初本也不敢久留，聽她這樣說，便先去了。那雲錦本是一根絲也錯不得的，琳琅劈了絲來慢慢生腳，而後通經續緯，足足補了兩個多時辰，方將那道口子織了起來。但見細灰一線淡痕，無論如何掩不過去。玉箸歎了口氣，說：「也只得這樣了。」

琳琅想了一想，卻拈了線來，在那補痕上繡出一朵四合如意雲紋。玉箸見她繡到一半，方才撫掌稱妙，待得繡完，正好將那補痕掩蓋住。琳琅微笑道：「這邊肩上也只得繡一朵，方才掩得過去。」

待得另一朵雲紋繡完，將衣裳掛起來看，果然天衣無縫，宛若生成。玉箸自是喜不自禁。

玉箸打發了人送衣裳去，天色近晚，琳琅這幾個時辰不過胡亂嚥了幾個餑餑，這會子做完了活，方才覺得餓了。玉箸說：「這會子人也沒有，點心也沒有，我去叫他們給妳做個鍋子來吃。」琳琅忙說：「不勞動姑姑了，反正我這會子腿腳發麻，想著出去走走，正好去廚房裡瞧瞧有什麼現成吃的。」因是圍獵在外的御營行在，規矩稍懈，玉箸便說：「也罷，妳去吃口熱的也好。」

誰知琳琅到了廚房，天氣已晚，廚房也只剩了些餑餑。琳琅拿了些，出帳來抬頭一望，只見半天晚霞，那天碧藍發青，彷彿水晶凍子一樣瑩透，星子一顆顆正露出來，她貪看那晚霞，順著路就往河邊走去。暮色四起，河水濺濺，晚風裡都是青草樹葉的清香，不一會兒月亮升起來，低低地在樹椏之間，月色淡白，照得四下裡如籠輕紗。

她吃完了餑餑，下到河邊去洗手，剛捧起水來，不防肋下釦子上繫的帕子鬆了，一下子落在水裡，帕子極輕，河水已經沖出去了。她不及多想，一腳已經踏在河裡，好在河水清淺，忙將鞋子提在手中，蹚水去拾。那河雖淺，水流卻湍急。琳琅追出百餘步，小河拐了個彎，一枝枯木橫於河面，那帕子叫枯木在水裡的枝椏鉤住了，方才不再隨波逐浪。她去拾了帕子，辮子滑下來也沒留神，叫那枝子掛住了，忙取下來。這時方才覺得腳下涼涼滑滑，雖冷，卻有一種說不出的新奇有趣。那水不斷從腳面流過，又癢又酥，忍不住一彎腰便在那枯木上坐下來，將那帕子擰乾了晾在枝間。只見河岸畔皆是新發的葦葉，那月亮極低，卻是極亮，照著那新葦葉子在風裡嘩嘩輕響。她見辮子掛得毛了，便打開來重新編。那月色極好，如乳如雪，似紗似煙。她想起極小的時候，嬤嬤唱的悠車歌，手裡攏著頭髮，嘴裡就輕輕哼著：

「悠悠紮，巴布紮，狼來啦，虎來啦，馬虎跳牆過來啦。

悠悠紮，巴布紮，小阿哥，快睡吧，阿瑪出征伐馬啦……」

只唱了這兩句，忽聽葦葉輕響，嘩嘩響著分明往這邊來，唬得她攥著髮辮站起來，脫口喝問：「是誰？」卻不敢轉身，只怕是豺狼野獸。心裡怦怦亂跳，目光偷瞥，只見月光下河面倒映影綽是個人影，只聽對方問：「妳是誰？這裡是行在大營，妳是什麼人？」卻是年輕男子的聲音。琳琅見他如斯責問，料得是巡夜的侍衛，這才微微鬆了口氣，卻不敢抬頭，道：「我是隨扈的宮女。」心裡害怕受責罰，久久聽不到對方再開口說話，終於大著膽子用眼角一瞥，只見到一襲絳色袍角，卻不是侍衛的制袍。一抬頭見月下分明，那男子立在葦叢間，彷若臨風一枝勁葦，眉宇間磊落分明，那目光卻極是溫和，只聽他問：「妳站在水裡不冷麼？」

她臉上一紅，低下頭去。見自己赤足踏在碧水間，越發窘迫，忙想上岸來，不料泥灘上的卵石極滑，急切間一個趔趄，差點跌倒，幸得那人眼明手快，在她肘上托了一把，她方站穩妥了。她本已經窘迫到了極處，滿俗女孩兒家的腳是極尊貴的，等閒不能讓人瞧見，當著陌生男子的面這樣失禮，琳琅連耳根子都紅得像要燒起來，只得輕聲道：「勞駕你轉過臉去，我好穿鞋。」

只見他怔了一下，轉過身去。她穿好鞋子，默默向他背影請個安算是答謝，便悄然順著河岸回去了。她步態輕盈，那男子立在那裡，沒聽到她說話，不便轉過身來。只聽河水嘩嘩，風吹著四面樹木枝葉簌然有聲，佇立良久，終於忍不住回過頭來，只見月色如水，葦葉搖曳，哪裡還有人。

他微一躊躇，雙掌互擊「啪啪」兩聲輕響。林木之後便轉出兩名侍衛，躬身向他行禮。他向枯木枝上那方絹白一指：「那是什麼？」

一名侍衛便道：「奴才去瞧。」卻行而退，至河岸方微側著身子去取下，雙手奉上前來給他：「主子，是方帕子。」他接在手裡，白絹帕子微濕，帶著河水鬱青的水氣，夾著一線幽香，淡緗色絲線繡出四合如意雲紋，是極清雅的花樣。

琳琅回到帳中，心裡猶自怦怦直跳。只不知對方是何人，慌亂間他的衣冠也沒瞧出端倪。心裡揣摩大約是隨扈行獵的王公大臣，自己定是胡亂闖到人家的行轅營地裡去了，心下惴惴不安。玉箸派去送衣裳的人已經回來了，說道：「芸初姑娘沒口子地道謝，梁諳達見了極是歡喜，也說要改日親自來拜謝姑姑呢。」玉箸笑道：「謝我不必了，謝琳琅的巧手就是了。」一低頭見了琳琅的鞋，「哎喲」了一聲道：「怎麼濕成這樣？」琳琅這才想起來，隨口說：「我去河邊洗手，打濕了呢。」忙去換下濕鞋。

第二日，琳琅在帳中熨衣，忽聽芸初的聲音在外面問：「玉姑姑在嗎？梁諳達瞧您來了。」玉箸忙迎出去，先請安笑道：「諳達這可要折煞玉箸了。」梁九功只是笑笑：「玉姑不用客氣。」舉目四望：「昨兒補衣裳的是哪一位姑娘？」玉箸忙叫了琳琅來見禮。琳琅正待蹲身請安，梁九功卻連忙一把攙住：「姑娘不要多禮，虧得妳手巧，咱們上下也沒受責罰。今兒萬歲爺見了那衣裳，還問過是誰織補的呢。」芸初在一旁，只是笑吟吟的。玉箸忙叫人沏茶，芸初悄悄對琳琅道：「梁諳達這回是真的歡喜，所以才特意過來瞧妳呢。」到底人多，不便多說，輕輕在琳琅手腕上一捏，滿臉只是笑容。梁九功又誇獎了數句，方才去了。

他回御營去，帳門外的小太監悄悄迎上來：「諳達回來了？王爺和納蘭大人在裡面陪皇上說話呢。」梁九功點一點頭，躡步走至大帳中。那御營大帳地下俱鋪羊氈，踏上去悄無聲息。只見皇帝居中而坐，神色閒適。裕親王向納蘭性德笑道：「容若，前兒晚上吹簫的人，果然是名女子。咱們打賭賭輸了，你要什麼彩頭，直說吧。」納蘭只是微微一笑：「容若不敢。」皇帝笑道：「那日聽那簫聲，婉轉柔美。你說此人定是女子，朕亦以為然。只有福全不肯信，巴巴兒地還要與你賭，眼下輸得心服口服了。」福全道：「皇上聖明。」又笑容可掬向容若道：「願賭服輸，送佛送到西。依我瞧你當晚似對此人大有意興，不如我替你求了皇上，將這個宮女賜給你。一舉兩得，也算是替皇上分憂。」皇帝與兄長的情誼素來深厚，此時微笑：「你賣容若人情倒也罷了，怎麼還扯上為朕分憂的大帽子？」

福全道：「皇上不總也說『容若鶼鰈情深，可惜情深不壽，令人扼腕歎息』。那女子雖只是名宮人，但才貌皆堪配容若，我替皇上成全一段佳話，當然算是為君分憂。」

納蘭道：「既是後宮宮人，臣不敢僭越。」

皇帝道：「古人的『蓬山不遠』、『紅葉題詩』俱是佳話。你才可比宋子京，朕難道連趙禎的器量都沒有？」

福全便笑道：「皇上仁心淳厚，自然遠勝宋仁宗。不過這些個典故的來龍去脈，我可不知道。」他弓馬嫻熟，於漢學上頭所知卻有限。皇帝素知這位兄長的底子，便對納蘭道：「容若，裕親王考較你呢，你講來讓王爺聽聽。」

納蘭便應了聲「嗻」，說道：「宋祁與兄宋庠皆有文名，時人以大宋、小宋稱之。一日，子京過繁台街，適有宮車經過，其中有一宮人掀簾窺看子京，說道：『此乃小宋也。』子京歸家後，遂作〈鷓鴣天〉，詞曰：『畫轂雕鞍狹路逢，一聲腸斷繡簾中。身無彩鳳雙飛翼，心有靈犀一點通。金作屋，玉爲籠，車如流水馬如龍。劉郎已恨蓬山遠，更隔蓬山幾萬重。』詞作成後，京城傳唱，並傳至宮中。仁宗聽到後，知此詞來歷，查問宮人：『何人呼『小宋』？』那宮人向仁宗自陳。仁宗又召子京問及此事，子京遂以實情相告。仁宗道：『蓬山不遠。』即將此宮人賜予子京爲妻。」

他聲音清朗，抑揚頓挫，福全聽得津津有味，道：「這故事倒眞是一段佳話。皇上前兒夜裡吹簫，也正好引出一折佳話。」皇帝笑道：「咱們這段佳話到底有一點美中不足，是夜當命容若來吹奏，方才是十成十的佳話。」

君臣正說笑間，虞卒報至中軍，道合圍已成，請旨移駕看城。皇帝聞奏便起身更衣。納蘭領著侍衛的差事，皇帝命他馳馬先去看城。福全侍立一旁，見尙衣的太監替皇帝穿上披掛。皇帝回頭見梁九功捧了帽子，問：「找著了？」

梁九功答：「回皇上話，找著那織補衣裳的人了，原是在浣衣房的宮女。皇上沒有吩咐，奴才沒敢驚動，只問了她是姓衛。」皇帝道：「朕不過覺得她手巧，隨便問一句罷了，回頭叫她到針線上當差吧。」

梁九功「嗻」了一聲。皇帝轉臉問福全：「那吹簫的宮女，我打算成全容若。你原說打聽到了，是在哪裡當差？」福全聽到適才梁九功的一番話，不由想了一想，一抬頭正瞧見宮女捧了皇

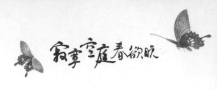

帝的大氅進來，靈機一動，答道：「那宮女是四執庫的。」

皇帝道：「這樁事情就交由你去辦，別委屈容若。」福全只道：「皇上放心。」皇帝點一點頭，轉臉示意，敬事房的太監便高聲一呼：「起駕！」

清晨前管圍大臣率副管圍及虞卒、八旗勁旅、虎槍營士卒與各旗射生手等出營，迂道繞出圍場的後面二十里，然後再由遠而近把獸趕往圍場中心合圍。圍場的外面從放圍的地方開始，伏以虎槍營士卒及諸部射生手。又重設一層，專射圍內逃逸的獸，而圍內的獸則例不許射。皇帝自御營乘騎，率諸扈從大臣侍衛及親隨射生手、虎槍手等擁護由中道直抵中軍。只見千乘萬騎拱衛明黃大纛緩緩前行，扈從近臣侍衛按例皆賞穿明黃缺襟行褂，映著日頭明晃晃一片燦然金黃。

在中軍前半里許，御駕停了下來，納蘭自看城出迎，此時一直隨侍在御駕之側，跟隨周覽圍內形勢。皇帝見合圍的左右兩翼紅、白兩纛齊到看城，圍圈已不足二三里，便吩咐：「散開西面。」專事傳旨的御前侍衛便大聲呼喚：「有旨，散開西面！」只聽一聲迭一聲飛騎傳出：「有旨，散開西面……」遠遠聽去句句相接，如同回音。這是網開一面的天恩特赦，聽任野獸從此面逃逸，圍外的人也不准逐射。圍內野獸狼奔豕突，亂逃亂竄。皇帝所執御弓，弓幹施朱漆纏以金線，此時拈了羽箭在手裡，「嗖」一聲弦響，一箭射出，將一隻竄出的狍子生生釘死在當地。三軍縱聲高呼：「萬歲！」聲響如雷，行圍此時方始。只見飛矢如蝗，密如急雨，皇帝卻駐馬原地，看諸王公大臣射生手等馳逐野獸。這是變相的校射了，所以王公大臣以下，人人無不奮勇當先。

福全自七八歲時就隨扈順治帝出關行圍，弓馬嫻熟，在圍場中自是如魚得水，縱著胯下大宛良馬奔跑呼喝，不過片刻，他身後的哈哈珠子便馱了一堆獵物在鞍上。此時回頭見了，只皺眉道：「累贅！只留耳朵。」那哈哈珠子便「嗻」了一聲，將獸耳割下，以備事畢清點獵物數量。

納蘭是御前侍衛，只勒馬侍立御駕之後，身側的黃龍大纛獵獵迎風作響。圍場中人喧馬嘶，搖旗吶喊，飛騎來去。他腕上垂著馬鞭，近侍御前所以不能佩刀，腰際只用蚧鞶佩箭囊，囊中插著數十尾白翎箭。只聽皇帝道：「容若，你也去。」納蘭便於馬上躬身行禮：「奴才遵旨。」打馬入圍，從大隊射生手騎隊間穿過，拈箭搭弓，嗖嗖嗖連發三箭，箭箭皆中，無一虛發。皇帝遙相望見，也禁不住喝了一聲采。眾侍衛自是喝采聲如雷動。納蘭兜馬轉來，下馬行禮將獵物獻於御前，依舊退至御駕之後侍立。

這一日散圍之後，已是暮色四起。納蘭隨扈馳還大營，福全縱馬在他左近，只低聲笑道：「容若，此次皇上可當眞了，吩咐我說要將那宮女賜給你呢。」

容若握著韁繩的手一軟，竟是微微一抖。心亂如麻，竟似要把持不定，極力自持，面上方不露聲色。幸得福全並無留意，只是笑道：「皇上給了這樣天大的面子，我自然要好生來做成這樁大媒。」容若道：「聖恩浩蕩，愧不敢受。王爺又如此替容若操勞，容若實不敢當。」福全道：「我不過做個順水人情，皇上吩咐不要委屈了你，我自然老實不客氣。」有意頓一頓，方道：「我叫人去打聽清楚了，吹簫的那宮人是頗爾盆之女，門楣倒是不低，提起他們家來，你不定知道，說來她還是榮嬪的表親。我聽聞此女品貌俱佳，且是皇上所賜，令尊大人想必亦當滿意。」

話猶未落，只見納蘭手中一條紅絛結穗的蟒皮馬鞭落在了地上，納蘭定一定神，策馬兜轉，彎腰一抄便將鞭子拾起。福全笑道：「這麼大的人了，一聽娶親還亂了方寸？」

納蘭只道：「王爺取笑了。皇上隆恩，竟以後宮宮人以降，本朝素無成例，容若實不敢受，還望王爺在皇上面前代爲推辭。」

福全聽他起先雖有推卻之辭，但到了此時語意堅決，竟是絕不肯受的表示了。心裡奇怪，只是摸不著頭腦。他與納蘭交好，倒是一心一意替他打算。因聽到梁九功回話，知琳琅已不可求，這兩日特意命人悄悄另去物色，打聽到內大臣頗爾盆之女在四執庫當差。那頗爾盆乃費英樂的嫡孫，承襲一等公爵，雖在朝中無甚權勢，但爵位顯赫。不料他一片經營，納蘭卻推辭不受。

福全待要說話，只見納蘭凝望遠山，那斜陽西下，其色如金，照在他的臉上，他本來相貌清秀，眉宇之間卻總只是淡然。福全忍不住道：「容若，我怎麼老是見你不快活？」納蘭驀然回過神來，只是微笑：「王爺何出此言？」

福全道：「唉，你想必又是憶起了尊夫人，你是長情的人，所以連皇上都替你惋歎。」話鋒一轉：「今晚找點樂子，我來攛掇皇上，咱們賭馬如何？」容若果然解頤道：「王爺難道輸得還不服氣麼？」福全一手折著自己那只軟藤馬鞭，哈哈一笑：「誰說上次是我輸了？我只不過沒贏罷了，這次咱們再比過。」

容若舉手遮光，眺望遠處輅傘簇擁著的明黃大纛，道：「咱們落下這麼遠了。」福全道：「這會子正好先試一場，咱們從這裡開始，誰先追上御駕就算誰贏。」不待容若答話，雙腿一夾，輕喝一聲，胯下的大宛良駒便撒開四蹄飛馳，容若打馬揚鞭，方追了上去。侍候福全的哈哈珠子與親兵長隨，縱聲呼喝亦緊緊跟上，十餘騎蹄聲急促，只將小道上騰起滾滾一條灰龍。

心期天崖

風鬟雨鬢，偏是來無準。倦倚玉蘭看月暈，容易語低香近。
軟風吹過窗紗，心期便隔天涯。從此傷春傷別，黃昏只對梨花。

——納蘭容若〈清平樂〉

皇帝回到御營，換了衣裳便留了福全陪著用膳。因行圍在外，諸事從簡，皇帝從來亦不貪口腹之慾，所以只是四品鍋子，十六品大小菜餚。天家饌飲，自是羅列山珍海味。皇帝卻只揀新鮮的一品烹掐菜下飯，福全笑道：「雖然萬歲爺這是給奴才天大的面子，可是老實說，每回受了這樣的恩典，奴才回去還得找補點心。」皇帝素來喜歡聽他這樣直言不諱，忍不住也笑道：「御膳房辦差總是求穩妥爲先，是沒什麼好吃的。這不比在宮裡，不然朕傳小廚房的菜，比這個好。」嚐了一品鴨丁溜葛仙米，說：「這個倒還不錯，賞給容若。」

自有太監領了旨意去，當下並不是撤下桌上的菜，所有菜品早就預備有一式兩份，聽聞皇帝說賞，太監立時便用捧盒裝了另一份送去。福全道：「皇上，福全有個不情之請，想求皇上成全。」他突然這樣鄭重地說出來，皇帝不禁很是注意，「哦」了一聲問：「什麼事？」

福全道：「奴才今日比馬又輸了彩頭，和容若約了再比過。所以想求萬歲爺大駕，替福全壓陣。」皇帝果然有興致，說：「你們倒會尋樂子。我不替你壓陣，咱們三個比一比。」福全只是苦愁眉臉：「奴才不敢，萬一傳到太皇太后耳中去，說奴才攛掇了皇上在黑夜荒野地裡跑馬，奴才是要吃排頭的。」

皇帝將筷子一撂，道：「你兜了這麼個圈子，難道不就是想著攛掇朕？你贏不了容若，一早想搬朕出馬，這會子還在欲擒故縱，欲蓋彌彰。」福全笑嘻嘻地道：「皇上明鑑，微臣不敢。」皇帝見他自己承認，便一笑罷了，對侍立身後的梁九功道：「叫他們將北面道上清一清，預備松明炬火。」福全聽他如斯吩咐，知道已經事成，心下大喜。

侍得福全陪了皇帝緩轡馭馬至御營之北廣闊的草甸之上，御前侍衛已經四散開去。兩列松明火把遠遠如蜿蜒長龍，只聞那炬火呼呼燃著，偶然劈啪有聲，炸開火星四濺。納蘭容若見皇帝解下大氅，隨手向後扔給梁九功，露出裡面一身織錦蟒紋缺襟行袍，只問：「幾局定輸贏？」

福全道：「看皇上的興致，臣等大膽奉陪。」

皇帝想一想，說：「就三局吧，咱們三個一塊兒。」用手中那條明黃結穗的馬鞭向前一指：「到河岸前再轉回來，一趟來回算一局。」

三人便勒了各自的坐騎，命侍衛放銃爲號，齊齊縱馬奔出。皇帝的坐騎是陝甘總督楊岳斌所貢，乃萬裡挑一的名駒，迅疾如風，旋即便將二人遠遠拋在後頭。納蘭容若縱馬馳騁，只覺風聲呼呼從耳畔掠過，那侍衛所執的火炬只若流星灼火，在眼前一劃而過，窮追不捨。皇帝馳至河邊見兩人仍落得遠遠的，不願慢下那疾馳之勢，便從侍衛炬火列內穿出，順著河岸兜了個圈子以調轉馬頭。暗夜天黑，只覺突然馬失前蹄，向前一栽，幸得那馬調馴極佳，反應極快，便向上躍起。他騎術精良，當下將韁繩一緩，那馬卻不知爲何長嘶一聲，受驚亂跳。侍衛們嚇得傻了，忙擁上前去幫忙拉馬。那馬本受了驚嚇，松明火炬一近前來，反倒適得其反。皇帝見勢不對，極力控馬，大聲道：「都退開！」

福全與納蘭已經追上來，眼睜睜只見那馬發狂般猛然躍起，重重將皇帝拋下馬背來。福全嚇得臉色煞白，納蘭已經滾下鞍韉，搶上前去，衆侍衛早將皇帝扶起。福全連連問：「怎麼樣？怎麼樣？」

火炬下照得分明，皇帝臉色還是極鎮定的，有些吃力地說：「沒有事，只像是摔到了右邊手臂。」福全急得滿頭大汗，親自上前替皇帝捲起衣袖，侍衛忙將火把舉得高些。外面只瞧得些微擦傷，肘上已然慢慢瘀青紅腫。皇帝雖不言疼痛，但福全瞧那樣子似乎傷得不輕，心裡又急又怕，只道：「奴才該死，奴才護駕不周，請皇上重責。」皇帝忍痛笑道：「這會子倒害怕起來了？早先攛掇朕的勁頭往哪裡去了？」福全聽他此時強自說笑，知道他是怕自己心裡惶恐，心下反倒更是不好過。納蘭已將御馬拉住，那馬仍不住悲嘶。容若取了火把細看，方見馬蹄之上鮮血直流，竟夾著獵人的捕獸夾，怪不得那馬突然發起狂來。

福全對御前侍衛總管道：「你們有幾個腦袋可以擔當？先叫你們清一清場子，怎麼還有這樣的夾子在這裡？竟夾到了皇上的馬，幾乎惹出彌天大禍來。你們是怎麼當差的？」那些御前侍衛皆是皇帝近侍，他雖是親王身分，亦不便過分痛斥，況且侍衛總管見出了這樣大的亂子，早嚇得魂不附體。福全便也不多說，扶了皇帝上了自己坐騎，親自挽了轡繩，由侍衛們簇擁著返回御營大帳去。

侍返回御營，先傳蒙古大夫來瞧傷勢。皇帝擔心消息傳回京城，道：「不許小題大做，更不許驚動太皇太后、太后兩位老人家知道。不然，朕唯你們是問。」福全恨得跌足道：「我的萬歲爺，這節骨眼上您還惦記要藏著掖著。」

幸得蒙古大夫細細瞧過，並沒有傷及骨頭，只是筋骨扭傷，數日不能使力。蒙醫醫治外傷頗爲獨到，所以太醫院常備有治外傷的蒙藥，隨扈而來亦有預備王公大臣在行圍時錯手受傷，所以此時便開方進上成藥。福全在燈下細細瞧了方子，又叫大夫按規矩先行試藥。

皇帝那身明黃織錦的行袍，袖上已然蹭破一線，此刻換了衣裳，見福全誠惶誠恐侍立帳前，於是道：「是朕自個不當心，你不必過於自責。你今天晚上也擔驚受怕夠了，你跟容若都跪安吧。」納蘭請了個安便遵旨退出，福全卻苦笑道：「萬歲爺這樣說，越發叫福全無地自容，奴才請旨責罰。」皇帝素來愛惜這位兄長，知道越待他客氣他反倒越惶恐，便有意皺眉道：「罷了，我肘上疼得心裡煩，你快去瞧瞧藥好了沒？」福全忙請了個安，垂手退出。

福全看著那蒙古大夫試好了藥，便親自捧了走回御帳去。正巧小太監領著一名宮女迎面過來，兩人見了他忙避在一旁行禮。福全見那宮女儀態動人，身姿娉婷，正是琳琅，一轉念便有了主意，問那小太監：「你們這是去哪兒？」

那小太監道：「回王爺的話，粱諳達囑咐，這位姑娘打今兒起到針線上去當差，所以奴才領了她過來。」

福全點點頭，對琳琅道：「我這裡有樁差事，交給妳去辦。」琳琅雖微覺意外，但既然是裕親王吩咐下來，只恭聲道：「是。」福全便道：「妳跟我來吧。」

琳琅隨著他一路走過，直至御帳之前。琳琅雖不曾近得過御前，但瞧見大帳前巡守密織，崗警森嚴，那些御前侍衛，皆是二三品的紅頂子。待得再往前走，御前侍衛已然不戴佩刀，她隱隱猜到是何境地，不禁心裡略略不安。待望見大帳的明黃帷幕，心下一驚，只不明白福全是何意思。正躑躅間，忽聽福全道：「萬歲爺摔傷了手臂，妳去侍候敷藥。」

琳琅輕聲道：「奴才不是御前的人，只怕當不好這樣緊要的差事。」福全微微一笑，說：「你心思靈巧，必然能當好。」琳琅心下越發不安。太監已經打起簾子，她只得隨著福全步入帳中。

御營行在自然是極爲廣闊，以數根巨木爲柱，四面編以老藤，其上蒙以牛皮，皮上繪以金紋彩飾。帳中悉鋪厚氈，踩上去綿軟無聲。琳琅垂首低眉隨著福全轉過屏風，只見皇帝坐在狼皮褥子之上，梁九功正替他換下靴子。福全只請了個安，琳琅行了大禮，並未敢抬頭。皇帝見是名宮女，亦沒有留意。福全將藥交給琳琅，梁九功望了她一眼，便躬身替皇帝輕輕挽起袖子。

琳琅見匣中皆是濃黑的藥膏，正猶豫間，只見梁九功向她使著眼色，她順他眼色瞧去，方見著小案上放著玉撥子，忙用撥子挑了藥膏。皇帝坐的軟榻極矮，她就勢只得跪下去，她手勢極輕柔，將藥膏薄薄敷在傷處。皇帝突然之間覺到幽幽一縷暗香，雖不甚濃，卻非蘭非麝，竟將那藥氣遮掩下去，不禁回過頭來望了她一眼。只見秀面半低，側影極落落動人，正是那夜在河畔唱歌之人。

福全低聲道：「奴才告退。」見皇帝點一點頭，又向梁九功使個眼色，便退了出去。過了一會兒工夫，梁九功果然也退出來，見了他只微笑道：「王爺，這麼著可不合規矩。」福全笑了一聲：「我闖了大禍，總得向皇上賠個不是。萬歲爺說心裡煩，那些太監們笨手笨腳不會侍候，越發惹得萬歲爺心裡煩。叫這個人來，總不致叫萬歲爺覺著討厭。」

琳琅敷好了藥，取了小案上的素絹來細細裹好了傷處，便起身請了個安，默然退至一旁。皇帝沉吟問：「妳叫什麼名字？」

她輕聲答：「琳琅。」回過神來才覺察這樣答話是不合規矩的，好在皇帝並沒有在意，只問：「是珠玉琳琅的琳琅？」她輕聲答了個「是」。皇帝「哦」了一聲，又問：「妳也是御前的人，朕以前怎麼沒見著妳當差？」琳琅低聲道：「奴才原先不是御前的人。」終於略略抬起頭來。帳中所用皆是通臂巨燭，亮如白晝，分明見著皇帝正是那晚河畔遇上的年輕男子，心下大驚，只覺得一顆心如急鼓一般亂跳。皇帝卻轉過臉去，叫：「梁九功。」

梁九功連忙進來，皇帝道：「傷了手，今兒的摺子也看不成了。朕也乏了，叫他們都下去吧。」梁九功「嗻」了一聲，輕輕一擊掌，帳中諸人皆退出去，琳琅亦準備隨眾退下。忽聽皇帝道：「妳等一等。」她連忙垂手侍立，心裡怦怦直跳。皇帝卻問：「朕的那件衣裳，是妳織補的？」

她只答了個「是」，皇帝便又說：「今兒一件衣裳又蹭壞了，一樣兒交妳吧。」她恭聲道：「奴才遵旨。」見皇帝並無其他吩咐，便慢慢退出去。

梁九功派人將衣裳送至，她只得趕了夜工織補起來，待得天明才算是完工。梁九功見她交了衣裳來，卻叫小太監：「叫芳景來。」又對她說：「御前侍候的規矩多，學問大，妳從今兒起好生跟芳景學著。」

琳琅聽聞他如是說，心緒紛亂，但他是乾清宮首領太監，只得應了聲：「是。」不一會兒小太監便引了位年長的宮女來，倒是眉清目秀，極爲和氣。琳琅知是芳景，便叫了聲：「姑姑。」

芳景便將御前的一些規矩細細講與琳琅聽，琳琅性子聰敏，芳景見她一點即透，亦是歡喜。方說了片刻，可巧芸初聽見信了，特意過來瞧她，一見了她，喜不自禁：「咱們可算是在一塊兒了。」琳琅也很是歡喜，道：「沒想到還有這樣的機緣。」芳景剛又囑咐了琳琅兩句，只聽小太監在帳外叫道：「芳姑姑，劉諳達叫您呢。」芳景便對芸初道：「妳來給她解說些日常行事規矩，我去瞧瞧。」待她一走，芸初禁不住笑道：「我早就說過，妳樣樣是個拔尖的，總有這一日吧。」琳琅只是微笑罷了，芸初極是高興，拉著她的手：「聽說畫珠也很討太后喜歡。咱們三個人，終於都當了上差。」琳琅道：「上差不上差，左不過不犯錯，不出岔子，太太平平就好。」芸初道：「妳這樣伶俐一個人，還怕當不好差事。」悄聲笑道：「旁人想都想不來呢，誰不想在御前當上差。」頓了頓又說：「妳忘了那年在內務府學規矩，咱們三個人睡在一個炕上，說過什麼話嗎？」琳琅微笑道：「那是妳和畫珠說的，我可沒有說。」芸初笑道：「妳最是個刁鑽古怪的，自然和我們不一樣的心思。」琳琅面上微微一紅，還欲說話，梁九功卻差人來叫她去給皇帝換藥，她只得撇下芸初先去。

時辰尚早，皇帝用了早膳，已經開始看摺子。琳琅依舊將藥敷上，細細包紮妥當，輕輕將衣袖一層層放下來。只見皇帝左手執筆，甚爲吃力，只寫得數字，便對梁九功道：「傳容若來。」她的手微微一顫，不想那箭袖袖端繡花繁複，極是挺括，觸到皇帝傷處，不禁身子一緊。她嚇了一跳，忙道：「奴才失手。」皇帝道：「不妨事。」揮手示意她退下。她依禮請安之後卻行而退，剛退至帳前，突然覺得呼吸一窒，納蘭已步入帳中，只不過相距三尺，卻只能目不斜視陌然錯過。他至御前行禮如儀：「皇上萬福金安。」

她慢慢退出去，眼裡他的背影一分一分地遠去，一尺一尺地遠去。原來所謂的咫尺天涯，咫尺，便真是不可逾越的天涯。簾子放下來，視線裡便只剩了那明黃上用垂錦福僖簾。朝陽照在那簾上，混淆著帳上所繪碧金紋飾，華彩如七寶琉璃，璀璨奪目，直刺入心。

容若見了駕，只聽皇帝道：「你來替朕寫一道給尚之信的上諭。」容若應了「是」，見案上皆是御筆朱砂，不敢僭越，只請梁九功另取了筆墨來。皇帝起身在帳中踱了幾步，沉吟道：「准爾前日所奏，命王國棟赴宜章。今廣西戰事吃緊，尚藩應以地利，精選藩下兵萬人馳援桂中。另著爾籌軍餉白銀二十萬兩，解朝廷燃眉之急。」

容若依皇帝的意思，改用上諭書語一一寫了，又呈給皇帝過目。皇帝看了，覺得他稿中措辭甚妥，點一點頭，又道：「再替朕擬一道給太皇太后的請安摺子，只別提朕的手臂。」容若便略一沉吟，細細寫了來。皇帝雖行圍在外，但朝中諸項事務，每日等閒也是數十件。他手臂受傷，命容若代筆，直忙了兩個多時辰。

福全來給皇帝請安，聽聞皇帝叫了納蘭來代筆國事，不敢打擾，待納蘭退出來，方進去給皇帝請了安。皇帝見了他，倒想起一事來：「我叫你替容若留意，你辦妥了沒有？」福全想了想，道：「皇上是指哪一樁事？」皇帝笑道：「瞧你這記性，蓬山不遠啊，難不成你竟忘了？」福全見含糊不過去，只得道：「容若臉皮薄，又說本朝素無成例，叫奴才來替他向萬歲爺呈情力辭呢。」皇帝沒有多想，憶起當晚聽那簫聲，納蘭神色間情不自禁，彷彿頗為嚮往。他倒是一意想成全一段佳話，便道：「容若才華過人，朕破個例又如何？你將那宮女姓名報與內務府，擇日著其父兄領出，叫容若風風光光地娶了過門，才是好事。」

福全見他如是說，便「嗻」了一聲，又請個安：「福全替容若謝皇上恩典。」皇帝只微笑道：「你就叫容若好好謝你這個大媒吧。」福全站起來只是笑：「渾話說『新人進了房，媒人丟過牆』，這做媒從來是吃力不討好。不過這回臣口銜天詔，奉了聖旨，這個媒人委實做得風光八面，也算是叨了萬歲爺的光。」

他出了御營，便去納蘭帳中。只見納蘭負手立在帳帷深處，凝視帳幕，倒似若有所思。書案上擱著一紙素箋，福全一時好奇取了來看，見題的是一闋〈畫堂春〉：「一生一代一雙人，爭教兩處銷魂。相思相望不相親，天為誰春。槳向藍橋易乞，藥成碧海難奔。若容相訪飲牛津，相對忘貧。」福全不由輕歎一聲，道：「容若，你就是滿紙涕淚，叫旁人也替你好生難過。」

納蘭倒似微微嚇了一跳，回頭見是他，上前不卑不亢行了禮。福全微笑道：「皇上惦著你的事，已經給了旨意，叫我傳旨給內務府，將頗爾盆的女兒指婚於你。」納蘭只覺得腦中嗡一聲輕響，似乎天都暗下來一般。適才御營中雖目不斜視，只是眼角餘光驚鴻一瞥，只見了她遠遠的側影，前塵往事已是心有千千結，百折不能解。誰知竟然永絕了生期，心下一片死寂，一顆心直如死灰一般了，只默默無語。

福全哪裡知道他的心事，興致勃勃地替他籌劃，說：「等大駕回鑾，我叫人挑個好日子，就去對內務府總管傳旨。」納蘭靜默半晌，方問：「皇上打算什麼時候回京？」福全道：「總得再過幾日，皇上的手臂將養得差不多了，方才會回宮吧。皇上擔心太皇太后與太后知道了擔心，所以還瞞著京裡呢。」

己酉日大駕才返回禁城，琳琅初進乾清宮，先收拾了下處，芸初央了掌事，將她安排和自己同住一間屋子。好在宮中執事，只捲了鋪蓋過來便鋪陳妥當。御前行走的宮人，旁人都存了三分客氣。芳景本和芸初同住，她在御前多年，辦事老到，為人又厚道，看琳琅理好了鋪蓋，便說：「你初來乍到，先將就擠一下。梁諳達說過幾日再安排屋子。」琳琅道：「只是多了我，叫姑姑們都添了不便。」芳景笑道：「有什麼不便的，妳和芸初又好，我們都巴不得多個伴呢。」又說：「梁諳達問了，要看妳學著侍候茶水呢，妳再練一遍我瞧瞧。」

琳琅應了一聲，道：「請姑姑指點。」便將茶盤捧了茶盞，先退到屋外去，再緩緩走進來。芳景見她步態輕盈，目不斜視，盤中的茶穩穩當當，先自點了點頭。琳琅便將茶放在小桌之上，而後退至一旁，再卻行退後。

芳景道：「這樣子很好，茶放在御案上時，離側案邊一尺四寸許，離案邊二尺許，萬歲爺一舉手就拿得到。放得遠了不成，近了更不成，近了礙著萬歲爺看摺子寫字。」又道：「要懂得看萬歲爺的眼色，這個就要花心思揣摩了，萬歲爺一抬眼，便能知道是不是想吃茶。御茶房預備的茶和奶子，都是滾燙的。像這天氣，估摸著該叫茶了，便先端了來，萬不能臨時抓不著，叫皇上久等著。也不能擱涼了，那茶香逸過了，就不好喝了。晚上看摺子，一般是預備奶子，奶子是用

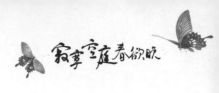

牛奶、奶油、鹽、茶熬製的奶茶，更不能涼。」

她說著琳琅便認眞聽著，芳景一笑：「妳也別怕，日子一久，萬歲爺的眼神妳就能看明白了。皇上日理萬機，咱們做奴才的，事事妥當了叫他省些心，也算是本分了。」又起身示範了一回叫琳琅瞧著學過。待得下午，梁九功親自瞧過了，見琳琅動作俐落，舉止得體，方頷首道：「倒是學得很快。」對芳景笑道：「到底是名師出高徒。」芳景道：「諳達還拿我來取笑。這孩子悟性好，我不過提點一二，她就全知道了。」梁九功道：「早些歷練出來倒好，妳明年就要放出去了，茶水上沒個得力的人哪裡成。我瞧這孩子也很妥當，今晚上就先當一回差事吧。」

琳琅應個「是」。梁九功諸事冗雜，便起身去忙旁的事了。芳景安慰琳琅道：「不要怕，前幾日妳替皇上換藥，也是日日見著萬歲爺，當差也是一樣的。」

因湖南的戰事正到了要緊處，甘陝雲貴各處亦正用兵，戰報奏摺直如雪片般飛來。皇帝對戰事素來謹慎，事無巨細，事必躬親。殿中靜悄悄的，只聽那西洋自鳴鐘喳喳地走動，小太監躡手躡腳剪掉燭花，剔亮地下的紗燈。琳琅瞧著那茶涼透了，悄步上前正想撤下來另換過，正巧皇帝看得出神，眼睛還盯著摺子上，卻伸出手去端茶。琳琅縮避不及，手上一暖，皇帝緙金織錦的袍袖已拂過她的手腕。皇帝只覺得觸手生溫，柔滑膩人，一抬起頭來瞧見正按在琳琅手上。琳琅面紅耳赤，低聲道：「萬歲爺，茶涼了，奴才去換一盞。」

皇帝「唔」了一聲，又低頭看摺子，琳琅便抽身出去。堆積如山的奏摺已經去得大半，西洋自鳴鐘已打過二十一下。梁九功見皇帝有些倦意，忙親自絞了熱手巾送上來。琳琅將茶捧進來。皇帝放下手巾，便接了茶來，只嚐了一口，目光仍瞧著摺子，忽然將茶碗擱下。琳琅只怕初次當差出了岔子，心裡不免忐忑。皇帝從頭將那摺子又看了一遍，站起身來，負手緩緩踱了兩步，忽又停步，取了那道奏摺，交代梁九功道：「你明兒打發個人，將這個送給明珠。」停了一停，說道：「不必叫外間人知曉。」

摺子是明發或是留中，都是有一定的定規的，這樣的殊例甚是罕異。梁九功連忙應是，在心裡暗暗納悶罷了。待皇帝批完摺子，已經是亥時三刻。皇帝安寢之後，琳琅方交卸了差事下值。琳琅那屋裡住著四個人，晚上都交卸了差事，自然鬆閒下來。芳景見錦秋半睡在炕上，手裡拿了小菱花鏡，笑道：「只有妳發瘋，這會子還不睡，只顧拿著鏡子左照右照。」錦秋道：「我瞧這額頭上長了個疹子。」芳景笑道：「一個疹子毀不了妳的花容月貌。」錦秋啐道：「妳少在這裡和我強嘴，妳以爲妳定然是要放出去了的？小心明兒公公來，將妳揹走。」

芳景便起身道：「我非撕了妳的嘴不可，看妳還敢胡說？」按住錦秋便胳肢。錦秋笑得連氣也喘不過來，只得討饒。芸初在一旁，也只是掩著嘴笑。芳景回頭瞧見琳琅，笑著道：「再聽到這樣的話，可別輕饒了她。」琳琅微笑道：「姑姑們說的什麼，我倒是不懂。」

錦秋嘴快，將眼睛一睒，說：「可是句好話呢。」芸初忙道：「別欺侮琳琅不知道。」琳琅這才猜到一二分，不由略略臉紅。果然錦秋道：「算了，告訴了妳，也免得下回旁人討妳便宜。」只是掩著嘴笑：「揹宮妳知不知道？」琳琅輕輕搖了搖頭。芳景道：「狗嘴裡吐不出象牙來，沒事拿這個來胡說。」

錦秋道：「這是太宗皇帝傳下來的規矩，講一講有什麼打緊？」芳景說：「妳倒搬出太宗皇帝來了。」錦秋「嘿」了一聲，道：「我倒是聽前輩姑姑們講，這規矩倒是孝端皇后立下來的。說是宸妃寵逾後宮，孝端皇后心中不忿，立了規矩：凡是召幸妃嬪，散髮赤身，裹以斗篷，由公公揹入揹出，不許留宿御寢。」

芳景亦只是暈紅了臉笑罵道：「可見妳成日惦著什麼。」錦秋便要跳下炕來和她理論。芳景忙道：「時辰可不早了，還不快睡，一會子叫掌事聽到，可有得饑荒。」錦秋哪裡肯依，芳景便「哧」一聲吹滅了燈，屋子裡暗下來，錦秋方窸窸窣窣睡下了。

天氣晴朗，碧藍的天上一絲雲彩都沒有。白晃晃的日頭隔著簾子，四下裡安靜無聲。皇帝歇了午覺，不當值的人退下去回自己屋子裡。因芸初去了四執庫，琳琅也坐下來繡一方帕子。芳景讓梁九功叫了去，不一會兒回屋裡來，見琳琅坐在那裡繡花，便走近來瞧，見那湖水色的帕子上，用蓮青色的絲線繡了疏疏幾枝垂柳，於是說：「好是好，就是太素淨了些。」

琳琅微笑道：「姑姑別笑話，我自己繡了玩呢。」芳景咳了一聲，對她道：「我早起身上就不太好，掙扎了這半日，實在圖不得了，已經回了梁諳達。梁諳達說妳這幾日當差很妥當，這會子萬歲爺歇午覺，妳先去當值，聽著叫茶水。」

琳琅聽她如是說，忙放了針線上殿中去。皇帝在西暖閣裡歇著，深沉沉的大殿中寂靜無聲，只地下兩只鎏金大鼎裡焚著安息香，那淡白的煙絲絲縷縷，似乎連空氣都是安靜的。當值的首領太監正是梁九功，見了她來，向她使個眼色。她便躡步走進暖閣，梁九功輕手輕腳地走過來，壓低了聲音對她道：「萬歲爺有差事交我，我去去就回來，妳好生聽著。」

琳琅聽說要她獨個兒留在這裡，心裡不免忐忑。梁九功道：「他們全在暖閣外頭，萬歲爺醒了，妳知道怎麼叫人？」

她知道暗號，於是輕輕點點頭。梁九功也不敢多說，只怕驚醒了皇帝，躡手躡腳便退了出去。琳琅只覺得殿中靜到了極點，彷彿連自己的心跳聲也能聽見。她只是屏息靜氣，留意著那明黃羅帳之後的動靜。雖隔得遠，但暖閣之中太安靜，依稀連皇帝呼吸聲亦能聽見，極是均勻平緩。殿外的陽光經了雕花長窗上糊著的綃紗，投射進來只是淡白的灰影，那窗格的影子，一格一格映在平滑如鏡的金磚上。

她想起幼時在家裡的時候，這也正是歇午覺的時辰。三明一暗的屋子，向南的窗下大株芭蕉與梨花。陽光明媚的午後，院中飛過柳絮，無聲無息，輕淡得連影子也不會有。雪白彈墨帳裡蓮青枕衾，老太太也有回說：「太素淨了，小姑娘家，偏她不愛那些花兒粉兒。」

那日自己方睡下了，丫頭卻在外面輕聲道：「大爺來了，姑娘剛睡了呢。」

那熟悉的聲音便道：「那我先回去，回頭再來。」

隱隱綽綽便聽見門簾似是輕輕一響，忍不住掣開軟綾帳子，叫一聲：「冬郎。」

忽聽窸窸窣窣被衾有聲，心下一驚，猛然回過神來，卻是帳內的皇帝翻了個身，四下裡依舊是沉沉的寂靜。春日的午後，人本就易生倦意，她立得久了，這樣的安靜，彷彿要天長地久永遠這樣下去一樣。她只恍惚地想，粱諳達怎麼還不回來？

窗外像是起了微風，吹在那窗紗上，極薄半透的窗紗微微地鼓起，像是小孩子用嘴在那裡呵著氣。她看那日影漸漸移近帳前，再過一會兒工夫，就要映在帳上了，便輕輕走至窗前，將那窗子要放下來。

忽聽身後一個醇厚的聲音道：「不要放下來。」她一驚回過頭來，原來皇帝不知什麼時候已經醒了，一手撩了帳子，便欲下床來。她忙上前跪下去替他穿上鞋，慌亂裡卻忘記去招呼外面的人進來。皇帝猶有一分睡意，神色不似平日那樣警銳敏捷，倒是很難得像尋常人一樣有三分慵懶：「什麼時辰了？」

她便欲去瞧銅漏，他卻向案上一指，那案上放著一塊核桃大的鍍金琺瑯西洋懷錶。她忙打開瞧了，方答：「回萬歲爺，未時三刻了。」

皇帝問：「妳瞧得懂這個？」

她事起倉促，未及多想，此時皇帝一問，又不知道該怎麼答，只好道：「以前有人教過奴才，所以奴才才會瞧。」

皇帝「嗯」了一聲，道：「妳瞧著這西洋鐘點就說出了咱們的時辰，心思換算得很快。」她不知該怎麼答話，可是姑姑再三告誡過的規矩，與皇帝說話，是不能不作聲的，只得輕輕應了聲：「是。」

殿中又靜下來，過了片刻，皇帝才道：「叫人進來吧。」她悚然一驚，這才想起來自己犯了大錯，忙道：「奴才這就去。」走至暖閣門側，向外遞了暗號。司衾尙衣的太監魚貫而入，替皇帝更衣梳洗。她正待退出，皇帝卻叫住了她，問：「梁九功呢？」

她恭聲道：「梁諳達去辦萬歲爺吩咐的差事了。」

皇帝微有訝異之色：「朕吩咐的什麼差事？」正在此時，梁九功卻進來了，向皇帝請了安。皇帝待內官一向規矩森嚴，身邊近侍之人，更是不假以辭色，問：「你當値卻擅離職守，往哪裡去了？」

梁九功又請了個安，道：「萬歲爺息怒，主子剛歇下，太后那裡就打發人來，叫個服侍萬歲爺的人去一趟。我想著不知太后有什麼吩咐，怕旁人抓不著首尾，所以奴才自己往太后那裡去了一趟。沒跟萬歲爺告假，請皇上責罰。」

皇帝聽聞是太后叫了去，便不再追究，只問：「太后有什麼吩咐？」

梁九功道：「太后問了這幾日皇上的起居飲食，說時氣不好，吩咐奴才們小心侍候。」稍稍一頓，又道：「太后說昨日做的一個夢不好，今早起來只是心驚肉跳，所以再三地囑咐奴才要小心侍候著萬歲爺。」

皇帝不禁微微一笑，道：「皇額娘總是惦記著我，所以才會日有所思，夜有所夢。老人家總肯信著些夢兆罷了。」

梁九功道：「奴才也是這樣回的太后，奴才原說，萬歲爺萬乘之尊，自有萬神呵護，那些妖魔邪障，都是不相干的。只是太后總有些不放心的樣子，再三地叮囑著奴才，叫萬歲爺近日千萬不能出宮去。」

皇帝卻微微突然變了神色：「朕打算往天壇去祈雨的事，是誰多嘴，已經告訴了太后？」

梁九功深知瞞不過皇帝，所以連忙跪下磕了個頭：「奴才實實不知道是誰回了太后，萬歲爺明鑑。」皇帝輕輕地咬一咬牙：「朕就不明白，爲什麼朕的一舉一動，總叫人窺著。連在乾清宮裡說句話，不過一天工夫，就能傳到太后那裡去。」梁九功只是連連磕頭：「萬歲爺明鑑，奴才是萬萬不敢的，連奴才手下這些個人，奴才也敢打包票。」

皇帝的嘴角不易覺察地微微揚起，但那絲冷笑立刻又消於無形，只淡淡道：「你替他們打包票，好得很啊。」梁九功聽他語氣嚴峻，不敢答話，只是磕頭。皇帝卻說：「朕瞧你糊塗透頂，幾時掉了腦袋都未必知道。」

直嚇得梁九功連聲音都瑟瑟發抖，只叫了聲：「萬歲爺……」

皇帝道：「日後若是再出這種事，朕第一個要你這乾清宮總管太監的腦袋。瞧著你這無用的東西就叫朕生氣，滾吧。」

梁九功汗得背心裡的衣裳都濕透了，聽到皇帝如是說，知道已經饒過這一遭，忙謝了恩退出去。

殿中安靜無聲，所有的人大氣也不敢出，只服侍皇帝盥洗。平日都是梁九功親自替皇帝梳頭，今天皇帝叫他「滾」了，盥洗的太監方將大毛巾圍在皇帝襟前，皇帝便略皺一皺眉。殿中的

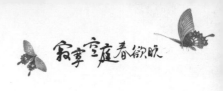

大太監劉進忠是個極乖覺的人，見皇帝神色不豫，便道：「叫梁諳達先進來侍候萬歲爺吧。」皇帝的怒氣卻並沒有平息，口氣淡然：「少了那奴才，朕還披散著頭髮不成？」舉頭瞧見只有一名宮女侍立在側，便道：「妳來。」

琳琅只得應聲近前，接了那犀角八寶梳子在手裡，先輕輕解開了那辮端的明黃色長穗。再細細梳了辮子，方結好了穗子。司盥洗的太監捧了鏡子來，皇帝也並沒有往鏡中瞧一眼，只道：「起駕，朕去給太后請安。」

劉進忠便至殿門前，唱道：「萬歲爺起駕啦——」

蕭瑟蘭成

蕭瑟蘭成看老去，為怕多情，不作憐花句。閣淚倚花愁不語，暗香飄盡知何處？
重到舊時明月路，袖口香寒，心比秋蓮苦。休說生生花裡住，惜花人去花無主。

——納蘭容若〈蝶戀花〉

皇帝日常在宮中只乘肩輿，宮女太監捧了提爐、唾壺、犀拂諸色器物跟在後頭，一列人迤邐往太后那裡去。皇帝素來敬重太后，過了垂花門便下了肩輿，劉進忠待要通報御駕，也讓他止住了，只帶了隨身兩名太監進了宮門。

方轉過影壁，只聽院中言笑晏晏，卻是侍候太后的宮女們在殿前踢毽子作耍。暮春時節，院中花木都鬱鬱蔥蔥，廊前所擺的大盆芍藥，那花一朵朵開得有銀盤大，姹紫嫣紅在綠葉掩映下格外嬌豔。原來這日太后頗有興致，命人搬了軟榻坐在廊前賞花，許了宮女們可以熱鬧玩耍。她們都是韶華年紀，哪個不貪玩？況且在太后面前，一個個爭先恐後，踢出偌多的花樣。

皇帝走了進去，衆人都沒有留意。只見背對著影壁的一個宮女身手最爲靈活，由著單、拐、踱、倒勢、巴、蓋、順、連、扳托、偷、跳、篤、環、岔、簸、摜、撕擠、蹴……踢出裡外簾、聳膝、拖槍、突肚、剪刀抛、佛頂珠等各色名目來。惹得衆人都拍手叫好，她亦越踢越俐落，連廊下的太后亦微笑點頭。侍立太后身畔的英嬤嬤一抬頭見了皇帝，脫口叫了聲：「萬歲爺！」

衆人這才呼啦啦都跪下去接駕。那踢毽子的宮女一驚，腳上的力道失了準頭，毽子卻直直向皇帝飛去。她失聲驚呼，皇帝舉手一掠，眼疾手快地接在了手中。那宮女誠惶誠恐地跪下去，因著時氣暖和，又踢了這半日的毽子，一張臉上紅彤彤的，額際汗珠晶瑩，極是嬌憨動人。

太后笑道：「畫珠，瞧妳這毛手毛腳的，差點衝撞了御駕。」那畫珠只道：「奴才該死。」忍不住偷偷一瞥皇帝，不想正對上皇帝的視線，忙低下頭去，不覺那烏黑明亮的眼珠子一轉，如寶石一樣熠熠生輝。

皇帝對太后身邊的人向來很客氣，便說：「都起來吧。」隨手將鏈子交給身後的趙昌，自己先給太后請了安。太后忙叫英嬤嬤：「還不拿椅子來，讓萬歲爺坐。」

早有人送過椅子來。太后道：「今兒日頭好，花開得也好，咱們娘倆兒就在這兒說話吧。」皇帝應了一聲，便伴太后坐下來。英嬤嬤早就命那些宮女都散了去，只留了數人侍候。太后因見皇帝只穿著藏青色緙絲團龍夾袍，便道：「現在時氣雖暖和，早晚卻還很有些涼，怎麼這早晚就換上夾的了？」

皇帝道：「因歇了午覺起來，便換了夾衣。兒子這一回去，自會再加衣裳。」太后點一點頭，道：「四執庫的那些人，都是著三不著四的，梁九功雖然盡心，也是有限。說到這上頭，還是女孩子心細。乾清宮的宮女，有三四個到年紀該放出去了吧？」回頭便瞧了英嬤嬤一眼，英嬤嬤忙道：「回太后的話，上回貴主子來回過您，說起各宮裡宮女放出去的事，乾清宮是有四個人到年紀了。」太后便點一點頭：「那要早早地叫那些小女孩子們好生學著，免得老人放了出去，新的還當不了差事。」忽想起一事來，問：「如今替皇帝管著衣裳的那宮女叫什麼？」英嬤嬤道：「叫芸初。」太后問：「是不是上回打梅花絡子那個孩子，容長臉兒，模樣長得很秀氣？」英嬤嬤道：「回太后的話，正是她。」太后道：「那孩子手倒巧，叫她再來替我打幾根絡子。」皇帝笑道：「太后既然瞧得上，那是她的福分，從今後叫她來侍候太后便是了。」梁九功忙命芸初上來給太后磕頭。

太后笑道：「我也不能白要你的人。」便向侍立身旁的畫珠一指：「這個丫頭雖然淘氣，針線上倒是不錯，做事也還妥當，打今兒起就叫她過去乾清宮，學著侍候衣裳上的事吧。」

皇帝答：「太后總是替兒子想著。兒子不能常常承歡膝下，這是太后身邊得力的人，替兒子侍候著太后，兒子心裡反倒安心些。」

太后微笑道：「正因瞧著這孩子不錯，才叫她去乾清宮。你身邊老成些的人都要放出去了，這一個年紀還小，叫她好生學著，還能多服侍你幾年。」皇帝聽她如是說，只得應了個「是」。

太后因見那天上碧藍一泓，萬里無雲，說：「這天晴得真通透。」皇帝道：「從正月裡後，總是晴著，二月初還下過一場小雪，三月裡京畿直隸滴雨未下，赤地千里，春旱已成。只怕這幾日再晴著，這春上的農事便耽擱過去了。」

太后道：「國家大事，我一個婦道人家原不該多嘴，只是這祈雨，前朝皆有命王公大臣代祈之例，再不然，就算你親自往天壇去，只要事先虔誠齋戒，也就罷了。」

皇帝道：「兒子打算步行前往天壇，只是想以虔心邀上蒼垂憐，以甘霖下降，解黎民旱魃之苦。太皇太后曾經教導過兒子，天下萬民養著兒子，兒子只能以誠待天下萬民。步行數里往天壇祈雨，便是兒子的誠意了。」

太后笑道：「我總是說不過你，你的話有理，我不攔著你就是了。不過大日頭底下，不騎馬不坐轎走那樣遠的路……」

皇帝微微一笑道：「太后放心，兒子自會小心。」

芸初回到乾清宮，只得收拾行李，預備挪到慈寧宮去。諸人給她道了喜，皆出去了，只餘琳琅在屋子裡給她幫忙。芸初打疊好了鋪蓋，忽然怔怔地落下淚來，忙抽了肋下的手巾出來拭。琳琅見她如此，亦不免心中傷感，道：「快別這麼著，這是犯大忌諱的。」芸初道：「我一早也想過這一日，總歸是我福薄罷了。」又道：「御前的差事便是這樣，你不擠兌人，旁人也要擠兌你。自打我到這裡來，多少明的暗的，連累表姐都聽了無數的冷言冷語。到底挪出我去了，他們才得意。」琳琅過了半晌方道：「其實去侍候太后也好，過兩年指不定求個恩典能放出去。」芸初歎了口氣，道：「如今也只得這樣想了。」對琳琅道：「好妹妹，如今我要去了，妳自己個兒要保重。這最是個是非之地，大家臉上笑嘻嘻，心裡可又是另一樣。梁諳達倒罷了，他若能照應妳，那就是最好了，魏諳達與趙諳達……」說到這裡，停了一停，說：「琳琅，妳聰明伶俐，還有什麼不明白的。只可惜咱們姐妹一場，聚了不過這幾日，我又要走了。唉，咱們做奴才的，好比那春天裡的楊花，風吹到哪裡是哪裡，如何能有一點自己個兒的主張？我這一去，不曉得幾時還能見著。」

琳琅聽她這樣說，心下悲涼，只勉強道：「好端端的如何這樣說，況且咱們離得又不遠，我得了空便去瞧妳就是了。」芸初將她的手握一握，低聲道：「我知道妳的心思向來不重那些事，可是在這乾清宮裡，若想要站得穩腳跟兒，除非有根有基。我好歹是表姐照應，如今也不過這樣下場。妳孤零零一個人，以後萬事更要小心。如今太后打發畫珠過來……」一句話猶未完，忽聽外面芳景的聲音喚：「琳琅，琳琅！」琳琅只得答應著，推門出來看時，芳景悄聲對她道：「惠主子打發人瞧妳來了。」

原是惠嬪名下掌事的宮女承香。琳琅蹲身便欲一福，承香連忙扯住，道：「姑娘快別這樣多禮。」拉著她的手，笑吟吟道：「我們主子說，老早就想來瞧瞧姑娘，可恨宮裡的規矩，總是不便。前兒主子對我提起姑娘來，還又歡喜又難過。歡喜的如今姑娘出息得這樣，竟是十分的人才，又在御前當上差，眞眞替家裡掙臉。難過的是雖說一家人，宮禁森嚴，日常竟不得常常相見。」琳琅道：「難爲惠主子惦記。」承香笑道：「主子說了，她原是姑娘嫡親的表姐，在這宮裡，她若不惦記、幫襯著姑娘，還有誰惦記、幫襯著姑娘呢？姑娘放心，主子叫我告訴姑娘，老太太這一程子身子骨十分硬朗，聽說姑娘如今在宮裡出息了，十分歡喜。」琳琅聽見說老太太，眼圈一紅，忙忙地強自露出個笑顏：「姐姐回去，替我向惠主子磕頭，就說琳琅向惠主子請安。」承香勸慰了數句，又悄悄地將一包東西交給她：「這是我們主子送給姑娘的，都是些胭脂水粉，姑娘用著，比內務府的份子強。」琳琅推辭不過，只得收下。承香又與她說了幾句親密情厚的話，方才去了。

承香回到翊坤宮，惠嬪正與宮女開解交繩，見她回來，將臉一揚，摒退了衆人。承香便將適才的情形細細地講了一遍，惠嬪點頭道：「這丫頭素來知道好歹，往後的事，咱們相機再作打算。」又吩咐承香：「明兒就是二太太生日，咱們的禮，打發人送去了沒有？」承香道：「我才剛進來，已經打發姚安送去了。」

這一日雖只是暖壽，明珠府裡也請了幾班小戲，女眷往來，極是熱鬧。姚安原是常來常往的人，門上通傳進去，明珠府管家安尙仁親自迎到抱廈廳裡坐了，又親自斟了碗茶來，姚安忙道了生受。安尙仁笑道：「原本該請公公到上房裡坐，可巧兒今兒康王福晉過來了，太太實在不得閒，再三命我一定要留公公吃兩杯酒。」姚安笑道：「太太的賞，原本不敢不受，可安總管也知曉宮裡的規矩，咱家不敢誤了回宮的時辰，實實對不住太太的一片盛情了。」安尙仁笑道：「我知道主子跟前，一刻也離不了公公呢。」姚安笑道：「安總管過譽，不過是主子肯抬舉咱家罷了。」說笑了片刻，姚安就起身告辭。

安尙仁親自送走了姚安，返身進來，進了儀門，門內一條大甬路，直接出大門的。上面五間大正房，兩邊廂房鹿頂耳房鑽山，軒昂壯麗，乃是明珠府正經的上房。安尙仁只順著那抄手遊廊一轉，東廊下三間屋子，方是納蘭夫人日常起居之地。此時六七個丫頭都屏息靜氣，齊齊垂手侍立在廊下。

安尙仁方踏上台階，已聽到屋內似是明珠的聲音，極是惱怒：「你一味回護著他，我倒要看看，你要將他回護到什麼地步去？」安尙仁不敢進去，微一躊躇，只見太太屋裡的大丫頭霓官向他直使眼色。他於是退下來，悄聲問霓官：「老爺怎麼又在生氣？」

霓官道：「今兒老爺下了朝回來，臉色就不甚好，一進門就打發人去叫大爺。」安尙仁聽見說，一抬頭只瞧哈哈珠子已經帶了容若來。容若聞說父親傳喚，心中亦自忐忑，見院中鴉雀無聲，丫頭們都靜默垂首，心中越發知道不好。霓官見了他，連連地向他使眼色，一面就打起簾子來。

容若只得硬著頭皮進去，只見父親坐在炕首，連朝服都沒有脫換，手裡一串佛珠，數得啪啪連聲，又快又急，而母親坐在下首一把椅子上，見著了他卻是欲語又止。他打了個千，道：「兒子給父親大人請安。」明珠卻將手中佛珠往炕几上一擂，騰一聲就站了起來，幾步走到他面前：「你還知道我是你父親？我如何生了你這樣一個逆子！」納蘭夫人怕他動手，連忙攔在中間，道：「教訓他是小，外頭還有客人在，老爺多少替他留些顏面。且老爺自己更要保重，別氣壞了自個兒的身子。」明珠怒道：「他半分顏面都不替我爭，我何必給他留顏面？我也不必保重什麼，哪日若叫這逆子生生氣死了我，大家清淨！」從袖中取出一樣東西往他身上一摔：「這是什麼？你竟敢瞞著我做出這樣的事情來。」

容若拾起來看，原來是一道白摺子，正是自己的筆跡，心裡一跳，默不作聲只跪在當地。明珠恨聲道：「今兒梁公公悄悄打發人將這個給我，我打開一瞧，只唬得魂飛魄散。皇上賜婚，那是天大的恩典，聖恩浩蕩，旁人做夢都想不來的喜事，你這個無法無天的東西，竟然敢私自上摺請辭。皇上這是瞧在我的老臉上，不和你這不識抬舉的東西計較，皇上若是將摺子明發，我瞧你如何收場！」

納蘭夫人見他怒不可遏，怕兒子吃虧，勸道：「老爺先消消氣，有話慢慢說。冬郎臉皮薄，皇上賜婚，他辭一辭也不算什麼。」明珠冷笑一聲：「眞眞是婦孺之見！妳以爲聖命是兒戲麼？皇上漫說只是賜婚，就算今天是賜死，咱們也只能向上磕頭謝恩。」指著容若問：「你這些年的聖賢書，都讀到哪裡去了？君要臣死，臣不得不死，連三歲小兒皆知的道理，你倒敢違抗聖命！

只怕此事叫旁人知曉，參你一本，說你目無君父，問你一個大不敬，連爲父也跟著你吃掛落，有教子無方之罪！」

容若道：「皇上若是怪罪下來，兒子一人承擔，絕不敢連累父親大人。」

明珠氣得渾身發抖，指著他，只是嘴唇哆嗦著，半晌說不出話來。轉頭四顧並無稱手之物，隨手操起高几上一只鈞窯花瓶，狠狠向他頭上摜去。納蘭夫人見他下這樣的狠手，怕傷到兒子，從中攔阻，亦被推了個趔趄。容若雖不敢躲閃，但到底那花瓶砸得偏了，「匡啷」粉碎，瓷片四濺迸起，有一片碎瓷斜斜削過容若的額際，頓時鮮血長流。明珠猶未平氣，見壁上懸著寶劍，扯下來便要拔劍。納蘭夫人嚇得面無人色，死死抱住明珠的手臂，只道：「老爺，老爺，旁的不想，冬郎明兒還要去當値，萬一皇上問起來，可叫他怎麼回奏。」

外頭的丫頭見老爺大發雷霆，早就黑壓壓跪了一地。明珠聽見夫人如是說，喟然長歎一聲，手裡的劍就慢慢低了下去。納蘭夫人見兒子鮮血滿面，連眼睛都糊住了，急痛交加，慌忙拿手絹去拭，那血只管往外湧，如何拭得乾淨。納蘭夫人不由慌了神，拿絹子按在兒子傷口上，那血順著絹子直往下淌，納蘭夫人禁不住熱淚滾滾，只說：「這可怎麼是好。」明珠見容若血流不止，那情形甚是駭人，心下早自悔了，一則心疼兒子，二則明知皇帝素來待容若親厚，見他顏面受傷，八成是要問的，不由頓足喝問：「人都死到哪裡去了？」外頭丫頭婆子這才一擁進來，見了這情景，也都嚇得慌了手腳。還是納蘭夫人的陪房瑞嬤嬤經事老成，三步併作兩步走至案前，將那宣德爐裡的香灰抓了一大把，死死地按在容若的頭上，方才將血止住。

容若衣襟之上淋淋漓漓全是鮮血，又是香灰，又是藥粉，一片狼藉，那樣子更是駭人。明珠便有一腔怒火也再難發作，終究嗐了一聲，只是道：「瞧著你這不成材的東西就叫我生氣。今兒不許吃晚飯，到祠堂裡跪著去！」納蘭夫人亦不敢再勸，只是坐在那裡垂淚，兩個丫頭攙了納蘭出去，帶他去祠堂裡罰跪。

那樣硬的青磚地，不過片刻，膝頭處便隱隱生痛。祠堂裡光線晦暗，綠色湖縐的帳帷總像是蒙著一層金色的細灰，香煙嫋嫋裡只見列祖列宗的畫像，那樣的眉，那樣的眼，微微低垂著，彷彿於世間萬事都無動於衷。雕花長窗漏進來的日光，淡而薄地烙在青磚地上，依稀看得出富貴萬年花樣。芙蓉、桂花、萬年青，一枝一葉鏤刻分明，便是富貴萬年了。這樣好的口彩，一萬年……那該有多久……久得自己定然早已化成了灰，被風吹散在四野裡……跪得久了，雙膝已經發痲，額上的傷口卻一陣趕似一陣火燒火燎般灼痛。可是任憑傷處再如何痛，都抵不住心口那微微的疼，彷彿有極細的絲線牽扯在那裡，每一次心跳都涉起更痛的觸感。這樣多年，他已經死了心，斷了念，總以爲可以不慟不怒，可是爲何還叫他能瞥見一線生機。便如窒息的人突然喘過氣來，不過片刻，卻又重新被硬生生殘忍地扼住喉頭。

琳琅……琳琅……

這名字便如在胸中喚了千遍萬遍，如何可以忘卻，如何可以再次眼睜睜地錯失……哪怕明知無望，他總還是希冀著萬一，他與她，如果註定今世無緣，那麼他總可以希冀不再累及旁人，總可以希冀日後的寂寞與寧靜……

外面有細微的腳步聲，大丫頭荷葆悄悄道：「太太來了。」他一動不動跪在那裡，納蘭夫人見著，心中一酸，含淚道：「我的兒，你但凡往日聽我一句勸，何至於有今日。」一面說，一面只是拭淚。納蘭夫人身後跟著丫頭霓官，手裡托著一只翠鈿小匣，便交與荷葆。納蘭夫人道：「這原是皇上賞給你父親的西洋傷藥，說是止血化瘀最是見效，用後不留疤痕的。才剛你父親打發人從外頭拿進來。」含淚道：「你父親嘴裡雖不說，其實疼你的心，和老太太、和我，都是一般的。」

容若紋絲不動跪在那裡，沉默片刻，方道：「兒子明白。」

納蘭夫人拭著淚，輕輕歎了口氣，說：「你父親時常拘著你，你要體諒他的心，他有他的難處。如今咱們家聖眷優渥，尊榮富貴，皇上待你又親厚，賜婚這樣的喜事，旁人想都想不來，你莫要犯了糊塗。」

容若並不作聲，納蘭夫人不由紅了眼圈，道：「我知道你的心思，你心裡還記著你妹妹。這麼些年來，你的苦，額娘都知道。可是，你不得不死了這份心啊。琳琅那孩子縱有千般好，萬般好，她也只是一個籍沒入官的罪臣孤女。便如老太太當日那樣疼她，末了還不是眼睜睜只得送她進宮去。」

容若心如刀割，只緊緊抓著袍襟，手背上泛起青筋，那手亦在微微發抖。跪得久了，四肢百骸連同五臟六腑似都麻木了，可是這幾句話便如重新剖開他心裡的傷，哪裡敢聽，哪裡忍聽？可納蘭夫人的字字句句便如敲在他心上一樣：「我知道你心裡怨恨，可你終究要為這闔家上下想想。你父親對你寄予厚望，老太太更是疼你。衛家牽涉鼇拜大案，依你父親的說法，這輩子都是罪無可恕，只怕連下輩子，也只得祈望天恩。康熙八年的那場滔天大禍，我可是記得眞眞兒的。那衛家是什麼樣的人家？亦是從龍入關，世代功勳，鐘鳴鼎食的人家，說是獲罪，立時就抄了家，那才眞叫家破人亡。衛家老太爺上了年紀，犯了痰症，只拖了兩天就去了，反倒是個有福的。長房裡的男人都發往寧古塔與披甲人爲奴，女眷籍沒入官。一門子老的老，小的小，頓時都和沒腳蟹似的，憑誰都能去糟踐，你沒見過那情形，瞧著眞眞叫人心酸。」

他如何不曉得……正是冬日，剛剛下了一點小雪，自己笑吟吟地進上房，先請下安去：「老太太。」卻聽祖母道：「去見過你妹妹。」嫋嫋婷婷的小女兒，渾身猶帶著素孝，屈膝叫了聲「大哥哥」，他連忙攙起來，清盈盈的眼波裡，帶著隱隱的哀愁，叫人心疼得發軟……那一雙瞳仁直如兩丸黑寶石浸在水銀裡，清澈得如能讓他看見自己……有好一陣子，他總無意撞見她默默垂淚。那是想家，卻不敢對人說，連忙地拭去，重又笑顏對人。可那笑意裡隱約的哀愁，越發叫人心疼……

家常總是不得閒，一從書房裡下來，往她院子裡去，窗前那架鸚鵡，教會了牠唸他的新詞：「休近小闌干，夕陽無限山……」可憐無數山……隱隱的翠黛蛾眉，癡癡的小兒女心事……轟然竟是天翻地覆……任他如何，任她如何……心中惟存了萬一的指望，可如何能夠逆天而還？這天意，這聖諭，這父命……一件件，一層層，一重重，如萬鈞山石壓上來，壓得他粉身碎骨。粉身碎骨並不足惜，可他哪怕化作齏粉，如何能夠挽回萬一？

母親拿絹子拭著眼淚：「琳琅到我們家來這麼些年，咱們也沒虧待過她，吃的、用的，都和咱們家的姑娘一樣。老太太最是疼她，我更沒藏過半分私心，舉凡是份例的東西，都是挑頂尖兒的給她，那孩子確實可人疼啊。可是又有什麼法子，哪怕有一萬個捨不得，哪裡能違逆了內務府的規矩法度。到了如今，你就算不看在額娘生你養你一場，你忍心叫老太太再為你著急傷心？就算你連老太太和我都絲毫不放在心上，你也要替琳琅想想。萬一叫旁人知道你的糊塗心思，你們自己確是清清白白，可旁人哪裡會這樣想。她到時便渾身是嘴也說不清，在宮裡還能有活命麼？聽額娘一句勸，這都是命，我的兒，憑你再怎麼，如何爭得過天命去？」

容若本來是孤注一擲，禁不住母親一路哭，一路說，想起昔日種種，皆如隔世。那些年的光陰，一路走來，竟都成了枉然，而今生竟然再已無緣。無法可避宮門似海，聖命如天，心中焦痛如寸寸腸斷。念及母親適才為了自己痛哭流涕，拳拳慈愛之心，哪忍再去傷她半分，更何況琳琅……琳琅……一唸及這個名字，似乎連呼吸都痛徹心腑，自己如何能夠累及她？這麼多年……她哪怕仍和自己是一樣的心思，可自己哪裡能夠再累及她……怎麼能夠再累及她……心中輾轉起伏，盡是無窮無盡的悲涼。只覺這祠堂之中，黯黯如茫茫大海，將自己溺斃其中，一顆心灰到極處，再也無半分力氣掙扎。

六龍天上

桃花羞作無情死，感激東風。吹落嬌紅，飛入窗間伴懊儂。
誰憐辛苦東陽瘦，也為春慵。不及芙蓉，一片幽情冷處濃。

——納蘭容若〈採桑子〉

因爲摺子並沒有明發，所以明珠以密摺謝罪。皇帝明知納蘭對那吹簫之人甚是嚮往，恐是顧忌明珠對婚事不悅，故而有此推搪作態，所以有意將摺子交給明珠。明珠果然誠惶誠恐，上專摺謝罪。如今看來此事已諧，他握筆沉吟，那筆尖朱砂本舔得極飽，這麼一遲疑的工夫，「嗒」一輕響，一滴朱砂落在摺子上，極是觸目。皇帝微覺不吉，不由輕輕將摺子一推，擱下了筆。

琳琅正捧了茶進來，見皇帝擱筆，忙將那小小的填漆茶盤奉上，皇帝伸手去接，因規矩不能與皇帝對視，目光微垂，不想瞥見案頭摺子上極熟悉的筆跡：「奴才伏乞小兒性德婚事……」頓時胸口一緊，手中不知不覺已經一鬆，只聽「匡啷」一聲，一只竹絲白紋的粉定茶盞已經跌得粉碎，整杯滾燙的熱茶全都潑在御案上。皇帝不由「呀」了一聲，她驟然回過神來，臉色煞白：「奴才該死！」見御案上茶水碎杯狼藉，皇帝已經站了起來，她直嚇得面無人色：「萬歲爺燙著沒有？」

皇帝見她怯怯的一雙明眸望著自己，又驚又懼，那模樣說不出的可憐。正待要說話，梁九功早就三步併作兩步上前來，一面替皇帝收拾衣襟上的水痕，轉頭就呵斥琳琅：「妳這是怎麼當差的？今兒燙著萬歲爺了，就算拿妳這條命也不夠抵換。」她本就臉色慘白，犯了這樣的大錯，連唇上最後一抹血色都消失不見，盈盈含淚，幾欲要哭出來了，強自鎮定，拿絹子替皇帝拭著衣襟上的水痕。

因兩人距得極近，皇帝只覺幽幽一脈暗香襲來，縈繞中人欲醉，她手中那素白的絹子，淡細色絲線繡的四合如意雲紋，讓人心裡忽地一動。梁九功一迭聲嚷：「快快去取燙傷藥。」早有小太監飛奔著去了，皇帝道：「朕沒燙著。」低頭見她手腕上已經起了一串水泡，不覺道：「可燙著了不曾？」

幸得小太監已經取了燙傷藥來，梁九功見皇帝並未受傷，才算鬆了口氣，對著琳琅亦和顏悅色起來：「先下去上藥，燙傷了可不是玩的，這幾日可不必當差了。」

她回到房中之後，雖上了藥，但手腕上一陣一陣燎痛，起坐不定，躺在床上閉目許久，才朦朧假寐。過不一會兒，畫珠下值回來，已經聽說她傷了手，便替她留了稀飯，又問她：「今日又是小四兒該班，妳可有什麼要捎帶的？」本來禁宮之中，是不讓私傳消息的，但太監們有奉差出宮的機會，宮女們私下裡與他們交好，可往外夾帶家信或是一二什物，不過瞞上不瞞下罷了。她們在御前行走，那些太監蘇拉們更是巴結，自然隔不了幾日便來奉承。

琳琅心中難過，只搖一搖頭。畫珠見她神色有異，以爲是適才受了梁九功的斥責，便安慰她說：「當差哪有不挨罵的，罵過就忘，可別想著了。好容易小四兒出去一遭，妳不想往家裡捎帶什麼東西？」琳琅腕上隱隱灼痛，心中更是痛如刀絞，只低聲道：「我哪裡還有家。」輕輕歎了口氣，望著窗外，但見庭中花木扶疏，一架荼蘼正開得滿院白香，微風吹過，春陰似水，花深如海，寂寂並無人聲。

開到荼蘼花事了，這遲遲春日，終究又要過去了。

雖說太醫院秘製的傷藥極是靈驗，但燙傷後亦休養了數日，這一日重新當值，恰值皇帝前去天壇祈雨。天子祈雨，典章大事，禮注儀式自然是一大套繁文縟節，最要緊的是，要挑個好日子。欽天監所選良辰吉日，卻有一多半是要看天行事。原來大旱之下天子往天壇祭天祈雨，已經是最後的「撒手鐧」，迫不得已斷不會行。最要緊的是，皇帝祭天之後，一定要有雨下，上上大吉是祈雨當日便有一場甘霖，不然老天爺不給皇帝半分面子，實實會大大有損九五至尊受命於天的尊嚴。所以欽天監特意等到天色晦暗烏雲密佈，看來近日一場大雨在即，方報上了所挑的日子。

己卯日皇帝親出午門，步行前往天壇祈雨。待御駕率著大小臣工緩步行至天壇，已然是狂風大作，只見半天烏雲低沉，黑壓壓的似要摧城。待得御駕返回禁城，已經是申初時刻，皇帝還沒有用晚膳。皇帝素例只用兩膳，早膳時叫起見臣子，午時進晚膳，晚上則進晚酒點心。這還是太祖于馬背上征戰時立下的規矩。皇帝已經齋戒三天，這日又步行數里，但方當盛年，到底精神十足，反倒胃口大開，就在乾清宮傳膳，用了兩碗米飯，吃得十分香甜。

琳琅方捧了茶進殿，忽聽那風吹得窗子「啪」一聲就開了。太監忙去關窗，皇帝卻吩咐：「不用。」起身便至窗前看天色，只見天上烏雲翻捲，一陣風至，挾著萬線銀絲飄過。只見那雨打在瓦上劈啪有聲，不一會兒工夫，雨勢便如盆傾瓢潑，殿前四下裡便騰起濛濛的水氣來。皇帝不覺精神一振，說了一聲：「好雨！」琳琅便端著茶盤屈膝道：「奴才給主子道喜。」

皇帝回頭見是她，便問：「朕有何喜？」

琳琅道：「大雨已至，是天下黎民久旱盼得甘霖之喜，自然更是萬歲爺之喜。」皇帝心中歡喜，微微一笑，伸手接了茶，方打開蓋碗，已覺有異：「這是什麼？」

琳琅忙道：「萬歲爺今日步行甚遠，途中必定焦渴，晚膳又進得香，所以奴才大膽，叫御茶房預備了杏仁酪。」

皇帝問：「這是回子的東西吧？」琳琅輕聲應個「是」。皇帝淺嚐了一口。那杏仁酪以京師甜杏仁用熱水泡，加爐灰一撮，入水，候冷，即捏去皮，用清水漂淨，再量入清水，兌入上用江米，如磨豆腐法帶水磨碎成極細的粉。用絹袋榨汁去渣，以汁入調、煮熟，兌了奶子，最後加上西洋雪花洋糖，一盞津甜軟糯。皇帝只覺齒頰生香，極是甘美，道：「這個甚好，杏仁又潤肺，妳想得很周到。」問：「還預備有沒有？」

琳琅答：「還有。」皇帝便說：「送些去給太皇太后。」琳琅便領旨出來，取了提盒來裝了一大碗酪，命小太監打了傘，自己提了提盒，去慈寧宮太皇太后處。

太皇太后聽聞皇帝打發人送酪來，便叫琳琅進去。但見端坐炕上的太皇太后，穿著家常的絳色紗納繡玉蘭團壽夾衣，頭上亦只插帶兩三樣素淨珠翠，端莊慈和，隱隱卻極有威嚴之氣。琳琅進殿恭敬行了禮，便侍立當地。太皇太后滿面笑容，極是歡喜：「難爲皇帝事事想著我，一碗酪還打發人冒雨送來。」見琳琅衣裳半濕，微生憐意，問：「妳叫什麼名字？」

琳琅答：「回太皇太后的話，奴才叫琳琅。」

太皇太后笑道：「這名字好，好個清爽的孩子。以前沒見過妳，在乾清宮當差多久了？」

琳琅道：「奴才方在御前當差一個月。」太皇太后點一點頭，問：「皇帝今日回來，精神還好嗎？」琳琅答：「萬歲爺精神極好，走了那樣遠的路，依舊神采奕奕。」太皇太后又問：「晚膳進的什麼?香不香?」

琳琅一一答了，太皇太后道：「回去好好當差，告訴妳主子，他自個珍重身子，也就是孝順我了。」

琳琅應「是」，見太皇太后並無旁的話吩咐，便磕了頭退出來，依舊回乾清宮去。

那雨比來時下得更大，四下裡只聽見一片「嘩嘩」的水聲。那殿基之下四面的馭水龍首，疾雨飛瀉，蔚爲壯觀。那雨勢急促，隔了十數步遠便只見一團團水氣，紅牆琉瓦的宮殿盡掩在迷濛的大雨中。風挾著雨勢更盛，直往人身上撲來。琳琅雖打著傘，那雨仍不時捲入傘下，待回到乾清宮，衣裳已經濕了大半，只得理一理半濕的鬢髮，入殿去見駕。

皇帝平素下午本應有日講，因爲祈雨這一日便沒有進講。所以皇帝換了衣裳，很閒適地檢點了摺子，又叫太監取了《職方外紀》來。方瞧了兩三頁，忽然極淡的幽香襲人漸近，不禁抬起頭來。

琳琅盈盈請了個安，道：「回萬歲爺的話，太皇太后見了酪，很是歡喜，問了皇上的起居，對奴才說，萬歲爺您自個珍重身子，也就是孝順太皇太后了。」

皇帝聽她轉述太皇太后話時，便站起來靜靜聽著。待她說完，方覺得那幽香縈繞，不絕如縷，直如欲透入人的骨髓一般。禁不住注目，只見烏黑的鬢髮膩在白玉也似的面龐之側，髮梢猶帶晶瑩剔透的水珠，落落分明。卻有一滴雨水緩緩滑落，順著那蓮青色的衣領，落下去轉瞬不見，因著衣衫盡濕，勾勒顯出那盈盈體態，卻是楚楚動人。那雨氣濕衣極寒，琳琅只覺鼻端輕癢難耐，只來得及抽出帕子來掩著，忍不住打了個噴嚏，這是御前失儀，慌忙退後兩步，道：「奴才失禮。」慌亂裡手中帕子又滑落下去，輕盈盈無聲落地。

拾也不是，不拾更不是，心下一急，頰上微微的暈紅便透出來，叫皇帝想起那映在和田白玉梨花盞裡的芙蓉清露，未入口便如能醉人。他卻不知不覺拾起那帕子，伸手給她。她接也不是，不接更不是，頰上飛紅，如同醉霞。偏偏這當口梁九功帶著畫珠捧了坎肩進來，梁九功最是機警，一見不由縮住腳步。皇帝卻已經聽見了腳步聲，回手卻將手帕往自己袖中一掖。

皇帝是背對著梁九功，梁九功與畫珠都沒瞧見什麼。琳琅漲紅了臉，梁九功卻道：「瞧這雨下的，琳琅，去換了衣裳再來，這樣子多失禮。」雖是大總管一貫責備的話語，說出來卻並無責備的語氣。琳琅不知他瞧見了什麼，只得恭敬道：「是。」

她心裡不安，到了晚間，皇帝去慈寧宮請安回來，梁九功下去督促太監們下鑰，其餘的宮女太監都在暖閣外忙著剪燭上燈，單只剩她一個人在御前。殿中極靜，靜得聽得到皇帝的衣袖拂在紫檀大案上窸窣之聲。眼睜睜瞧著盤中一盞茶漸漸涼了，便欲退出去換一盞，皇帝卻突然抬頭叫住她：「等一等。」她心裡不知爲何微微有些發慌起來。皇帝很從容地從袖間將那方帕子取出來，說：「宮裡規矩多，像下午那樣犯錯，叫人見到是要受責罰的。」那口氣十分的平和。琳琅接過帕子，便低聲道：「謝萬歲爺。」

皇帝輕輕頷首，忽見門外人影一晃，問：「誰在那裡鬼鬼祟祟？」

卻是敬事房的首領太監魏長安，磕了一個頭道：「請萬歲爺示下。」方捧了銀盤進來。琳琅退出去換茶，正巧在廊下遇見畫珠抱了衣裳，兩個人一路走著。畫珠遠遠見魏長安領旨出來，便向琳琅扮個鬼臉，湊在她耳邊輕聲問：「妳猜今天萬歲爺翻誰的牌子？」

琳琅只覺從耳上滾燙火熱，那一路滾燙的緋紅直燒到脖子下去，只道：「妳真是不老成，這又關著妳什麼事了？」畫珠吐一吐舌頭：「我不過聽說端主子失寵了，所以想看看哪位主子聖眷正隆。」

琳琅道：「哪位主子得寵不都一樣。說妳懶，妳倒愛操心不相干的事。」忽然悵然道：「不知芸初現在怎麼樣了。」御前宮女，向來不告假不能胡亂走動，芸初自也不能來乾清宮看她。畫珠道：「好容易我來了，芸初偏又去了，咱們三個人是一塊兒進的宮，好得和親姊妹似的，可恨總不能在一塊兒……」只歎了口氣。琳琅忽然哧地一笑：「妳原來還會歎氣，我以爲妳從來不知道發愁呢。」畫珠道：「人生在世，哪裡有不會發愁的。」

琳琅與畫珠如今住同一間屋子，琳琅睡覺本就輕淺，這日失了覺，總是睡不著，卻聽見那邊炕上窸窸窣窣，卻原來畫珠也沒睡著，不由輕聲叫了聲：「畫珠。」畫珠問：「妳還醒著呢？」琳琅道：「新換了這屋子，我已經三四天沒有黑沉地睡上一覺了。」又問：「妳今天是怎麼啦？從前妳頭一挨枕頭便睡著了，芸初老笑話妳是瞌睡蟲投胎。」畫珠道：「今天萬歲爺跟我說了一句話。」

琳琅不由笑道：「萬歲爺跟妳說什麼話了，叫妳半夜都睡不著？」

畫珠道：「萬歲爺問我——」忽然頓住了不往下說。琳琅問：「皇上問妳什麼了？」畫珠只不說話，過了片刻突然笑出聲來：「也沒什麼，快睡吧。」琳琅恨聲道：「妳這壞東西，這樣子說一半藏一半算什麼？」畫珠閉上眼不作聲，只是裝睡，琳琅也拿她沒有法子。過得片刻，卻聽得呼吸均勻，原來眞的睡著了。琳琅輾轉片刻，也朦朧睡去了。

第二日卯時皇帝就往乾清門御門聽政去了，乾清宮裡便一下子靜下來。做雜役的太監打掃屋子，拂塵拭灰。琳琅往御茶房裡去了回來，畫珠卻叫住她至一旁，悄聲道：「適才太后那裡有人來，我問過了，如今芸初一切還好。」琳琅道：「等幾時有了機會告假，好去瞧她。」

要告假並不容易，一直等到四月末，皇帝御駕出阜成門觀禾，乾清宮裡除了梁九功帶了御前近侍的太監們隨扈侍候，琳琅、畫珠等宮女都留在宮裡。琳琅與畫珠先一日便向梁九功告了假，這日便去瞧芸初。

誰知芸初卻被太后打發去給端嬪送東西，兩個人撲了個空，又不便多等，只得折返乾清宮去。方進宮門，便有小太監慌慌張張迎上來：「兩位姐姐往哪裡去了？魏諳達叫大夥兒全到直房裡去呢。」

琳琅問：「可是出了什麼事？」那小太監道：「可不是出了事——聽說是丟了東西。」

畫珠心裡一緊，忙與琳琅一同往直房裡去了。直房裡已經是黑壓壓一屋子宮女太監，全是乾清宮當差的人。魏長安站在那裡，板著臉道：「萬歲爺那只子兒綠的翡翠扳指，今兒早起就沒瞧見了。原沒有聲張，如今看來，不聲張是不成了。」便叫過專管皇帝佩飾的太監姜二喜：「你自己來說，是怎麼回事？」

姜二喜哭喪著臉道：「就那麼一眨眼工夫……昨兒晚上還瞧著萬歲爺隨手摘下來擱那炕几上了。我原說收起來來著，一時忙著檢點版帶、佛珠那些，就混忘了。等我想起來時，侍寢的敬主子又到了。只說不礙事，誰知今兒早上就沒瞧見了。這會子萬歲爺還不知道，早上問時，我只說是收起來了。待會兒萬歲爺回宮，我可活不成了。」

魏長安道：「查不出來，大夥兒全都活不成。或者是誰拿了逗二喜玩，這會子快交出來。」屋子裡靜得連根針掉地下也聽得見，魏長安見所有人都屏息靜氣，便冷笑一聲說：「既然要敬酒不吃吃罰酒，那我也不客氣了。所有能近御前人，特別是昨天進過西暖閣的人，都給我到前邊來。」

御前行走的宮女太監只得皆出來，琳琅與畫珠也出來了。魏長安道：「這會子東西定然還沒出乾清宮，既然鬧出家賊來，咱們只好撕破了這張臉，說不得，一間間屋子搜過去。」琳琅回頭見畫珠臉色蒼白，便輕輕握了她的手，誰知畫珠將手一掙，朗聲道：「魏諳達，這不合規矩。丟了東西，大家雖然都有嫌疑，但你叫人搜咱們的屋子，這算什麼？」

魏長安本來趾高氣揚，但這畫珠是太后指過來的人，本來還存了三分顧忌，但她這樣劈頭蓋臉地當堂叫板，如何忍得住，只將眼睛一翻：「妳這意思，妳那屋子不敢叫咱們搜了？」畫珠冷笑道：「我又不曾做賊，有什麼不敢的？」魏長安便微微一笑：「那就好啊，咱們就先去瞧瞧。」畫珠還要說話，琳琅直急得用力在她腕上捏了一把。畫珠吃痛，好歹忍住了沒再作聲。

當下魏長安帶了人，一間屋子一間屋子地看過去，將箱籠櫃子之屬都打開來。及至到了琳琅與畫珠屋中，卻是搜得格外仔細，連床褥之下都翻到了。畫珠看著一幫太監翻箱倒櫃，只是連連冷笑。忽聽人叫了一聲，道：「找著了。」

卻是從箱底墊著的包袱下翻出來的，果然是一只通體濃翠的翡翠扳指，迎著那太陽光，那所謂子兒綠的翠色水汪汪的，直欲滴下來一般。魏長安忙接了過去，交與姜二喜，姜二喜只瞧了一眼便道：「就是這個，內壁裡有萬歲爺的名諱。」魏長安對著光瞧，裡面果然鐫著「玄燁」二字，唇邊不由浮起冷笑：「這箱子是誰的？」

琳琅早就臉色煞白，只覺得身子輕飄飄的，倒似立都立不穩了，連聲音都遙遠得不似自己：「是我的。」

魏長安瞧了她一眼，輕輕歎了口氣，又搖了搖頭，似大有惋惜之意。畫珠卻急急道：「琳琅絕不會偷東西，她絕不會偷東西。」魏長安道：「人贓並獲，還有什麼說的？」畫珠脫口道：「這是有人栽贓嫁禍。」魏長安笑道：「妳說得輕巧，誰栽贓嫁禍了？這屋子誰進得來，誰就能栽贓嫁禍？」畫珠氣得說不出話來，琳琅臉色蒼白，手足只是一片冰涼，卻並不急於爭辯。魏長安對琳琅道：「東西既然找著了，就麻煩妳跟我往貴主子那裡回話去。」

琳琅這才道：「我不知道這扳指爲什麼在我箱子裡，到貴妃面前，我也只是這一句話。」魏長安笑道：「到佟主子面前，妳就算想說一千句一萬句也沒用。」便一努嘴，兩名小太監上來，琳琅道：「我自己走。」魏長安又笑了一聲，帶了她出去，往東六宮去向佟貴妃交差。

佟貴妃抱恙多日，去時御醫正巧來請脈，只叫魏長安交去給安嬪處置，魏長安便又帶了琳琅去永和宮見安嬪。安嬪正用膳，並沒有傳見，只叫宮女出來告訴魏長安：「既然是人贓並獲拿住了，先帶到北五所去關起來，審問明白供認了，再打她四十板子，攆到辛者庫去做雜役。」

魏長安「嗻」了一聲，轉臉對琳琅道：「走吧。」

北五所有一排堆放雜物的黑屋子，魏長安命人開了一間屋子，帶了琳琅進去。小太監端了把椅子來，魏長安便在門口坐下，琳琅此時心裡倒安靜下來，佇立在那裡不聲不響。

魏長安咳嗽一聲，道：「何必呢，妳痛快地招認，我也給妳個痛快。妳這樣死咬著不開口，不過是多受些皮肉之苦罷了。」

琳琅道：「安主子的諭，只說我供認了，方才可以打我四十板子。況且這事情不是我做下的，我自不會屈打成招。」

魏長安不由回過頭去，對身後侍立的小太監嘖嘖一笑：「你聽聽這張利嘴……」轉過臉來，臉上的笑容慢慢收斂了：「這麼說，妳是要敬酒不吃吃罰酒了？」

琳琅緩緩道：「魏諳達，今兒的這事，我不知道您是眞糊塗，還是裝糊塗。您這樣一個聰明人，必然早就知道我是叫人栽贓陷害的。我只不知道我得罪了誰，叫人家下這樣的狠手來對付我。只是魏諳達已經是敬事房的總管，不知道以您的身分，何苦還來蹚這一灘渾水。」

魏長安倒不防她說出這樣一篇話來，怔了一怔，方笑道：「妳這話裡有話啊，眞是一張利嘴，可惜卻做了賊。今兒這事是我親眼目睹人贓並獲，妳死咬著不認也沒用。安主子已經發了話，我今天就算四十板子打死了妳，也是妳命薄，經受不起那四十板子。」

琳琅並不言語，魏長安只覺得她竟無懼色。正在此時，一名小太監忽然匆匆進來：「魏諳達，榮主子有事傳您過去。」

魏長安連忙站起來，吩咐人：「將她鎖在這裡，等我回來再問。」

那間屋子沒有窗子，一關上門，便只門縫裡透進一線光。琳琅過了許久，才漸漸能看清東西。摸索著走到牆邊，在那胡亂堆著的腳踏上坐下來。那魏長安去了久久卻沒有回來，卻也沒有旁人來。

她想起極小的時候，是春天裡吧，桃花開得那樣好，一枝枝紅豔斜敧在牆外。丫頭拿瓶插了折枝花兒進來，卻悄聲告訴她：「老爺生了氣，罰冬郎跪在佛堂裡呢。」大家子規矩嚴，出來進去都是丫頭嬤嬤跟著。往老太太屋裡去，走過佛堂前禁不住放慢了步子，只見排門緊鎖，侍候容若的小廝都垂頭喪氣地侍立在外頭。到底是老太太一句話，才叫放出來吃晚飯。

第二日方進來瞧她，只說：「那屋子裡黑咕隆咚，若是妳，定會嚇得哭了。」自己只微微一笑：「我又不會帶了小廝偷偷出城，怎麼會被罰跪佛堂？」十餘歲少年的眼睛明亮如天上最美的星光：「琳妹妹，只要有我在，這一世便要妳周全，斷不會讓人關妳在黑屋子裡。」

屋中悶不透氣，漸漸地熱起來，她抽出帕子來拭汗，卻不想帕上隱隱沾染了一縷異香。上好的龍涎香，只消一星，那香氣便可縈繞殿中，數日不絕。乾清宮暖閣裡總是焚著龍涎香，於是御衣裡總是帶著這幽幽的香氣。四面皆是漆黑的，越發顯得那香氣突兀，她將帕子又掖回袖中。

她獨個在這黑屋子裡，也不知過了多久，只覺得像是一月一年都過完了似的。眼見著門隙間的陽光漸漸黯淡下去，大約天色已晚，魏長安卻並沒有回來。

門上有人在「嗒嗒」輕輕叩著門板，她忙站起來，竟是芸初的聲音：「琳琅。」低低地問：「妳在不在裡面？」琳琅忙走到門邊：「我在。」芸初道：「怎麼回事？我一聽見說，就告了假來瞧妳，好容易求了那兩位公公，放了我過來和妳說話。」

琳琅道：「妳快走，這裡不是說話的地方，沒得連累了妳。」

芸初道：「好端端的，這是怎麼了？我回去聽見說妳和畫珠來瞧我，偏沒有遇上。過了晌午，姐姐過來給太后請安，正巧說起乾清宮的事，才知道竟然是妳出了事。我央姐姐替妳求情，可妳是御前的人，姐姐也說不上話。」

琳琅心中感念，道：「芸初妳快走吧，叫人看見可真要連累妳了。」芸初問：「妳這是得罪了誰？」琳琅道：「我不知道。」芸初說：「妳真是糊塗，妳在御前，必然有得罪人的地方，再不然，就是萬歲爺待妳特別好？」

琳琅不知爲何，猛然憶起那日皇帝遞過帕子來，燈外的紗罩上繡著淺金色龍紋，燈光暈黃映著皇帝的一雙手，皙白淨利，隱著力道。那帕子輕飄飄地執在他手上，卻忽然有了千鈞重似的。她心亂如麻，輕輕歎了口氣：「萬歲爺怎麼會待我特別好。」

芸初道：「此處不宜多說，只一樁事——我聽人說，那魏長安是安主子的遠房親戚，妳莫不是得罪了安主子？」

琳琅道：「我小小的一名宮女，在御前不過月餘工夫，怎麼會見罪於安主子？」她怕人瞧見，只連聲催促芸初離去，說：「妳冒險來瞧我，這情分我已經惟有銘記了，妳快走，沒得連累妳。」芸初情知無計，只再三不肯。忽聽那廊下太監咳嗽兩聲，正是遞給芸初的暗號，示意有人來了。琳琅吃了一驚，芸初忙走開了。

琳琅聽那腳步聲雜遝近來，顯然不止一人，不知是否是魏長安回來了，心中思忖。只聽匡啷一陣響，鎖已經打開，門被推開，琳琅這才見著外面天色灰白，暮色四起，遠遠廊下太監們已經在上燈。小太監簇擁著魏長安，夜色初起，他一張臉也是晦暗不明。那魏長安亦不坐了，只站在門口道：「有這半晌的工夫，妳也盡夠想好了。還是痛快認了吧，那四十板子硬硬頭皮也就挺過去了。」

琳琅只道：「不是我偷的，我絕不能認。」

魏長安聽她如是說，便向小太監使個眼色。兩名小太監上前來，琳琅心下強自鎮定，任他們推搡了往後院去，司刑的太監持了朱紅漆杖來。魏長安慢悠悠地道：「老規矩，從背至腿，只別打臉。」一名太監便取了牛筋來，將琳琅雙手縛住。他們綁人都是早綁出門道來的，四扭四花的牛筋，五大三粗的壯漢也捆得動彈不得。直將那牛筋往琳琅腕上一繞，用力一抽，那纖細凝白的手腕上便緩緩浮起瘀紫。

皇帝在戌初時分回宮，畫珠上來侍候更衣，侍候冠履的太監替皇帝摘了朝服冠帶。皇帝換下明黃九龍十二章的朝服，穿了家常絳色兩則團龍暗花緞的袍子，神色間微微有了倦意。等傳了點

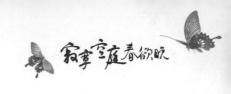

心，芳景上來奉茶，皇帝忽然想起來，隨口道：「叫琳琅去御茶房，傳杏仁酪來。」

芳景道：「回萬歲爺的話，琳琅犯了規矩，交慎刑司關起來了。」

皇帝問：「犯規矩？犯了什麼規矩？」芳景道：「奴才並不知道。」皇帝便叫：「梁九功！」

梁九功連忙進來，皇帝問他：「琳琅犯了什麼規矩？」梁九功這日隨扈出宮，剛回來還未知道此事，摸不著頭腦。畫珠在一旁忍不住道：「萬歲爺只問魏諳達就行了。」皇帝沒有問她話，她這樣貿貿然搭腔，是極不合規矩的，急得梁九功直向她使眼色。好在皇帝並沒有計較，只道：「那就叫魏長安來。」

卻是敬事房的當值太監馮四京來回話：「萬歲爺，魏諳達辦差去了。」梁九功忙道：「糊塗東西，憑他辦什麼差事去了，還不快找了來？」馮四京連忙磕了個頭，便要退出去，皇帝卻叫住他：「等一等，問你也一樣。」

梁九功見皇帝負手而立，神色平和，瞧不出什麼端倪。梁九功便問馮四京道：「侍候茶水的琳琅，說是犯了規矩，叫你們敬事房鎖起來了，是怎麼一回事？」

馮四京道：「琳琅偷了東西，奉了安主子的吩咐，鎖到北五所去了。」梁九功問：「偷東西，偷什麼東西了？」馮四京答：「就是萬歲爺那只子兒綠的翡翠扳指。魏諳達帶了人從琳琅箱子裡搜出來，人贓並獲。」

皇帝「哦」了一聲，神色自若地說：「那扳指不是她偷的，是朕賞給她的。」

殿中忽然人人都尷尬起來，空氣裡似滲了膠，漸漸叫人緩不過氣來。馮四京唬得磕了個頭，聲調已經頗爲勉強：「萬歲爺，這個賞賜沒有記檔。」凡例皇帝若有賞賜，敬事房是要記錄在冊，某年某月某日因某事賞某人某物。馮四京萬萬想不到皇帝竟會如此說，大驚之下額上全是涔涔的冷汗，心中惶然恐懼。

皇帝瞧了梁九功一眼，梁九功連忙跪下去，說：「奴才該死，是奴才一時疏忽，忘了將這事告訴敬事房記檔。」

殿中諸人都十分尷尬。那只翡翠扳指既然是御用之物，自然價值連城。況且皇帝自少年初習騎射時便戴得慣了，素來爲皇帝心愛之物，隨身不離，等閒卻賞給了一個宮女。人人心裡猜忖著這裡面的文章，只是都不敢露出什麼異色來。馮四京卻連想都已經不敢往下想。

最後還是梁九功輕聲對馮四京道：「既然琳琅沒偷東西，還不叫人去放了出來。」

馮四京早就汗得連衣裳都濕透了，只覺得那兩肋下颼颼生寒，連那牙關似乎都要「格格」作響。只「嗻」了一聲卻行而退，至殿外傳喚小太監：「快，快，跟我去北五所。」

乾清宮裡因著殿宇廣闊，除了御案之側兩盞十六支的燭台點了通臂巨燭，另有極大的紗燈置在當地，照得暖閣中明如白晝。馮四京去了北五所，敬事房的另一名當值太監方用大銀盤送了牌子進來，皇帝只揮一揮手，說了一聲：「去。」這便是所謂「叫去」，意即今夜不召幸任何妃嬪。敬事房的當值太監便磕了個頭，無聲無息地捧著銀盤退下去。

梁九功早就猜到今晚必是「叫去」，便從小太監手裡接了燭剪，親自將御案兩側的燭花剪了，侍候皇帝看書。待得大半個時辰後，梁九功瞧見馮四京在外面遞眼色，便走出來。馮四京便將身子一側，那廊下本點著極大的紗燈，夜風裡微微搖曳，燈光便如水波輕漾，映著琳琅雪白的一張臉。梁九功見她髮鬢微鬆，被小宮女攙扶勉強站著，神色倒還鎮定，便道：「姑娘受委屈了。」

琳琅只輕輕叫了聲：「諳達。」馮四京在一旁道：「真是委屈姑娘了，我緊趕慢趕地趕到，到底還是叫姑娘受了兩杖，好在並沒傷著筋骨。」梁九功不理馮四京，只對琳琅道：「姑娘在這裡稍等，我去向萬歲爺回話。」便走進殿中去。皇帝仍全神貫注在書本上，梁九功輕輕咳嗽了一聲，低聲道：「萬歲爺，琳琅回來了，是不是叫她進來謝恩？」

皇帝慢慢將書翻過一頁，卻沒有答話。梁九功道：「琳琅倒真是冤枉，到底還是挨了兩杖。奴才瞧她那樣子十分委屈，只是忍著不敢哭罷了。」

皇帝將書往案上一擲，口氣淡然：「梁九功，你什麼時候也學得這麼多嘴？」梁九功忙道：「奴才該死。」皇帝微微一笑，將書重新拿起，道：「叫她下去好好歇著，這兩日先不必當差了。」

梁九功一時沒料到皇帝會如此說，只得「嗻」了一聲，慢慢退出。皇帝卻叫住他，從大拇指上捋下那只翡翠扳指來，說：「朕說過這扳指是賞她的，把這個給她。」梁九功忙雙手接了，來至廊下，見了琳琅，笑容滿面道：「萬歲爺吩咐，不必進去謝恩了。」又悄聲道：「給姑娘道喜。」琳琅只覺手中一硬，已經多了一樣物件。梁九功已經叫人：「扶下去歇著吧。」便有兩名宮女上來，攙了她回自己屋裡去。

琳琅雖只受了兩杖，但持杖之人竟使了十分力，那外傷卻是不輕。她強自掙扎到此時，只覺腿上劇痛難耐。回了屋中，畫珠連忙上來幫忙，扶她臥到床上。梁九功卻遣了名小宮女，送了外傷藥膏來。那小宮女極是機靈，悄悄地道：「梁諳達說了，只怕姑娘受了外傷血瘀氣滯，這會子若傳醫問藥，沒得驚動旁人。這藥原是西北大營裡貢上來的，還是去年秋天裡萬歲爺賞的，說是化血散瘀極佳的，姑娘先用著。」

畫珠忙替琳琅道了謝，琳琅疼得滿頭大汗，猶向櫃中指了一指。畫珠明白她的意思，開了櫃子取了匣子，將那黃澄澄的康熙通寶抓了一把，塞到那小宮女手中，說：「煩了妹妹跑一趟，回去謝謝梁諳達。」

那小宮女道：「諳達吩咐，不許姑娘破費呢。」不待畫珠說話，將辮子一甩就跑了。

畫珠只得掩上房門，替琳琅敷了藥，再替她掖好了被子，自出去打水了。琳琅獨自在屋裡，只覺得痛得昏昏沉沉，攤開了一直緊緊攥著的手掌，卻不想竟是那只子兒綠的翡翠扳指，幽幽的似一泓碧水，就著那忽明忽暗的燈光，內壁鐫著鐵鉤銀劃的兩個字：「玄燁」。她出了一身的汗，只覺得身子輕飄飄使不上力。那只扳指似發起燙來，燙得叫人拿捏不住。

心字成灰

燭花搖影，冷透疏衾剛欲醒。待不思量，不許孤眠不斷腸。
茫茫碧落，天上人間情一諾。銀漢難通，穩耐風波願始從。

——納蘭容若〈減字木蘭花〉

半夜裡下起雨來，淅淅瀝瀝了一夜，至天明時猶自簌簌有聲，只聽那簷頭鐵馬，叮噹亂響了一夜，和著雨聲滴答，格外愁人似的。端嬪醒得早，自然睡得不好，便有起床氣。宮女棲霞上來替她梳了頭，正用早膳，去打聽消息的太監已經回來了，磕了一個頭方道：「回端主子話，據敬事房的小孟說，昨兒萬歲爺是『叫去』。」端嬪這才覺得心裡痛快了些，漱了口，浣了手，又向大玻璃鏡子裡打量自己那一身胭紅妝花繡蝴蝶蘭花的袍子，對棲霞道：「咱們去瞧瞧惠主子。」

棲霞忙命人打了傘，端嬪扶了她至惠嬪那裡去。雨天百無聊賴，惠嬪立在滴水簷下瞧著宮女替廊下的那架鸚鵡添食水，見端嬪來了，忙遠遠笑道：「今兒下雨，難爲妹妹竟還過來了，快屋裡坐。」只聽那鸚鵡撲著翅膀，牠那足上金鈴便霍啦啦一陣亂響，那翅膀也搧得騰騰撲起。端嬪便道：「姐姐養的這隻小虎兒，可有段時日了，只可惜還沒學會說話。」

惠嬪並不著急答話，攜了她的手進了屋中，方道：「那小虎兒不學會說話也好。」輕輕歎了口氣，說道：「妹妹沒聽見過說麼？含情欲說宮中事，鸚鵡前頭不敢言。前人的詩，也寫得盡了。」

端嬪道：「這話我來說倒也罷了，姐姐聖眷正隆，何出此言。」惠嬪道：「妹妹如何不知道，皇上待我，也不過念著舊日情分，說到聖眷，唉……」她這一聲歎息，幽幽不絕。端嬪正是有心事的人，直觸得心裡發酸，幾欲要掉眼淚，勉強笑道：「咱們不說這個了，昨兒乾清宮的事，還有下文呢，不知姐姐聽說了沒有？」

惠嬪道：「能不聽見說嗎？今兒一大早，只怕東西六宮裡全都知道了。」端嬪唇邊便浮起一個微笑來，往東一指，道：「這回那一位，只怕大大地失了算計。常在河邊走，哪能不濕鞋。照我說，她也太性急了，萬歲爺不過多看那個宮女兩眼，她就想著方兒算計。」

惠嬪道：「倒不是她性急，她是瞅著氣候未成，大約以為不打緊，所以想未雨綢繆。誰知萬歲爺竟是不動聲色，這回倒鬧她個灰頭土臉。」端嬪道：「依我看，萬歲爺也未必是真瞧上了那個宮女，不然這會子早該有恩旨下來了。要叫我說，萬歲爺是惱了那一位，竟然算計到御前的人身上去了，所以才敲山震虎，來這麼一下子。」

惠嬪笑道：「妹妹說的極是。」端嬪忽然起了頑意：「不知那一位，這會子是不是躲在屋子裡哭。佟貴妃連日身上不好，將六宮裡的事都委了她，想必今兒她終於能閒下來了，咱們就去永和宮裡坐坐吧。」

惠嬪便叫貼身宮女承香：「拿我的大氅來。」那承香卻道：「主子忘了，方太醫千叮萬囑，說主子正吃的那藥忌吹風呢。」惠嬪便罵道：「偏妳記得這些不要緊的話，我不過和端主子去永和宮一趟，能受什麼風？」端嬪忙道：「又何苦罵她，她也是一片孝心才記在心上。姐姐既吹不得風，這雨天確實風涼，我獨個兒去瞧熱鬧也就是了。」

她起身告辭，惠嬪親送到滴水簷下方回屋裡。承香上來替惠嬪奉茶，惠嬪微微一笑，道：「妳倒是機靈。」承香抿嘴一笑，道：「跟著主子這麼久，難道這點子事還用主子再提點？」

惠嬪慢慢用碗蓋撇著那茶葉，道：「她想瞧熱鬧，就叫她瞧去。誰不知道安嬪背後是佟貴妃？那佟貴妃總有做皇后的一天，這宮裡行事說話，都不能不留退步。」略一凝神，道：「妳去將我那裡屋的箱子打開，將前兒得的珍珠膏和兩樣尺頭拿了，去瞧瞧琳琅，只別驚動了旁人。」

承香欲語又止，惠嬪道：「我知道妳想勸我，咱們犯不著這樣上趕著去獻殷勤，沒得叫人覺得點眼。不過出了這檔子事，怎麼說我與她都是中表之親，這時候去雪中送炭，她擔保會感激不盡，這樣合情合理的功夫，咱們不能不做。琳琅這妮子……將來只怕是咱們的心腹大患。」

承香道：「奴才可不明白了，早上不聽人說，昨兒晚上放了她回去，皇上說不必謝恩，連見都沒見她。」

惠嬪放下茶碗，道：「咱們這位萬歲爺的性子，越是心裡看重，面上越是淡著。他若是讓進去謝恩，那才如端嬪所說，是生氣永和宮的那一位算計了御前的人，所以才敲山震虎。他這麼不叫進去，淡淡的連問都不問一聲，妳就還非得替我去瞧瞧琳琅不可了。」

承香這才抿嘴一笑：「奴才明白了。」

惠嬪卻歎了口氣：「千算萬算，沒有算到這一著。原以爲她在辛者庫是一輩子出不了頭，沒想到她竟然有本事到了御前，只怕咱們到頭來聰明反被聰明誤。」承香道：「主子放心，憑她如何，也越不過主子您的位分去。」惠嬪端起茶碗來，卻怔怔地出了神，說：「如今只得走一步，算一步。那御前是個風高浪急的地方，咱們且靜靜看著，指不定會有人替咱們動手，我們省心省力。」

過了五月節，宮裡都換了單衣裳。這天皇帝歇了午覺起來，正巧蕪湖鈔關的新貢墨進上來了。安徽本來有例貢貢墨，但蕪湖鈔關的劉源製墨精良，特貢後甚爲皇帝所喜。此時皇帝見了今年的新墨，光澤細密，色澤墨潤，四面夔紋，中間描金四字，正是御筆賜書「松風水月」。抬頭見琳琅在面前，便說：「取水來試一試墨。」

侍候筆墨本是小太監的差事，琳琅答應著，從水盂裡用銅匙量了水，施在硯堂中，輕輕地旋轉墨錠，待墨浸泡稍軟後，才逐漸地加力。因新墨初用，有膠性並稜角，不可重磨，恐傷硯面。皇帝不由微微一笑，那煙墨之香，淡淡縈開，只聽那墨摩挲在硯上，輕輕的沙沙聲。

皇帝只寫了兩個字，那墨確是落紙如漆，光潤不膠。他素喜臨董其昌，字本就亢氣渾涵，多雍容之態，這兩個字卻寫得極爲清峻雅逸。琳琅接過御筆，擱回筆擱上。皇帝見她連耳根都紅透了，於是問：「妳認識字？」宮中祖制，是不許宮女識文斷字的。她於是低聲答：「奴才只認得幾個字。」那臉越發紅得火燙，聲音細若蚊蠅：「奴才的名字，奴才認得。」

皇帝不由有些意外，太監宮女都在暖閣外，他輕輕咳嗽了一聲，便將那張素箋折起，隨手夾到一本書中，只若無其事，翻了算學的書來演算。他本長於算學，又聘西洋傳教士教授西洋演算法。閒暇之時，便常以演算爲練習。琳琅見他聚精會神，便輕輕後退了一步。皇帝卻突兀問：「妳的生庚是多少？」

她怔了一怔，但皇帝問話，自是不能不答：「甲辰甲子戊辰……」皇帝寥寥數筆，便略一凝神，問：「康熙三年五月初七？」她面上又是微微一紅，只應個「是」。皇帝又低頭演算，殿中復又安靜下來，靜得能聽見皇帝手中的筆尖拖過軟紙細微有聲。

交了夏，天黑得遲，乾清宮裡至戌初時分才上燈。梁九功見是「叫去」，便欲去督促宮門下鑰。皇帝卻踱至殿前，只見一鉤清月，銀燦生輝，低低映在宮牆之上，於是吩咐：「朕要出去散散。」

梁九功答應了一聲，忙傳令預備侍候鑾儀。皇帝只微微皺眉道：「好好的步月閒散，一大幫子人跟著，真真無趣。」梁九功只得笑道：「求主子示下，是往哪宮裡去？奴才狗膽包天，求萬歲爺一句，好歹總得有人跟著。」

皇帝想了一想：「哪宮裡都不去，清清靜靜地走一走。」

因皇帝吩咐儀從從簡，便只十數人跟著，一溜八盞宮燈簇擁了肩輿，迤邐出了隆福門，一路向北。梁九功不知皇帝要往哪裡去，只是心中奇怪。一直從花園中穿過，順貞門本已下鑰，皇帝命開了順貞門，這便是出了內宮了。神武門當值統領飛奔過來接駕，跪在肩輿之前行了大禮。皇帝只道：「朕不過是來瞧瞧，別大驚小怪的。」

統領恭恭敬敬「嗻」了一聲，垂手退後，隨著肩輿至神武門下，牽了當值侍衛，簇擁著皇帝登上城樓。夜涼如水，只見禁城之外，東西九城萬家燈火如天上群星落地，璀璨芒芒點點。神武門上本懸有巨製紗燈，徑圓逾丈，在風中搖曳不定。

皇帝道：「月下點燈，最煞風景。」便順著城牆往西走去。梁九功正欲領著人跟著，皇帝卻說：「你們就在這裡，朕要一個人靜一靜。」

梁九功嚇得請了個安，道：「萬歲爺，這可不是鬧著玩的。太皇太后若是知道了，非要奴才的腦袋不可。這城牆上雖還平坦，雖說有月亮，但這黑天烏夜的……」

皇帝素來不喜他囉嗦，只道：「那就依你，著一個人提燈跟著吧。」梁九功這才回過味來，心中暗暗好笑。轉過身來向琳琅招一招手，接過小太監手中的八寶琉璃燈交到她手中，低聲對琳琅道：「妳去替萬歲爺照著亮。」

琳琅答應了一聲，提燈伴著皇帝往前走。那城牆上風大，吹得人衣袂飄飄。越往前走，四下裡只是寂靜無聲。惟見那深藍如墨的天上一鉤清月，低得像是觸手可得。皇帝負手信步踱著，步子只是不急不緩，風聲裡隱約聽得見他腰際平金荷包上墜子搖動的微聲。那風吹得琳琅鬢邊的幾莖短髮癢癢地拂在臉上，像是小孩子伸著小手指頭，在那裡撓著一樣。她伸手掠了一掠那髮絲，皇帝忽然站住了腳，琳琅忙也停下來，順著皇帝的目光回望，遙遙只見神武門的城樓之上燈火點點，卻原來不知不覺走得這樣遠了。

皇帝回過頭來，望了她一眼，溫和地問：「妳冷麼？」

琳琅不防他這樣開口相詢，只道：「奴才不冷。」皇帝卻伸手握住她的手，她嚇得一時怔住。好在他已經放開，只說：「手這樣冰涼，還說不冷？」伸手便解開頸中繫著的如意雙條，解下了明黃平金繡金龍的大氅，披在她肩頭。她嚇得臉色雪白，只道：「奴才不敢。」皇帝卻親自替她繫好了那如意雙條，只淡淡地道：「此時不許再自稱奴才。」

此即是皇命，遵與不遵都是失了規矩。她心亂如麻，便如一千只繭子在心裡纏了絲一般，千頭萬緒，卻不知從何思忖起。皇帝伸出了手，她心中更是一片茫然的凌亂，只得將手交到他手中。皇帝的手很溫暖，攏了她又緩緩往前走，她心緒飄忽，神色恍惚，只聽他問：「妳進宮幾年了？」

她低聲答：「兩年了。」皇帝「嗯」了一聲，道：「必然十分想家吧？」她聲音更低了：「奴才不敢。」皇帝微微一笑：「妳若是再不改口，我可就要罰妳了。」

她悚然一驚，皇帝卻攜她的手走近雉堞之前，道：「宮裡的規矩，也不好讓妳家去，妳就在這裡瞧瞧，也算是望一望家裡了。」

她一時怔住了，心中百折千回，不知是悲是喜，是驚是異。卻聽他道：「今兒是妳生辰，我許妳一件事，妳想好了就告訴我。是要什麼，或是要我答應什麼，都可以告訴我。」

那風越起越大，吹得她身上的明黃大氅飄飄欲飛，那氅衣尚有他身上的餘溫似的，隱約浮動熟悉卻陌生的龍涎香香氣。她心底只有莫名的驚痛，像是極鈍的刀子慢慢在那裡銼著，那眼底的熱幾乎要奪眶而出，只輕輕地道：「琳琅不敢向萬歲爺要什麼。」

他只凝望著她，她慢慢轉過臉去。站在這裡眺望，九城之中的萬家燈火，哪一盞是她的家？他慢慢抬起手來，掌中握著她的手，那腕上一痕新傷，卻是前不久當差時打翻了茶碗燙的。當時她煞白了臉，卻只問：「萬歲爺燙著沒有？」

犯了這樣的大錯，自然是嚇著了。當時卻只覺得可憐，那烏黑的眼睛，如受驚的小鹿一樣，直叫人怦然心動。

她的手卻在微微顫抖，倒叫他有幾分不忍，但只輕輕加力握了一握，仍舊攜著她向前走去。她手中那盞八寶琉璃燈，燈內點著的燭支暈黃的一團光照在兩人腳下，夜色裡那城牆像是漫漫長道，永遠也走不盡似的。

梁九功見那月已斜斜掛在城樓簷角，心裡正暗暗著急，遠遠瞧見一星微光漸行漸近，忙帶了人迎上去。只見皇帝神色淡定，琳琅隨在側邊，一手持燈，一手上卻搭著皇帝那件明黃平金大氅。梁九功忙接過去，道：「這夜裡風涼，萬歲爺怎麼反倒將這大氅解了？」又替皇帝披好繫上條子。神武門的宿衛已經換了值班，此時當值宿衛統領便上前一步，磕頭見駕：「當值宿衛納蘭性德，恭請皇上聖安。」

皇帝見是他，便微笑道：「朕難得出來走一趟，偏又遇上你。今兒的事可不許告訴旁人，傳到那群言官耳中去，朕又要受聒噪。」

納蘭應了「是」，又磕頭道：「夜深風寒，請皇上起駕回宮。」

皇帝道：「你不催朕，朕也是要走了。」忽然「咦」了一聲，問：「你這額頭上是怎麼了？」納蘭道：「回皇上，奴才前兒圍獵，不小心為同伴誤傷。」皇帝微微一笑，說道：「你的騎射功夫上佳，誰能誤傷得了你，朕倒想知道。」納蘭見皇帝心情甚好，明知此問乃是調侃自己，難以回答，只得又磕了個頭。皇帝哈哈一笑，說道：「你父親的謝罪摺子朕已經看了，朕樣樣都替你打算了，你可要好生謝朕。」

納蘭只覺得喉中似哽了個硬物，畢生以來，從未曾如今日般痛楚萬分，那一句話哽在那裡，無論如何說不出來。忽一陣風過，那城樓地方狹窄，納蘭跪著離皇帝極近，便聞到皇帝衣袖之間幽香暗暗，那香氣雖淡薄，但這一縷熟悉的芳香卻早已是魂牽夢縈，心中驚疑萬分，只是一片茫然的惶恐。本能般以眼角餘光斜瞥，只見皇帝身邊近侍太監們青色的袍角，隔得更遠方是宮女們淡青色的衣角。那嫋嫋幽香，直如茫茫夢境一般，神色恍惚，竟不知此身何身，此夕何夕，心中淒苦萬狀。皇帝笑道：「起來吧，朕這就回去了。」

納蘭重重叩了一個頭，額上傷口磕在青磚地上，頓時迸裂，痛入心腑，連聲音都不似自己的：「謝皇上隆恩。」

他至城樓下送皇帝上肩輿，終於假作無意，眼光往宮女中一掃，只見似是琳琅亦在人群裡，可恨隔著衆人，只看不真切，他不敢多看，立時便垂下頭去。梁九功輕輕拍一拍手掌，抬肩輿的太監穩穩調轉了方向，敬事房的太監便唱道：「萬歲爺起駕啦——」聲音清脆圓潤，夜色寂寥中驚起遠處宮殿屋脊上棲著的宿鳥，撲撲地飛過城牆，往禁城外的高天上飛去了。

納蘭至卯正時分才交卸差事，下值回家去。一進胡同口便瞧見大門外裡歇著幾台綠呢大轎，他打馬自往西側門那裡去了，西側門上的小廝滿臉歡喜迎上來抱住了腿：「大爺回來了？老太太正打發人出來問呢，說每日這時辰都回來了，今兒怎麼還沒到家。」

納蘭翻身下馬，隨將手中的馬鞭扔給小廝，自有人拉了馬去。納蘭回頭瞧了一眼那幾台轎子，問：「老爺今兒沒上朝？」

小廝道：「不是來拜見老爺的，是那邊三老爺的客人。」納蘭進了二門，去上房給祖母請安，又復去見母親。納蘭夫人正與妯娌坐著閒話，見兒子進來，歡喜不盡：「今兒怎麼回來遲了？」納蘭先請了安，方說：「路上遇著有衡，大家說了幾句話，所以耽擱了。」

納蘭夫人見他神色倦怠，道：「熬了一夜，好容易下值回來，先去歇著吧。」

納蘭這才回房去，順著抄手遊廊走到月洞門外，忽聽得一陣鼓噪之聲，卻原來是三房裡幾位同宗兄弟在園子裡射鵠子。見著他帶著小廝進來，一位堂兄便回頭笑著問：「冬郎，昨兒在王府裡，聽見說皇上有旨意爲你賜婚。嘖嘖，這種風光事，朝中也是難得一見啊。冬郎，你可算是好福氣。」

納蘭不發一語，隨手接了他手中的弓箭，引圓了弓弦，「嗖嗖嗖」連發三箭，支支都正中鵠子的紅心。幾位同宗兄弟不約而同叫了一聲「好」，納蘭淡淡地道：「諸位哥哥慢慢玩，我先去了。」

那位堂兄見他徑往月洞門中去了，方才甩過辮梢，一手引著弓納悶地說：「冬郎這是怎麼了？倒像是人家欠他一萬兩銀子似的，一臉的不如意。」另一人便笑道：「他還不如意？憑這世上有的，他什麼沒有？老爺自不必說了，他如今也聖眷正隆，過兩年一外放，遲早是封疆大吏。就算做京官，依著皇上素日待他的樣子，只怕不過幾年，就要換頂子了。若說不如意，大約只一樣——大少奶奶沒得太早，叫他傷心了這幾年。」

納蘭信步卻往小書房裡去了。時方初夏，中庭的一樹安石榴開得正盛。一陣風過，吹得那一樹繁花烈烈如焚。因窗子開著，幾瓣殷紅如血的花瓣零亂地落在書案上。他拂去花瓣，信手翻開那本《小山詞》，卻不想翻到那一頁書眉上，極娟秀的簪花小楷，只寫了兩個字：「錦瑟」。他心中大慟，舉目向庭中望去，只見爍爍閃閃，滿目皆是那殷紅繁花，如落霞織錦，灼痛人的視線。

石榴花開得極好，襯著那碧油油的葉子，越發顯得殷紅如血。廊下一溜兒皆是千葉重瓣的安石榴花，遠遠瞧去，大太陽底下紅得似要燃起來。做粗活的蘇拉，拿了布巾擦拭著那栽石榴花的景泰藍大盆。畫珠見琳琅站在那廊前，眼睛瞧著那蘇拉擦花盆，神色猶帶了一絲恍惚，便上前去輕輕一拍：「妳在這裡發什麼呆？」

琳琅被唬了一跳，只輕輕拍著胸口：「畫珠，妳真是唬了我一跳。」畫珠笑嘻嘻地道：「瞧妳這樣子，倒似在發愁，什麼心事能不能告訴我？」

琳琅道：「我能有什麼心事，不過是惦著差事罷了。」

畫珠望了望日頭：「嗯，這時辰萬歲爺該下朝回來啦。」琳琅漲紅了臉，道：「妳取笑我倒罷了，怎麼能沒上沒下地拿主子來取笑？」畫珠扮個鬼臉：「好啦，算我口沒遮攔成不成？」琳琅道：「妳這張嘴，總有一日闖出禍來，若是叫諳達聽見……」畫珠卻笑起來：「梁諳達對妳客氣著呢，我好賴也沾光。」琳琅道：「梁諳達對大家都客氣，也不獨獨是對我。」

畫珠卻忍不住哧地一笑，說：「瞧妳急的，臉都紅得要趕上這石榴花了。」琳琅道：「妳今天必是著了什麼魔，一句正經話也不說。」畫珠道：「哪裡是我著了魔，依我看，是妳著了魔才對。昨晚一夜只聽妳在炕上翻來覆去，這會子又站在這裡待了這半晌了。我倒不明白，這花是什麼國色天香，值得妳牢牢盯了半日工夫。」

琳琅正要說話，忽聞輕輕兩下掌聲傳來，正是皇帝回宮，垂花門外的太監傳進來的暗號。琳琅忙轉身往御茶房那邊去，畫珠道：「妳急什麼，等御駕回來，總還有一炷香的工夫。」琳琅道：「我不和妳說了，我可不像妳膽子大，每回事到臨頭了才抓忙。」

皇帝回宮果然已經是一炷香的工夫後，先換了衣裳。畫珠見梁九功不在跟前，四執庫的太監捧了衣裳退下，獨她一個人跪著替皇帝理好袍角，便輕輕叫了聲：「萬歲爺。」說：「萬歲爺上回問奴才的那方帕子，奴才叫四執庫的人找著了。」從袖中抽出帕子呈上，皇帝接過去，正是那方白絹帕子，淡緗色絲線繡四合如意雲紋，不禁微微一笑：「就是這個，原來是四執庫收起來了。」

畫珠道：「四執庫的小馮子說，這帕子原是夾在萬歲爺一件袍袖裡的，因並不是御用的東西，卻也沒敢撂開，所以單獨揀在一旁。」

皇帝只點了點頭，外面小太監打起簾子，卻是琳琅捧了茶盤進來。畫珠臉上一紅退開一步去，琳琅也並未在意。

天氣一天天熱起來，趙昌從慈寧宮回來，先站在簷下摘了帽子拭了拭額上的汗，方戴好了帽子，整了衣冠進殿中去。梁九功正巧從東暖閣退出來，一見了他便使個眼色。趙昌只得隨他出來，方悄聲問：「萬歲爺這麼早就歇午覺了？」

梁九功微微一笑：「萬歲爺還沒歇午覺呢，這會子在看摺子。」這倒將趙昌弄糊塗了，說：「那我進去跟萬歲爺回話去。」梁九功將嘴一努，說：「你怎麼這樣沒眼色？這會子就只琳琅在跟前呢。」

趙昌將自己腦門輕輕一拍，悄聲說：「瞧我這豬腦子——老哥，多謝你提點，不然我懵懵然撞進去，必然討萬歲爺的厭。」他一面說著話，一面往殿外望了望，碧藍湛藍的天，通透如一方上好的玻璃翠。只聽隱隱的蟬聲響起來，午後的陽光裡，已經頗有幾分暑意。

東暖閣裡垂著湘竹簾子，一條一條打磨得極細滑的竹梗子，細細密密地用金線絲絡繫一個如意同心結，那一簾子的如意同心結，千絲萬絡，陽光斜斜地透進來，金磚上烙著簾影，靜淡無聲。

御案上本來放著一盞甜瓜冰碗，那冰漸漸融了，纏枝蓮青花碗上，便沁出細密的一層水珠。琳琅鼻尖之上，亦沁出細密的一層汗珠，只是屏息靜氣。只覺得皇帝的呼吸暖暖地拂在鬢角，吹得碎髮微微伏起，那一種癢癢直酥到人心裡去。皇帝的聲音低低的，可是因為近在耳畔，反倒覺得令人一震：「手別發抖，寫字第一要腕力沉穩，妳的手一抖，這字的筆劃就亂了。」那筆尖慢慢地拖出一捺，他腕上明黃翻袖上繡著金色夔紋，那袖子拂在她腕上。她到底筆下無力，灩灩的朱砂便如斷霞斜敧，她的臉亦紅得幾乎豔如朱砂，只任由他握著她的手，在硯裡又舔飽了筆，這次卻是先一點，一橫，一折再折……她忽而輕輕咬一咬嘴唇，輕聲道：「奴才欺君罔上……」

皇帝卻笑起來：「妳實實是欺君罔上——才剛我說了，這會子不許自稱奴才。」琳琅臉上又是一紅，道：「這兩個字，琳琅會寫。」皇帝「哦」了一聲，果然鬆了手。琳琅便穩穩補上那一折，然後又寫了另一個字——雖然爲著避諱，按例每字各缺了末筆，但那字跡清秀，一望便知極有功底。皇帝出於意外，不覺無聲微笑：「果然眞是欺君罔上，看我怎麼罰妳——罰妳立時好生寫篇字來。」

琳琅只得應了一聲「是」，卻放下手中的筆。皇帝說：「只咱們兩個，別理會那些規矩。」琳琅面上又是一紅，到底另揀了一支筆舔了墨，但御案之上只有御筆，雖不再是用朱砂，仍低聲道：「琳琅僭越。」方微一凝神，從容落筆。過得片刻一揮而就，雙手呈與皇帝。

竟是極其清麗的一手簪花小楷：「晝漏稀聞紫陌長，霏霏細雨過南莊。雲飛御苑秋花濕，風到紅門野草香。玉輦遙臨平甸闊，羽旗近傍遠林揚。初晴少頃布圍獵，好趁清涼躍驌驦。」正是他幸南苑行圍時的御制詩。字字骨格清奇，看來總有十來年功力，想必定然臨過閨閣名家，衛夫人的《古名姬帖》，趙夫人的《梅花賦》……筆劃之間嫵媚風流，叫人心裡一動。他接過筆去，便在後面寫了一行蠅頭小楷：「昨夜星辰昨夜風，畫樓西畔桂堂東。」這一句話，也就盡夠了，她那臉上紅得似要燃起來，眼中神氣游離不定，像是月光下的花影，隨風瞬移。那耳廓紅得透了，像是案頭那方凍石的印章，隱隱如半透明。看得清一絲絲細小的血脈，嫣紅纖明。頸中微汗，卻烘得那幽幽的香，從衣裳間透出來。他忍不住便向那嫣紅的耳下吻去，她身子一軟，卻叫他攬住了不能動彈。他只覺得她身子微微發抖，眼底盡是惶恐與害怕，十分叫人憐愛，只低聲喚了一聲：「琳琅。」

琳琅只覺得心跳得又急又快，皇帝的手握著她的手，卻是滾燙發熱的。那碗甜瓜冰碗之外水汽凝結，一滴水珠緩緩順著碗壁滑落下去。她只覺得四下裡靜下來，皇帝衣上幽幽的龍涎香，那氣息卻叫她有些透不出氣來。她輕輕轉過臉去，便欲起身，低聲道：「萬歲爺，冰要化了，奴才去換一碗。」

皇帝並沒有放手，只道：「妳這幾天爲什麼躲著我？」

琳琅漲紅了臉：「奴才不敢，奴才並沒有躲著萬歲爺。」

「妳這話不盡不實。」皇帝低聲道：「今兒要不是梁九功，妳也不會獨個兒留下來。他向妳遞眼色，別以爲我沒瞧見。」

琳琅只不肯轉過臉來，有些怔忡地瞧著那纏枝蓮青花碗中的冰塊，已經漸漸融至細薄的冰片，欲沉欲浮。甜瓜是碧綠發黃的顏色，削得極薄，隱隱透出蜜一樣的甜香，浸在冰碗中，一絲一絲的寒涼。她輕輕道：「奴才出身卑賤，不配蒙受聖眷。」

殿中本來靜極了，遙遙卻聽見遠處隱約的蟬聲響起來，一逕的聲嘶力竭似的。暖閣的窗紗正是前幾日新換的，江寧織造例貢上用蟬翼紗，輕薄如煙。她想起舊時自己屋子裡，糊著雨過天青色薄紗窗屜，竹影透過窗紗映在書案上，案上的博山爐裡焚著香，那煙也似碧透了，風吹過竹聲簌簌，像是下著雨。北窗下涼風暫至，書案上臨的字被吹起，嘩嘩一點微聲的輕響。

風吹過御案上的摺子，上用貢宣軟白細密，聲音也是極微。皇帝的手卻漸漸冷了，一分一分地鬆開，慢慢地鬆開，那指尖卻失了熱力似的，像是端過冰碗的手，冷的，涼的，無聲就滑落她的手腕。

她站起來往後退了一步，皇帝的聲音還是如常的淡然：「妳去換碗冰碗子來。」她「嗻」了一聲，待換了冰碗回來，皇帝卻已經歇了午覺了。梁九功正巧從暖閣裡出來，向她努一努嘴，她端著冰碗退下去。只聽梁九功囑咐趙昌：「你好生聽著萬歲爺叫人，我去趟上虞備用處，萬歲爺嫌這蟬聲叫得討厭。」

趙昌不由笑道：「這知了叫你也有法子不成？」梁九功低聲道：「別渾說。」將雙指一曲，正是常用的暗號。趙昌知道皇帝心情不好，立時噤若寒蟬。

琳琅從御茶房交了家什轉來，烈日下只見上虞備用處的一眾侍衛，手持了黏竿往來巡邏，將乾清宮四周密密實實巡查了數遍，將那些蟬都黏去了十之六七，剩下的也盡趕得遠了。四處漸漸靜下來，太陽白花花地照著殿前的金磚地，那金磚本來烏黑鋥亮，光可鑑人，猶如墨玉，烈日下曬得泛起一層刺眼的白光。

藥成碧海

海天誰放冰輪滿，惆悵離情。莫說離情，但值良宵總淚零。
只應碧落重相見，那是今生。可奈今生，剛作愁時又憶卿。

——納蘭容若〈採桑子〉

一連晴了數日，天氣熱得像是要生出火來。黃昏時分蘇拉在院中潑了淨水，那熱烘烘的蒸氣正上來。半天裡皆是幻紫流金的彩霞，映在明黃琉璃瓦上，輝煌得如織錦。乾清宮殿宇深廣，窗門皆垂著竹簾，反倒顯得幽涼。畫珠從御前下來，見琳琅坐在窗下繡花，便說：「這時辰妳別貪黑傷了眼睛。」

琳琅道：「這支線繡完，就該上燈了。」因天熱，怕手上出汗，起身去銅盆中洗了手，又方坐下接著繡。畫珠道：「這兩日事多，妳倒閒下來了，竟坐在這裡繡花，針線上又不是沒有人。」

琳琅手中並未停，道：「左右是無事，繡著消磨時日也好。」

畫珠道：「今兒梁諳達說了一樁事呢。說是宜主子年底要添生，萬歲爺打算撥一個妥當的人過去侍候宜主子。」

琳琅「嗯」了一聲，問：「妳想去？」

畫珠道：「聽梁諳達那口氣，不像是想從御前的人裡挑，大約是從東西六宮裡揀吧。」琳琅聽她這樣說，停了針線靜靜地道：「許久不見，芸初也不知怎麼樣了。」畫珠道：「依我說，侍候宜主子也不算是頂好的差事，宜主子雖然得寵，爲人卻厲害。」琳琅只道：「畫珠，妳怎麼又忘了，又議論起主子，看叫旁人聽見。」畫珠伸一伸舌頭：「反正我只在妳面前說，也不妨事。」又道：「我瞧宜主子雖然聖眷正濃，但眼前也及不上成主子。這一連幾天，萬歲爺不都是翻她的牌子？今兒聽說又是。萬歲爺的心思眞叫人難以琢磨。」

琳琅說：「該上燈吧，我去取火來。」

畫珠隨手拿起扇子，望一眼窗外幽黑天幕上燦爛如銀的碎星，道：「這天氣真是熱。」

第二日依然是晌晴的天氣。因著庚申日京東地震震動京畿，京城倒塌城垣、衙署、民房，死傷人甚重。震之所及東至龍興之地盛京，西至甘肅岷縣，南至安徽桐城，凡數千里，而三河、平谷最慘。遠近蕩然一空，了無障隔，山崩地陷，裂地湧水，土礫成丘，屍骸枕藉，官民死傷不計其數，甚有全家覆沒者。朝中忙著詔發內帑十萬賑恤，官修被震廬舍民房，又在九城中開了粥棚賑濟災民。各處賑災的摺子雪片一般飛來，而川中撫遠大將軍圖海所率大軍與吳三桂部將激戰猶烈。皇帝於賑災極為重視，而前線戰事素來事必躬親，所以連日裡自乾清門聽政之餘，仍在南書房召見大臣，這日御駕返回乾清宮，又是晚膳時分。

琳琅捧了茶進去，皇帝正換了衣裳用膳，因著天氣暑熱，那大大小小十餘品菜餚羹湯，也不過略略動了幾樣便擱下筷子。隨手接了茶，見是滾湯的白貢菊茶，隨手便又擱在桌子上，只說：「換涼的來。」

琳琅猶未答話，梁九功已經道：「萬歲爺剛進了晚膳，只怕涼的傷胃。」又道：「李太醫在外頭候旨，請萬歲爺示下。」

皇帝問：「無端端地傳太醫來做什麼？」

梁九功請了個安，道：「是奴才擅做主張傳太醫進來的。今兒早上李太醫聽說萬歲爺這幾日歇得不好，夜中常口渴，想請旨來替萬歲爺請平安脈，奴才就叫他進來候著了。」

皇帝道：「叫他回去，朕躬安，不用他們來煩朕。」

梁九功賠笑道：「萬歲爺，您這嘴角都起了水泡。明兒往慈寧宮請安，太皇太后見著了，也必然要叫傳太醫來瞧。」

皇帝事祖母至孝，聽梁九功如是說，想祖母見著，果然勢必又惹得她心疼煩惱，於是道：「那叫他進來瞧吧。」

那李太醫當差多年，進來先行了一跪三叩的大禮。皇帝是坐在炕上，小太監早取了拜墊來，李太醫便跪在拜墊上，細細地診了脈，道：「微臣大膽，請窺萬歲爺聖顏。」瞧了皇帝唇角的水泡，方磕頭道：「皇上萬安。」退出去開方子。

梁九功便陪著出去，小太監侍候筆墨。李太醫寫了方子，對梁九功道：「萬歲爺只是固熱傷陰，虛火內生，所以嘴邊生了熱瘡起水泡，照方子吃兩劑就成了。」

趙昌陪了李太醫去御藥房裡煎藥，梁九功回到暖閣裡，見琳琅捧著茶盤侍立當地，皇帝卻望也不望她一眼，只揮手道：「都下去。」御前的宮女太監便皆退下去了。梁九功納悶了這幾日，此時想了想，輕聲道：「萬歲爺，要不叫琳琅去御茶房裡，取他們熬的藥茶來。」

宮中暑時依太醫院的方子，常備有消暑的藥製茶飲。皇帝只是低頭看摺子，說：「既吃藥，就不必吃藥茶了。」

梁九功退下來後，又想了一想，往直房裡去尋琳琅。直房裡宮女太監們皆在閒坐，琳琅見他遞個眼色，只得出來。梁九功引她走到廊下，方問：「萬歲爺怎麼了？」

琳琅漲紅了臉，扭過頭去瞧那毒辣辣的日頭，映著那金磚地上白晃晃的，勉強道：「諳達，萬歲爺怎麼了，我們做奴才的哪裡知道？」

梁九功道：「妳聰明伶俐，平日裡難道還不明白？」

琳琅只道：「諳達說得我都糊塗了。」

梁九功道：「我可才是糊塗了——前幾日不還好好的？」

琳琅聽他說得直白，不再接口，直望著那琉璃瓦上浮起的金光。梁九功道：「我素來覺得妳是有福氣的人，如今怎麼反倒和這福氣過不去了？」

琳琅道：「諳達的話，我越發不懂了。」她本穿了一身淡青紗衣，烏黑的辮子卻只用青色絨線繫了，此時說著話，手裡卻將那辮梢上青色的絨線撚著，臉上微微有些窘態的洇紅。梁九功聽她如是說，倒不好再一逕追問，只得罷了。

正在這時，正巧畫珠打廊下過，琳琅乘機向梁九功道：「諳達若沒有別的吩咐，我就回去了。」見梁九功點一點頭，琳琅迎上畫珠，兩個人並肩回直房裡去。畫珠本來話就多，一路上說著：「今兒可讓我瞧見成主子了，我從景和門出去，可巧遇上了，我給她請安，她還特別客氣，跟我說了幾句話呢。成主子人真是生得美，依我看，倒比宜主子多些嫻靜之態。」見琳琅微微皺眉，便搶先學著琳琅的口氣，道：「怎麼又背地裡議論主子？」說完向琳琅吐一吐舌頭。

琳琅讓她逗得不由微微一笑，說：「妳明知道規矩，卻偏偏愛信口開河，旁人聽見了多不好。」畫珠道：「妳又不是旁人。」琳琅說：「妳說得慣了，有人沒人也順嘴說出來，豈不惹禍？」畫珠笑道：「妳呀，諸葛武侯一生惟謹慎。」

琳琅「咦」了一聲，說：「這句文縐縐的話，妳從哪裡學來的？」畫珠道：「妳忘了麼？不是昨兒萬歲爺說的。」琳琅不由自主望向正殿，殿門垂著沉沉的竹簾，上用黃綾簾楣，隱約只瞧見御前當值的太監，偶人似的一動不動佇立在殿內。

因著地震災情甚重，宮中的八月節也過得草草。皇帝循例賜宴南書房的師傅、一眾文學近侍，乾清宮裡只剩下些宮女太監，顯得冷冷清清。廚房裡倒有節例，除了晚上的點心瓜果，特別還有月餅。畫珠貪玩，吃過了點心便拉著琳琅去庭中賞月，只說：「妳平日裡不是喜歡什麼月呀雪呀，今兒這麼好的月亮，怎麼反倒不看了？」

琳琅舉頭望去，只見天上一輪圓月，襯著薄薄幾縷淡雲，那月色光寒，照在地上如水輕瀉。只見月光下乾清宮的殿宇琉璃華瓦，粼粼如淌水銀。廊前皆是新貢的桂花樹，植在巨缸之中，丹桂初蕊，香遠襲人，月色下樹影婆娑，勾勒如畫。那晚風薄寒，卻吹得人微微一凜。此情此景依稀彷彿夢裡見過。窗下的竹影搖曳，丹桂暗香透入窗屜。自己移了筆墨，回頭望向階下的人影淺笑……中秋夜，十四寒韻聯句……當時明月在，曾照彩雲歸。

正恍惚間，忽聽中庭外又急又快的腳步聲，回頭一看，卻是小宮女一口氣跑了進來。畫珠道：「翠雋，瞧妳這慌慌張張的樣子，後頭有鬼趕妳不成？」翠雋滿臉是笑，喘吁吁地道：「兩位姐姐，大喜事咧！」畫珠笑道：「莫不是前頭放了賞？瞧妳眼皮子淺的，什麼金的銀的沒見識過，還一驚一乍。」翠雋道：「放賞倒罷了，太后宮裡的華子姐姐說，說是有旨意，將芸初姑娘指婚給明珠大人的長公子了。芸初姑娘可真真兒是天大的造化，得了這一門好親事，竟指了位二等蝦。兩位姐姐都和芸初姑娘好，往後兩位姐姐更得要照應咱們了……」

琳琅手裡本折了一枝桂花，不知不覺間鬆手那花就落在了青磚地上。畫珠道：「她到底是老子娘有頭臉，雖沒放過實任，到底有爵位在那裡，榮主子又幫襯著。萬歲爺賜婚，那可真是天大的面子，明珠大人雖然是朝中大臣，但她嫁過去，只怕也不敢等閒輕慢了她這位指婚而娶的兒媳。琳琅，這回妳可和芸初眞成了一家人。」

她一句接一句地說著，琳琅只覺得那聲音離自己很遠，飄蕩浮動著，倏忽又很近，近得直像是在耳下吵嚷。天卻越發高了，只覺得那月光冰寒，像是並刀的尖口，刺啦啦就將人剪開來。全然聽不見畫珠在說什麼，只見她嘴唇翕動，自顧自說得高興。四面都是風，冷冷地撲在身上，直吹得衣角揚起，身子卻在風裡微微地發著抖。畫珠嘈嘈切切說了許久，方覺得她臉色有異，一握了她的手，失聲道：「妳這是怎麼了，手這樣冰涼？」說了兩遍，琳琅方才回過神來似的，嘴角微微哆嗦，只道：「這風好冷。」

畫珠道：「妳要添件衣裳才好，這夜裡風寒，咱們快回去。」回屋裡琳琅添了件絳色長比甲，方收拾停當，隱約聽到外面遙遙的擊掌聲，正是御駕返回乾清宮的暗號。兩個人都當著差事，皆出來上殿中去。

隨侍的太監簇擁著皇帝進來，除了近侍，其餘的人皆在殿外便退了下去。梁九功回頭瞧見琳琅，便對她說：「萬歲爺今兒吃了酒，去沏釅茶來。」琳琅答應了一聲，去了半晌回來。皇帝正換了衣裳，見那茶碗不是日常御用，卻是一只竹絲白紋的粉定茶盞，盛著楓露茶。那楓露茶乃楓露點茶，楓露製法，取香楓之嫩葉，入甑蒸之，滴取其露。將楓露點入茶湯中，即成楓露茶。皇帝看了她一眼，問：「這會子怎麼翻出這樣東西來了？」琳琅神色倉皇道：「奴才只想到這茶配這定窯盞子才好看，一時疏忽，忘了忌諱，請萬歲爺責罰。」這定窯茶盞本是一對，另一只上次她在御前打碎了，依著規矩，這單下的一只殘杯是不能再用的。皇帝想起來，上次打翻了茶，她面色也是如此驚懼，此刻捧著茶盤，因著又犯了錯，眼裡只有楚楚的驚怯，碧色衣袖似在微微輕顫，燈下照著分明，雪白皓腕上一痕新月似的舊燙傷。

皇帝接過茶去，吃了一口，放下道：「這茶要三四遍才出色，還是換甘和茶來。」琳琅「嗻」了一聲，退出暖閣外去。皇帝覺得有幾分酒意，便叫梁九功：「去擰個熱手巾把子來。」梁九功答應了還未出去，只聽外面「匡」的一聲響，跟著小太監輕聲低呼了一聲。皇帝問：「怎麼了？」外面的小太監忙道：「回萬歲爺的話，琳琅不知怎麼的，發暈倒在地上了。」皇帝起身便出來，梁九功忙替他掀起簾子。只見太監宮女們團團圍住，芳景扶了琳琅的肩，輕輕喚著她的名字，琳琅臉色雪白，雙目緊閉，卻是人事不知的樣子。皇帝道：「別都圍著，散開來讓她透氣。」眾人早嚇得亂了陣腳，聽見皇帝吩咐，連忙站起來皆退出幾步去。皇帝又對芳景道：「將她頸下的鈕子解開兩粒。」芳景連忙解了。皇帝本略通岐黃之術，伸手按在她脈上，卻回頭對梁九功道：「去將那傳教士貢的西洋嗅鹽取來。」梁九功派人去取了來，卻是小巧玲瓏一只碧色玻璃瓶子。皇帝旋開鎏金寶紐塞子，將那嗅鹽放在她鼻下輕輕搖了搖。殿中諸人皆目不轉睛地瞧著琳琅，四下裡鴉雀無聲，隱隱約約聽見殿外簷頭鐵馬，被風吹著叮噹叮噹清冷的兩聲。

簷頭鐵馬響聲零亂，那風吹過，隱約有丹桂的醇香。書房裡本用著燭火，外面罩著雪亮紗罩。那光漾漾地暈開去，窗下的月色便黯然失了華彩。納蘭默然坐在梨花書案前，大丫頭琪兒送了茶上來，笑著問：「大爺今兒大喜，這樣高興，必然有詩了，我替大爺磨墨？」

安徽巡撫相贈的十八錠上用煙墨，鵝黃匣子盛了，十指纖纖拈起一塊，素手輕移，取下硯蓋。是新墨，磨得不得法，沙沙刮著硯堂。他目光卻只凝佇在那墨上，不言不語，似乎人亦像是那塊徽墨，一分一分一毫一毫地消磨。濃黑烏亮的墨汁漸漸在硯堂中洇開。

終於執筆在手，卻忍不住手腕微顫，一滴墨滴落在雪白宣紙上，黑白分明，無可挽回。伸手將筆擱回筆架上，突然伸手拽了那紙，嚓嚓幾下子撕成粉碎。琪兒嚇得噤聲無言，卻見他慢慢垂手，盡那碎紙落在地上，卻緩緩另展了一張紙，舔了筆疏疏題上幾句。琪兒入府未久，本是納蘭夫人跟前的人，因略略識得幾個字，納蘭夫人特意指了她過來侍候容若筆墨。此時只屏息靜氣，待得納蘭寫完，他卻將筆一拋。

琪兒瞧那紙上，卻題著一闋〈東風齊著力〉：「電急流光，天生薄命，有淚如潮。勉為歡謔，到底總無聊。欲譜頻年離恨，言已盡、恨未曾消。憑誰把，一天愁緒，按出瓊簫。往事水迢迢，窗前月、幾番空照魂銷。舊歡新夢，雁齒小紅橋。最是燒燈時候，宜春髻、酒暖葡萄。淒涼煞，五枝青玉，風雨飄飄。」

她有好些字不認識，認識的那些字，零亂地湊在眼前……薄命……淚……愁緒……往事……窗前月……淒涼……

心下只是惴惴難安，只想大爺這樣尊貴，今日又獨獲殊榮。內務府傳來旨意，皇帝竟然口諭賜婚。闔府上下皆大喜，借著八月節，張燈結綵，廣宴親眷。連平日肅嚴謹辭的老爺亦笑著頷首捻鬚：「天恩高厚，真是天恩高厚。」

她不敢胡亂開口，只問：「大爺，還寫麼？」

納蘭淡淡地道：「不寫了，妳叫她們點燈，我回房去。」

丫頭打了燈籠在前面照著，其時月華如洗，院中花木扶疏，月下歷歷可見。他本欲叫丫頭吹了燈籠，看看這天地間一片好月色，但只是懶得言語。穿過月洞門，猛然抬頭，只見那牆頭一帶翠竹森森，風吹過簌簌如雨。

隱隱只聽隔院絲竹之聲，悠揚婉轉。丫頭道：「是那邊三老爺請了書房裡的相公們吃酒宴，聽說還在寫詩聯句呢。」

他無語仰望，惟見高天皓月，冰輪如鏡。照著自己淡淡一條孤影，無限淒清。

琳琅病了十餘日，只是不退熱。宮女病了按例只能去外藥房取藥來吃，那一付付的方子吃下去，並無起色。畫珠當差去了，剩了她獨個昏昏沉沉地睡在屋裡，輾轉反側，人便似失了魂一樣恍恍惚惚。只聽那風撲在窗子上，窗扇格格地輕響。

像還是極小的時候，家裡住著。奶媽帶了自己在炕上玩，母親在上首炕上執了針黹，偶然抬起頭來瞧自己一眼，溫和地笑一笑，喚她的乳名：「琳琅，怎麼又戳那窗紙？」窗紙是棉紙，又密又厚，糊得嚴嚴實實不透風。指頭點上去軟軟的，微有韌勁，所以喜歡不輕不重地戳著，一不小心捅破了，烏溜溜的眼睛便對著那小洞往外瞧……

那一日她也是對著窗紙上的小洞往外瞧……家裡亂成一鍋粥，也沒有人管她，院子裡都是執刀持槍的兵丁，三五步一人，眼睜睜瞧著爺爺與父親都讓人鎖著推搡出去。她正欲張口叫人，奶媽突然從後面上來掩住她的嘴，將她從炕上抱下來，一直抱到後面屋子裡去。家裡的女眷全在那屋子裡，母親見了她，遠遠伸出手抱住，眼淚卻一滴滴落在她髮上……

雪珠子下得又密又急……轎子晃晃悠悠……她困得眼睛都睜不開來，只是想，怎麼還沒有到……轎子終於落下來，她牢牢記著父親的話，不可行差踏錯，惹人笑話。一見了鬢髮皆銀的外祖母，她只是摟她入懷，簌簌落著眼淚：「可憐見兒的孩子……」

一旁的丫頭媳婦都陪著抹眼淚，好容易勸住了外祖母，外祖母只迭聲問：「冬郎呢？叫他來見過他妹妹。」

冬郎……冬郎……因是冬日裡生的，所以取了這麼個小名兒……初初見他那日，下著雪珠子，打在瓦上颯颯的雪聲。他帶著哈哈珠子進來，一身箭袖裝束，朗眉星目，笑吟吟行下禮去，道：「給老太太請安，外面下雪了呢。」

外面是在下雪麼……

冬郎……冬郎……忽忽近十年就過去了……總角稚顏依稀，那心事卻已是欲說還休……冬郎……冬郎……

鵝毛大雪細密如扯絮，無聲無息地落著。喉中的刺痛一直延到胸口，像是有人拿剪子從口中一直剖到心窩裡，一路撕心裂肺地劇痛……

「大哥哥大喜，可惜我明日就要去應選，見不著新嫂嫂了。」含笑說出這句話，嘴角卻在微微顫抖，眼裡的熱淚強忍著，直忍得心裡翻江倒海。他那臉上的神色叫她不敢看，大太太屋裡丫頭的那句冷笑在耳邊迴響：「她算哪門子的格格，籍沒入官的罪臣孤女罷了。」

籍沒入辛者庫……永世不能翻身的罪臣之後……

上用朱砂，顏色明如落日殘霞，那筆尖慢慢地拖出一捺，他腕上明黃翻袖上繡著金色夔紋，九五至尊方許用明黃色……天子御筆方許用朱砂……他的手握著自己的手，一橫，再一折……玄燁……這個名字這樣尊貴，普天之下，無人直呼。書寫之時，例必缺筆……

冬郎……冬郎……心裡直如水沸油煎……思緒翻滾，萬般難言……一碗一碗的藥，黑黑的藥，真是苦……喝到口中，一直苦到心底裡去……

畫珠的聲音在喚她：「琳琅……起來喝點粥吧……」

她迷迷糊糊睜開眼睛，天色已經黑下來，屋裡點著燈。掙扎著坐起來，出了一身汗。畫珠伸手按在她額上：「今兒像是好些了。」她頭重腳輕，只覺得天旋地轉，勉強靠在那枕上。畫珠忙將另一床被子捲成一卷，放在她身後，道：「這一日冷似一日了，妳這病總拖著可怎麼成？」琳琅慢慢問：「可是說要將我挪出去？」畫珠道：「梁諳達沒開口，誰敢說這話？妳別胡思亂想了，好生養著病才是。」

琳琅接了粥碗，病後無力，那手只在微微發顫。畫珠忙接過去，道：「我來餵妳吧。」琳琅勉強笑了一笑：「哪裡有那樣嬌弱。」畫珠笑道：「看來是好些了，還會與我爭嘴了。」到底是她端著碗，琳琅自己執了勺子，喝了半碗稀飯，出了一身汗，人倒是像鬆快些了。躺下了方問：「今兒什麼日子了？」

畫珠道：「初七，後天可是重陽節了。」

琳琅「嗯」了一聲，不自覺喃喃：「才過了八月節，又是重陽節了……」畫珠道：「這日子過得真是快，一眨眼的工夫，可就要入冬了。」替她掖好被角，說：「今兒芸初出宮，我去送她。她聽說妳病著，也十分記掛，只可惜不能和妳見上一面，還叫我帶了這個給妳。」琳琅看時，原是一支珠釵，正是芸初日常用的，明白她的心意，心中不禁一酸。畫珠道：「妳也別傷心了，總有一日能見著的，她可是嫁去了你們家呢。」

琳琅躺在那裡，枕裡原裝著菊花葉子，微微一動便摩挲得沙沙響，滿枕滿襟都是菊葉清寒香氣，叫她想起往年園子裡，此時正是賞菊的時候，老太太愛著這菊花，每年總要搭了花棚子大宴數日……她定了定神，慢慢地說：「菊花可是要開了，這連日地下雨，只怕那些花兒都不好了。」畫珠笑道：「妳且將養著自己的身子骨吧，哪裡還能夠有閒心管到那些花兒朵兒的。」

滿城風雨近重陽，九月裡一連下了數場雨，這日雨仍如千絲萬線，織成細密的水簾，由天至地籠罩萬物，乾清宮的殿宇也在雨意迷茫裡顯得格外肅然。皇帝下朝回來，方換了衣裳，梁九功想起一事來，道：「要請萬歲爺示下，琳琅久病不癒，是不是按規矩挪出去？」

畫珠本正跪在地下替皇帝繫著衣擺上的鈕子，聽了這話，不由偷覷皇帝臉色。皇帝卻只道：「這些小事，怎麼還巴巴來問？」正說話間，畫珠抖開了那件石青妝花夾袍，替皇帝穿上。皇帝伸手至袖中，無意間將臉一偏，卻見那肩頭上繡著一朵四合如意雲紋，梁九功見皇帝怔了一怔，只不明白緣由。皇帝緩緩伸開另一隻手，任由人侍候穿了衣裳，問梁九功：「茶水上還有誰？」

梁九功答：「茶水上除了琳琅，就只芳景得力——她明年就該放出去了。」皇帝於是說：「既然如此，若是這會子另行挑人，反倒難得周全。」言下之意已然甚明，梁九功便「嗻」了一聲不再提起。

那雨又下了數日，天氣仍未放晴，只是陰沉沉的。因著時日漸短，這日午後，皇帝不過睡了片刻，便猛然驚醒。因天氣涼爽，新換的絲棉被褥極暖，卻睡得口乾，便喚：「來人。」

侍寢的梁九功連忙答應著，將那明黃綾紗帳子掛起半邊，問：「萬歲爺要什麼？」

皇帝道：「叫他們沏茶來。」梁九功忙走到門邊，輕輕地擊一擊掌。門簾掀起，卻是嫋嫋纖細的身影，捧了茶進來。皇帝已有近一月沒有瞧見過她，見她面色蒼白，形容憔悴，病後甚添慵弱之態。她久未見駕，且皇帝是靠在那大迎枕上，便跪下去輕聲道：「請萬歲爺用茶。」

皇帝一面接了茶，一面對梁九功道：「你出去瞧瞧，雨下得怎麼樣了。」梁九功答應著去了，皇帝手裡的茶一口沒吃，卻隨手擱在那炕几上了。那几上本有一盞玲瓏小巧的西洋自鳴鐘錶，琳琅只聽那鐘聲滴答滴答地走著。殿裡一時靜下來，隱約聽見外面的雨聲沙沙。

皇帝終於開口問：「好了？」

她輕聲道：「謝萬歲爺垂詢，奴才已經大好了。」皇帝見她還跪著，便說：「起來吧。」她謝了恩站起來，那身上穿著是七成新的紫色江綢夾衣，外面套著絳色長比甲，腰身那裡卻空落落的，幾乎叫人覺得不盈一握，像是秋風裡的花，臨風欲折。

皇帝不說話，她也只好靜靜站著，梁九功去了良久，卻沒有進來。她見皇帝欲起身，忙蹲下去替皇帝穿上鞋，病後初癒，猛然一抬頭，人還未站起，眼前卻是一眩，便向前栽去。幸得皇帝眼疾手快，一把扶住才沒有磕在那炕沿上。琳琅收勢不及，撲入他臂懷中，面紅耳赤，顫聲道：「奴才失禮。」

皇帝只覺懷中香軟溫馨，手臂卻不由自主地收攏來。琳琅只聽到自己的心怦怦直跳，卻不敢掙扎，慢慢低下頭去。過了許久，方聽見皇帝低聲道：「妳是存心。」

她驚惶失措：「奴才不敢。」倉促間抬起眼來，皇帝慢慢放了手，細細地端詳了片刻，說：「好罷，算妳不是成心。」

琳琅咬一咬唇，她本來面色雪白，那唇上亦無多少血色，聲音更是微不可聞：「奴才知道錯了。」皇帝不由微微一笑，聽見梁九功的聲音在外面咳了一聲，便端了茶來慢慢吃著。

十月裡下了頭一場雪，雖只是雪珠子，但屋瓦上皆是一層銀白，地下的金磚地也讓雪漸漸掩住，花白斑爛。暖閣裡已經籠了地炕，琳琅從外面進去，只見得熱氣夾著那龍涎香的幽香，往臉上一撲，卻是暖洋洋的一室如春。皇帝只穿了家常的寶藍倭緞團福袍子，坐在御案之前看摺子。

她不敢打擾，悄悄放下了茶，退後了一步。皇帝並未抬頭，卻問她：「外面雪下得大嗎？」她道：「回萬歲爺的話，只是下著雪珠子。」皇帝抬頭瞧了她一眼，說道：「入了冬，宮裡就氣悶得緊。南苑那裡殿宇雖小，但比宮裡要暖和，也比宮裡自在。」

琳琅聽他這樣說，不知該如何接口。皇帝卻擱了筆，若有所思：「待這陣子忙過，就上南苑去。」琳琅只聽窗外北風如吼，那雪珠子刷刷地打在琉璃瓦上，嘣嘣有聲。

蘭襟親結

旋拂輕容寫洛神，須知淺笑是深顰。十分天與可憐春。
掩抑薄寒施軟障，抱持纖影藉芳茵。未能無意下香塵。

——納蘭容若〈浣溪紗〉

黃昏時分雪下大了，扯絮般落了一夜。第二天早起，但見窗紙微白，向外一望，近處的屋宇、遠處的天地只是白茫茫的一片。這一日並不當值，容若依舊起得極早，丫頭侍候用青鹽漱了口，又換了衣裳。大丫頭荷葆拿著海青羽緞的斗篷，道：「老太太打發人來問呢，叫大爺進去吃早飯。」說話間便將斗篷輕輕一抖，替容若披在肩頭。容若微微皺眉，目光只是向外凝望，只見天地間如撒鹽，如飛絮，綿綿無聲。

他吃過早飯從上房裡下來，卻徑直往書房裡去。見了西席先生顧貞觀負手立於廊上，看賞雪景。容若道：「如斯好雪，必得二三好友，對雪小斟，方才有趣。」顧貞觀笑道：「我亦正有此意。」容若便命人預備酒宴，請了諸位好友前來賞雪。這年春上開博學鴻儒科，所取嚴繩孫、徐乾學、姜辰英諸人皆授以翰林編修之職，素與容若交好，此時欣然赴約。至交好友，幾日不見，自是把酒言歡。酒過三巡，徐乾學便道：「今日之宴，無以佐興，莫若以度曲爲賽，失之者罰酒。」諸人莫不撫掌稱妙。當下便擲色爲令，第一個卻偏偏輪著顧貞觀。容若笑道：「卻是梁汾得了頭籌。」親自執壺，與顧貞觀滿斟一杯，道：「願梁汾滿飲此杯，便咳珠唾玉，好教我等耳目一新。」

顧貞觀飲了酒，沉吟不語。室中地炕本就極暖，又另置有薰籠，那薰籠錯金縷銀，極盡華麗，只聞炭火劈啪的微聲，小廝輕手輕腳地添上菜餚。他舉目眼中，只覺褥設芙蓉，筵開錦繡，卻是富貴安逸到了極處。容若早命人收拾了一張案，預備了筆墨。顧貞觀唇角微微哆嗦，霍然起身疾步至案前，一揮而就。

諸人見他神色有異，早就圍攏上來看他所題。容若拿起那紙，便不由輕輕唸出聲來，只聽是一闋〈金縷曲〉：「季子平安否？便歸來，平生萬事，那堪回首？行路悠悠誰慰藉？母老家貧子幼。記不起、從前杯酒。魑魅搏人應見慣，總輸他、覆雨翻雲手！冰與雪，周旋久。淚痕莫滴牛衣透。數天涯、依然骨肉，幾家能夠？比似紅顏多命薄，更不如今還有。只絕塞、苦寒難受。廿載包胥承一諾，盼烏頭、馬角終相救。置此札，君懷袖。」容若聞詞意悲戚，忍不住出言相詢。那顧貞觀只待他這一問，道：「吾友吳漢槎，文才卓異，昔年梅村有云，吳漢槎、陳其年、彭古晉三人，可稱『江左三鳳凰』矣。漢槎因南闈科場案所累，流放寧古塔。北地苦寒，逆料漢槎此時鑿冰而食。而梁汾此時暖閣溫酒，與公子諸友賞雪飲宴。念及漢槎，梁汾愧不能言。」

容若不由心潮起伏，朗聲道：「何梁生別之詩，山陽死友之傳，得此而三。此事三千六百日中，弟當以身任之，不需兄再囑之。」顧貞觀喜不自禁，道：「公子一諾千金，梁汾信之不疑，大恩不能言謝。然人壽幾何，請以五載為期。」

容若亦不答話，只略一沉吟，向紙上亦題下字去，他一邊寫，姜辰英在他身側，便一句句高聲唸與諸人聽聞。卻是相和的一闋〈金縷曲〉，待姜辰英唸到『絕塞生還吳季子，算眼前、此外皆閒事』，諸人無不動容，只見容若寫下最後一句：「知我者，梁汾耳。」顧貞觀早已是熱淚盈眶，執著容若的手，只道：「梁汾有友如是，夫復何求！」

容若自此後，便極力地尋覓機會，要為那吳兆騫開脫，只恨無處著手。他心緒不樂，每日只在房中對書默坐。因連日大雪，荷葆帶著小丫頭們去收了乾淨新雪，拿罈子封了，命小廝埋在那梅花樹下。正在此時，門上卻送進柬貼來，荷葆忙親手拿了，進房對容若道：「大爺，裕親王府上派人下了帖子來。」容若看了，原是邀他過王府賞雪飲宴。容若本不欲前去，他心心念念只在營救吳兆騫之事，忽然間靈機一動，知這位和碩裕親王在皇帝面前極說得上話，自己何不從福全處著手謀策。

荷葆因他近來與福全行跡漸疏，數次宴樂皆推故未赴，料必今日也是不去了，誰知聽見容若道：「拿大衣裳來，叫人備馬。」忙侍候他換了衣裳，打發他出門。

那裕親王府本是康熙六年所建，親王府邸，自是富麗堂皇，雍容華貴。裕親王福全卻將賞雪的酒宴設在後府花園裡。那假山迤邐，掩映曲廊飛簷，湖池早已凍得透了，結了冰直如一面平溜的鏡子。便在那假山之下，池上砌邊有小小一處船廳，廳外植十餘株寒梅，時節未至，梅蕊未吐，但想再過月餘，定是寒香凜冽。入得那廳中去，原本就籠了地炕，暖意融融。座中皆是朝中顯貴，見容若前來，紛紛見禮寒暄。

福全卻輕輕地將雙掌一擊，長窗之下的數名青衣小鬟，極是伶俐，齊齊伸手將窗扇向內一拉，那船廳四面皆是長窗。衆人不由微微一凜，卻沒意料中的寒風撲面，定睛一瞧，卻原來那長窗之外，皆另裝有西洋的水晶玻璃，剔透明淨直若無物，但見四面雪景豁然撲入眼簾，身之所處的廳內卻依然熙暖如春。

那西洋水晶玻璃，尺許見方已經是價昂，像這樣丈許來高的大玻璃，且有如許多十餘扇，衆人皆是見所未見。尋常達官貴人也有用玻璃窗，多不過徑尺。像這樣萬金難尋的巨幅玻璃，只怕也唯有天潢貴冑方敢如此豪奢。席間便有人忍不住喝一聲采：「王爺，此情此景方是賞雪。」

福全微笑道：「玻璃窗下飲酒賞雪，當為人生一樂。」一轉臉瞧見容若，笑道：「前兒見駕，皇上還說呢，要往南苑賞雪去。只可惜這些日子朝政繁忙，總等四川的戰局稍定，大駕才好出京。」

容若本是御前侍衛，聽福全如是說，便道：「扈從的事宜，總是儘早著手的好。」

福全不由笑道：「皇上新擢了你未來的岳丈頗爾盆為內大臣，這扈駕的事，大約是他上任的第一要務。」容若手中的酒杯微微一抖，卻濺出一滴酒來。福全於此事極是得意，道：「萬歲爺著實記掛你的事呢，問過我數次了。這年下納彩，總得過了年才好納徵，再過幾個月就可大辦喜事了。」

席間諸人皆道：「恭喜納蘭大人。」紛紛舉起杯來，容若心中痛楚難言，只得強顏歡笑，滿滿一杯酒飲下去，嗆得喉間苦辣難耐，禁不住低聲咳嗽。卻聽席間有人道：「今日此情此景，自應有詩詞之賦。」眾人紛紛附議，容若聽諸人吟哦，有唸前人名句的，有唸自己新詩的。他獨自坐在那裡，慢慢將一杯酒飲了，身後的丫頭忙又斟上。他一杯接一杯地吃著酒，不覺酒意沉酣，面赤耳熱。

只聽眾人七嘴八舌品評詩詞，福全於此道極是外行，回首見著容若，便笑道：「你們別先亂了，容若還未出聲，且看他有何佳作。」容若酒意上湧，卻以牙箸敲著杯盞，縱聲吟道：「密灑征鞍無數。冥迷遠樹。亂山重疊杳難分，似五里、濛濛霧。惆悵瑣窗深處。濕花輕絮。當時悠颺得人憐，也都是、濃香助。」

眾人轟然叫好，正鼓噪間，忽聽門外有人笑道：「好一句『也都是、濃香助』。」那聲音清朗洪亮，人人聽在耳中皆是一怔，剎那間廳中突兀地靜下來，直靜得連廳外風雪之聲都清晰可聞。

廳門開處，靴聲橐橐，落足卻是極輕。侍從拱衛如眾星捧月，那人只穿一身裝緞狐肷褶子，外繫著玄狐大氅，那紫貂的風領襯出清峻的一張面孔，唇角猶含笑意。福全雖有三分酒意，這一嚇酒醒了大半，慌亂裡禮數卻沒忘，行了見駕的大禮，方道：「皇上駕幸，福全未及遠迎，請皇上治福全大不敬之罪。」

皇帝神色卻頗為閒適，親手攙了他起來，道：「我因見雪下得大了——記得去年大雪，順天府曾報有屋舍為積雪壓垮，致有死傷。左右下午閒著，便出宮來看看，路過你宅前，順路就進來瞧瞧你。是我不叫他們通傳的，大雪天的，你們倒會樂。」

福全又請了安謝恩，方才站起來笑道：「皇上時時心繫子民，奴才等未能替皇上分憂，卻躲在這裡吃酒，實實慚愧得緊。」皇帝笑道：「偷得浮生半日閒，這樣的大雪天，本就該躲起來吃酒，你這裡倒暖和。」

皇帝一面說，一面解了頸下繫著的玄色閃金長條，梁九功忙上前替皇帝脫了大氅，接在手中。皇帝見眾人跪了一地，道：「都起來吧。」眾人謝恩起身，恭恭敬敬地垂手侍立。皇帝本是極機智的人，見廳中一時鴉雀無聲，便笑道：「朕一來倒拘住你們了，朕瞧這園子雪景不錯，福全、容若，你們兩個陪朕去走走。」

福全與納蘭皆「嚥」了一聲，因那外面的雪仍紛紛揚揚飄著，福全從梁九功手中接了大氅，親自侍候皇帝穿上。簇擁著皇帝出了船廳，轉過那湖石堆砌的假山，但見亭台樓閣皆如裝在水晶盆裡一樣，玲瓏剔透。皇帝因見福全戴著一頂海龍拔針的軟胎帽子，忽然一笑，道：「你還記不記得，那年咱們兩個趁著諳達打瞌睡，從上書房裡翻窗子出來，溜到花園裡玩雪，最後不知爲什麼惱了，結結實實打了一架。我滾到雪裡，倒也沒吃虧，一舉手就將你簇新的暖帽扔到海子裡去了，氣得你又狠狠給我一拳，打得我鼻梁上青了老大一塊。」

福全笑道：「當然記得，鬧到連皇阿瑪都知道了，皇阿瑪大怒，罰咱們兩個在奉先殿跪了足足兩個時辰，還是董鄂皇貴妃求情……」說到這裡猛然自察失言，戛然而止，神色不由有三分勉強。皇帝只作未覺，岔開話道：「你這園裡的樹，倒是極好。」眼前乃是大片松林，掩著青磚粉壁。那松樹皆是建園時即植，雖不甚粗，也總在二十餘年上下，風過只聽松濤滾滾如雷，大團大團的積雪從枝椏間落下來。忽見絨絨一團，從樹枝上一躍而下，原是小小一隻松鼠，見著有人，連爬帶跳竄開。皇帝瞬間心念一動，只叫道：「捉住牠。」

那松鼠竄得極快，但皇帝微服出宮，所帶的侍從皆是御前侍衛中頂尖的好手，一個個身手極是敏捷，十餘人遠遠奔出，四面合圍，便將那松鼠逼住。那小松鼠驚惶失措，徑直向三人腳下竄來。納蘭眼疾手快，一手捉住了牠毛茸茸的尾巴，只聽松鼠吱吱亂叫，卻再也掙不脫他的掌心。

福全忙命人取籠子來，裕親王府的總管太監郭興海極會辦事，不過片刻，便提了一只精巧的鎏金鳥籠來。福全笑道：「沒現成的小籠子，好在這個也不冗贅。」皇帝見那鳥籠精巧細緻，外面皆是紫銅鎏金的扭絲花紋，道：「這個已經極好。這樣小的籠子，卻是關什麼鳥的？」福全笑嘻嘻地道：「奴才養了一隻藍點頦，這只小籠，卻是帶牠在車轎之內用的。前兒下人給牠換食，不小心讓那雀兒飛了，叫奴才好生懊惱，只想罷了，權當放生吧。只剩了這空籠子——沒想到今兒正好能讓萬歲爺派上用場，原來正是奴才的福氣。」

納蘭掌中那松鼠吱吱叫著拚命掙扎，卻將納蘭掌上抓出數道極細的血痕。納蘭怕牠亂掙逃走，抽了腰帶上扣的帉帶，繞過牠的小小的爪子，打了個結，那松鼠再也掙不得。納蘭便將牠放入籠內，扣好了那精巧的鍍金搭鎖。福全接過去，親自遞給梁九功捧了。雪天陰沉，冬日又短，不過片刻天色就晦暗下來，福全因皇帝是微行前來，總是忐忑不安。皇帝亦知道他的心思，道：「朕回去，省得你們心裡總是犯嘀咕。」福全道：「眼見只怕又要下雪了，路上又不好走，再過一會兒只怕天要黑了，皇上還是早些回宮，也免得太皇太后、太后兩位老人家惦記，皇上保重聖躬，方是成全臣等。」

皇帝笑道：「趕我走就是趕我走，我給個台階你下，你反倒挑明了說。」福全也笑道：「皇上體恤奴才，奴才當然要順杆往上爬。」雖是微服不宜聲張，仍是親自送出正門，與納蘭一同侍候皇帝上了馬。天上的飛雪正漸漸飄得綿密，大隊侍衛簇擁著御駕，只聞鑾鈴聲聲，漸去漸遠看不清了，惟見漫天飛雪，綿綿落著。

皇帝回到禁中天已擦黑。他出宮時並未聲張，回宮時也是悄悄的。乾清宮正上燈，畫珠猛然見他進來，那玄色風帽大氅上皆落滿了雪，後面跟著的梁九功也是撲了一身的雪粉。畫珠直嚇了一跳，忙上來替他輕輕取了風帽，解了大氅，交了小太監拿出去撣雪。暖閣中本暖，皇帝連眼睫之上都沾了雪花，這樣一暖，臉上卻潤潤的。換了衣裳，又拿熱手巾把子來擦了臉，方命傳晚酒點心。

琳琅本端了熱奶子來，見皇帝用酒膳，便依規矩先退下去了。待皇帝膳畢，方換了熱茶進上。因天氣寒冷，皇帝沖風冒雪在九城走了一趟，不由飲了數杯暖酒。暖閣中地炕極暖，他也只穿了緞面的銀狐嗉筒子，因吃過酒，臉頰間只覺得有些發熱。接了那滾燙的茶在手裡，先不忙吃，將茶碗擱在炕桌上，忽然間想起一事來，微笑道：「有樣東西是給妳的。」向梁九功一望，梁九功會意，忙去取了來。

琳琅見是極精巧的一只鎏金籠子，裡面鎖著一隻松鼠，烏黑一對小眼睛，滴溜溜地瞪著人瞧，忍俊不禁拿手指輕輕扣著那籠子，左頰上若隱若現，卻浮起淺淺一個笑靨。皇帝起身接過籠子，道：「讓我拿出來給妳瞧。」梁九功見了這情形，早悄無聲息退出去了。

那隻松鼠掙扎了半晌，此時在皇帝掌中，只是瑟瑟發抖。琳琅見牠溫順可愛，伸手輕撫牠鬆鬆的絨尾，不由說：「眞有趣。」皇帝見她嫣然一笑，燈下只覺如明珠生輝，熠熠照人，笑靨直如梅蕊初露，芳宜香遠。皇帝笑道：「小心牠咬妳的手。」慢慢將松鼠放在她掌中。她見松鼠爲帉帶所縛，十分可憐，那帉帶本只繫著活扣，她輕輕一抽即解開。那帉帶兩頭墜著小小金珠，上頭卻有極熟悉的篆花紋飾，她唇角的笑意剎那間凝固，只覺像是兜頭冰雪直澆而下，連五臟六腑都在瞬間冷得透骨。手不自覺一鬆，那松鼠便一躍而下，直竄出去。

她此時方回過神來，輕輕「呀」了一聲，連忙去追。那松鼠早已輕巧躍起，一下子跳上了炕，直鑽入大迎枕底下。皇帝手快，頓時掀起迎枕，牠卻疾若小箭，吱地叫了一聲，又鑽到炕氈下去了。琳琅伸手去按，牠數次跳躍，極是機靈，屢撲屢逸。竄到炕桌底下，圓溜溜的眼睛只是瞪著兩人。

西暖閣本是皇帝寢居，琳琅不敢亂動炕上御用諸物，皇帝卻輕輕在炕桌上一拍，那松鼠果然又竄將出來。琳琅心下焦躁，微傾了身子雙手按上去，不想皇帝也正伸臂去捉那松鼠，收勢不及，琳琅只覺天翻地覆，人已經仰跌在炕上。幸得炕氈極厚，並未摔痛，皇帝的臉卻近在咫尺，呼吸可聞，氣息間盡是他身上淡薄的酒香，她心下慌亂，只本能地將臉一偏。蓮青色衣領之下頸白膩若凝脂，皇帝情不自禁吻下，只覺她身子在瑟瑟發抖，如寒風中的花蕊，叫人憐愛無限。

琳琅腦中一片空白，只覺唇上灼人滾燙，手中緊緊攥著那條帉帶，掌心裡沁出冷汗來，身後背心裡卻是冷一陣，熱一陣，便如正生著大病一般。耳中嗡嗡地迴響著微鳴，只聽窗紙上風雪相撲，簌簌有聲。

西洋自鳴鐘敲過了十一下，梁九功眼見交了子時，終於耐不住，躡手躡腳進了西暖閣。但見金龍繞足十八盞燭台之上，兒臂粗的巨燭皆燃去了大半，燭化如絳珠紅淚，緩緩累垂凝結。黃綾帷帳全放了下來，明黃色宮條長穗委垂在地下，四下裡寂靜無聲。忽聽吱吱一聲輕響，卻是那隻松鼠不知打哪裡鑽出來，一見著梁九功，又掉頭竄入帷帳之中。

梁九功又躡手躡腳退出去。敬事房的太監馮四京正候在廊下，見著他出來，打起精神悄聲問：「今兒萬歲爺怎麼這時辰還未安置？」梁九功道：「萬歲爺已經安置了，你下值睡覺去吧。」馮四京一怔，張口結舌：「可……茶水上的琳琅還在西暖閣裡——」話猶未完，已經明白過來，只倒吸了一口氣，越發地茫然無措。廊下風大，冷得他直打哆嗦，牙關磕磕碰碰，半晌方道：「梁諳達，今兒這事該怎麼記檔？這可不合規矩。」梁九功正沒好氣，道：「規矩——這會子你跟萬歲爺講規矩去啊。」頓了頓方道：「真是沒腦子，今兒這事擺明了別記檔，萬歲爺的意思你怎麼就明白不過來？」

馮四京感激不盡，打了個千兒，低聲道：「多謝諳達指點。」

眼瞅著近臘月，宮中自然閒下來。佟貴妃因署理六宮事務，越到年下，卻是越不得閒。打點過年的諸項雜事，各處的賞賜，新年賜宴，宮眷入朝……都是叫人煩惱的瑣碎事，而且件件關乎國體，一點兒也不能疏忽。聽內務府的人回了半晌話，只覺得那太陽穴上又突突跳著，隱隱又頭痛，便叫貼身的宮女：「將炭盆子挪遠些，那炭氣嗆人。」

宮女忙答應著，小太監們上來挪了炭盆，外面有人回進來：「主子，安主子來了。」

安嬪是慣常往來，熟不拘禮，只屈膝道：「給貴妃請安。」佟貴妃忙叫人扶起，又道：「妹妹快請坐。」安嬪在下首炕上坐了，見佟貴妃歪在大迎枕上，穿著家常倭緞片金袍子，領口袖端都出著雪白的銀狐風毛，襯得一張臉上更顯得蒼白，不由道：「姐姐還是要保重身子，這一陣子眼見著又瘦下來了。」

佟貴妃輕輕歎了口氣，道：「我何嘗不想養著些，只是這後宮裡上上下下數千人，哪天大事小事沒有數十件？前兒萬歲爺來瞧我，還說笑話，打趣我竟比他在朝堂上還要忙。」安嬪心中不由微微一酸，道：「皇上還是惦記著姐姐，隔了三五日，總要過來瞧姐姐。」見宮女送上一只玉碗，佟貴妃不過拿起銀匙略嚐了一口，便推開不用了。安嬪忙道：「這燕窩最是滋養，姐姐到底耐著用些。」佟貴妃只是輕輕搖了搖頭。安嬪因見炕圍牆上貼著消寒圖，便道：「是二九天裡了吧。」佟貴妃道：「今年只覺得冷，進了九就一場雪接一場雪地下著，總沒消停過。唉，日子過得真快，眼瞅著又是年下了。」安嬪倒想起來：「宜嬪怕是要生了吧。」佟貴妃道：「總該在臘月裡，前兒萬歲爺還問過我，我說已經打發了一個妥當人過去侍候呢。」

安嬪道：「郭絡羅家的小七，真是萬歲爺心坎上的人，這回若替萬歲爺添個小阿哥，還不知要怎麼捧到天上去呢。」佟貴妃微微一笑，道：「宜嬪雖然要強，我瞧萬歲爺倒還讓她立著規矩。」安嬪有句話進門便想說，繞到現在，只作閒閒的樣子，道：「不知姐姐這幾日可聽見說聖躬違和？」佟貴妃吃了一驚，道：「怎麼？我倒沒聽見傳御醫——妹妹聽見什麼了？」安嬪臉上略略一紅，低聲道：「倒是我在胡思亂想，因為那日偶然聽敬事房的人說，萬歲爺這二十來日都是『叫去』。」

佟貴妃也不禁微微臉紅，雖覺得此事確是不尋常，但到底二人都年輕，不好老了臉講房闈中事，便微微咳嗽了一聲，揀些旁的閒話來講。

晚上佟貴妃去給太皇太后請安，比平日多坐了片刻。正依依膝下，講些後宮的趣事來給太皇太后解悶，宮女笑吟吟地進來回：「太皇太后，萬歲爺來了。」佟貴妃連忙站起來。

皇帝雖是每日晨昏定省，但見了祖母，自然十分親熱，請了安便站起來。太皇太后道：「到炕上坐，炕上暖和。」又叫佟貴妃：「妳也坐，一家子關起門來，何必要論規矩。」

佟貴妃答應著，側著身子坐下，太皇太后細細端詳著皇帝，道：「外面又下雪了？怎麼也不叫他們打傘？瞧你這帽上還有雪。」皇帝笑道：「我原兜著風兜，進門才脫了，想是他們手重，拂在了帽子上。」太皇太后點點頭，笑道：「我瞧你這陣子氣色好，必是心裡痛快。」皇帝笑道：「老祖宗明鑑。圖海進了四川，趙良棟、王進寶各下數城，眼見四川最遲明年春上，悉可克復。咱們就可以直下雲南，一舉蕩平吳藩。」太皇太后果然歡喜，笑容滿面，連聲說：「好，好。」佟貴妃見語涉朝政，只是在一旁微笑不語。

祖孫三人又說了會子話，太皇太后因聽窗外風雪之聲越烈，道：「天黑了，路上又滑，我也倦了，你們都回去吧。尤其是佟佳氏，身子不好，晚上雪風冷，別受了風寒。」皇帝與佟貴妃早就站了起來，佟貴妃道：「謝太皇太后關愛，我原是坐暖轎來的，並不妨事。」與皇帝一同行了禮，方告退出來。

皇帝因見她穿了件香色斗紋錦上添花大氅，嬌怯怯立在廊下，寒風吹來，總是不勝之態。他素來對這位表妹十分客氣，便道：「如今日子短了，妳身子又不好，早些過來給太皇太后請安，也免得冒著夜雪回去。」佟貴妃低聲道：「謝皇上體恤。」心裡倒有一腔的話，只是默默低頭。皇帝問：「有事要說？」佟貴妃道：「沒有。」低聲道：「皇上珍重，便是臣妾之福。」皇帝見她不肯說，也就罷了，轉身上了明黃暖轎。佟妃目送太監們前呼後擁，簇著御駕離去，方才上了自己的轎子。

皇帝本是極精細的人，回到乾清宮下轎，便問梁九功：「今兒佟貴妃有沒有打發人來？」梁九功怔了一怔，道：「回皇上的話，貴主子並沒打發人來過。只是上午恍惚聽見說，貴妃宮裡傳了敬事房當值的太監過去問話。」皇帝聽了，心下已經明白幾分，便不再問，徑直進了西暖閣。換了衣裳方坐下，一抬頭瞧見琳琅進來，不由微微一笑。琳琅見他目光凝視，終究臉上微微一紅，過了片刻，方故作從容地抬起頭來。皇帝神色溫和，問：「我走了這半晌，妳在做什麼呢？」

琳琅答：「萬歲爺不是說想吃蓮子茶，我去叫御茶房剝蓮子了。」皇帝「唔」了一聲，說：「外面又在下雪。」因見炕桌上放著廣西新貢的香橙，便拿了一個遞給她。琳琅正欲去取銀刀，皇帝隨手抽出腰佩的琺瑯嵌金小刀給她，她低頭輕輕劃破橙皮。皇帝只聞那橙香馥郁，夾在熟悉的幽幽淡雅香氣裡，只覺她的手溫軟香膩，握在掌心，心中不禁一蕩，低聲吟道：「並刀如水，吳鹽勝雪，纖指破新橙。」燈下只見她雙頰胭紅酡然如醉，明眸顧盼，眼波欲流。過了良久，方低低答：「馬滑霜濃，不如休去，直是少人行。」

皇帝輕輕笑了一聲，禁不住攬她入懷，因暖閣裡籠著地炕，只穿著小袖掩衿銀鼠短襖。皇帝只覺纖腰不盈一握，軟玉幽香襲人，薰暖欲醉，低聲道：「朕比那趙官家可有福許多。」她滿面飛紅，並不答話。皇帝只聽窗外北風尖嘯，拍著窗扇微微咯吱有聲。聽她呼吸微促，一顆心卻是怦怦亂跳，鬢髮輕軟貼在他臉上，似乎只願這樣依偎著，良久良久。

琳琅聽那薰籠之內炭火燃著嗶剝微聲，皇帝臂懷極暖，御衣袍袖間龍涎熏香氤氳，心裡反倒漸漸安靜下來。皇帝低聲道：「宮裡總不肯讓人清淨，等年下封了印，咱們就上南苑去。」聲音越來越低，漸如耳語，那暖暖的呼吸迴旋在她耳下，輕飄飄的又癢又酥。身側燭台上十數紅燭灩灩流光，映得一室皆春。

直到十二月丁卯，大駕方出永定門，往南苑行宮。這一日卻是極難得晴朗的天氣，一輪紅日映著路旁積雪，泛起耀眼的一層淡金色。官道兩側所張黃幕，受了霜氣浸潤，早就凍得硬邦邦的。扈從的官員、三營將士大隊人馬，簇擁了十六人相舁木質髹朱的輕步輿御駕，緩緩而行，只聽晨風吹得行列間的旌旗輅傘獵獵作響。

頗爾盆領著內大臣的差事，騎著馬緊緊隨在御駕之後。忽見皇帝掀起輿窗帷幕，招一招手，卻是向著納蘭容若示意。納蘭忙趨馬近前，隔著象眼輿窗，皇帝沉吟片刻，吩咐他說：「你去照料後面的車子。」

納蘭領旨，忙兜轉了馬頭縱馬往行列後去。後面是宮眷所乘的騾車，納蘭見是一色的宮人所用青呢朱漆輪大車，並無妃嬪主位隨駕的輿轎，心裡雖然奇怪，但皇帝巴巴兒打發了自己過來，只得勒了馬，不緊不慢地跟在車隊之側。

因著天氣晴暖，路上雪開始漸漸融了，甚是難走，車輪馬蹄之下只見髒雪泥濘飛濺。御駕行得雖慢，騾車倒也走不快。納蘭信馬由韁地跟著，不由怔怔出了神。恰在此時路面有一深坑，本已填壅過黃土，但大隊人馬踐踏而過，雪水消融，騾車行過時車身一側，朱輪卻陷在了其中。掌車的太監連聲呼喝，那騾馬幾次使力，車子卻沒能起來。

納蘭忙下馬，招呼了扈從的兵丁幫忙推車，十餘人輕輕鬆鬆便扶了那騾車起來。納蘭心下一鬆，轉身正待認鐙上馬，忽然風過，吹起騾車幔帳，隱隱極淡薄的幽香，卻是魂牽夢縈，永志難忘的熟悉。心下驚痛，驀然掉回頭去，怔怔地望著騾車幔帳，彷彿要看穿那厚厚的青呢氈子似的。

這一路之下忽左忽右跟著騾車，縱馬由韁，便如掉了魂似的，只聽車輪轆轆，輾得路上積雪殘冰沙沙微聲，更似輾在自己心房上，寸寸焦痛，再無半分安生處。

南苑地方逼仄，自是比不得宮內。駐蹕關防是首要，好在豐台大營近在咫尺，隨扈而來的御營親兵駐下，周邊抽調豐台大營的禁旅八旗。頗爾盆領內大臣，上任不久即遇上這樣差事，未免諸事有些抓忙。納蘭原是經常隨扈，知道中間的關竅，從旁幫襯一二，倒也處處安插得妥當。

這日天氣陰沉，過了午時下起雪珠子，如椒鹽，如細粉，零零星星撒落著。頗爾盆親自帶人巡查了關防，回到直房裡，一雙鹿皮油靴早沁濕了，套在腳上濕冷透骨。侍候他的戈什哈忙上來替他脫了靴子，又移過炭盆來，道：「大人，直房裡沒腳爐，您將就著烤烤。」頗爾盆本覺得那棉布襪子濕透了貼在肉上，連腳都凍得失了知覺，伸著腳讓炭火烘著，暖和著漸漸緩過勁來。忽見棉布簾子一挑，有人進來，正是南宮正殿的御前侍衛統領，身上穿著濕淋淋的油衣斗篷，臉上凍得白一塊紅一塊，神色倉皇急促，打了個千兒，只吃力地道：「官大人，出事了。」

頗爾盆心下一沉，忙問：「怎麼了？」那統領望了一眼他身後的戈什哈。頗爾盆道：「不妨事，這是我的心腹。」那統領依舊沉吟。頗爾盆只得揮一揮手，命那戈什哈退下去了。那統領方開口，聲調裡隱著一絲慌亂，道：「官大人，皇上不見了。」

頗爾盆只覺如五雷轟頂，心裡悚惶無比，脫口斥道：「胡扯！皇上怎麼會不見了？」這南苑行宮裡，雖比不得禁中，但仍是裡三層外三層，蹕防是滴水不漏，密如鐵桶。而皇帝御駕，等閒身邊太監宮女總有數十人，就算在宮中來去，也有十數人跟著侍候，哪裡能有「不見了」這一說？

只聽那統領道：「皇上要賞雪，出了正殿，往海子邊走了一走，又叫預備馬。梁公公原說要傳御前侍衛來侍候，皇上只說不用，又不讓人跟著，騎了馬沿著海子往上去了，快一個時辰了卻不見回來。梁公公這會子已經急得要瘋了。」

頗爾盆又驚又急，道：「那還不派人去找？」那統領道：「南宮的侍衛已經全派出去了，這會子還沒消息。標下覺得不妥，所以趕過來回稟大人。」頗爾盆知他是怕擔當，可這責任著實重大，別說自己，只怕連總責蹕防的御前大臣、領侍衛內大臣也難以擔當。只道：「快快叫鑾儀衛、上虞備用處的人都去找！」自己亦急急忙忙往外走，忽聽那戈什哈追出來直叫喚：「大人！

大人！靴子！」這才覺得腳下冰涼，原來是光襪子踏在青磚地上。憂心如焚地接過靴子籠上腳，囑咐那戈什哈：「快去稟報索大人！就說行在有緊要的事，請他速速前來。」

皇帝近侍的太監執著儀仗皆候在海子邊上。那北風正緊，風從冰面上吹來，夾著雪霰子刷刷地打在臉上，嗆得人眼裡直流淚。一撥一撥的侍衛正派出去，頗爾盆此時方自鎮定下來，安慰神情焦灼的梁九功：「梁總管，這裡是行宮，四面宮牆圍著，外面有前鋒營、護軍營、火器營的駐蹕，裡面有隨扈的御前侍衛，外人進不來，咱們總能找著皇上。」話雖這樣說，但心裡惴惴不安，似乎更像是在安慰自己。又說：「苑裡地方大，四面林子裡雖有人巡查，但怎麼好叫皇上一個人騎馬走開？」話裡到底忍不住有絲埋怨。

梁九功苦笑了一聲，隔了半晌，方低聲道：「官大人，萬歲爺不是一個人——可也跟一個人差不多。」頗爾盆叫他弄糊塗了，問：「那是有人跟著？」梁九功點點頭，只不作聲。頗爾盆越發地糊塗，正想問個明白，忽聽遠處隱隱傳來鑾鈴聲，一騎蹄聲噠噠，信韁歸來。飄飄灑灑的雪霰子裡，只見那匹白馬極是高大神駿，正是皇帝的坐騎。漸漸近了，看得清馬上的人裹著紫貂大氅，風吹翻起明黃綾裡子。頗爾盆遠遠見著那御衣方許用的明黃色，先自鬆了口氣，抹了一把臉上的雪水，這才瞧真切馬上竟是二人共乘。當先的人裹著皇帝的大氅，銀狐風兜掩去了大半張臉，瞧那身形嬌小，竟似是個女子。皇帝只穿了絳色箭袖，腕上翻起明黃的馬蹄袖，極是精神。眾人忙著行禮，皇帝含笑道：「馬跑得發了興，就兜遠了些，是怕你們著慌，打南邊犄角上回來——瞧這陣仗，大約朕又讓你們興師動眾了，都起來吧。」

早有人上來拉住轡頭，皇帝翻身下馬，回身伸出雙臂，那馬上的女子體態輕盈，幾乎是叫他輕輕一攙，便娉娉婷婷立在了地上。頗爾盆方隨眾謝恩站起來，料必此人是後宮妃嬪，本來理應迴避，但這樣迎頭遇上，措手不及，不敢抬頭，忙又打了個千兒，道：「奴才給主子請安。」那女子卻倉皇將身子一側，並不受禮，反倒退了一步。皇帝也並不理會，一抬頭瞧見納蘭遠遠立著，臉色蒼白得像是屋宇上的積雪，竟沒有一絲血色。皇帝便又笑了一笑，示意他近前來，道：「今兒是朕的不是，你們也不必嚇成這樣，這是在行苑裡頭，難道朕還能走丟了不成？」

納蘭道：「奴才等護駕不周，請皇上治罪。」皇帝見他穿著侍衛的青色油衣，依著規矩垂手侍立，那聲音竟然在微微發抖，也不知是天氣寒冷，還是適才擔心過慮，這會子鬆下心來格外後怕。皇帝心中正是歡喜，也未去多想，只笑道：「朕已經知道不該了，你們還不肯輕饒麼？」太監已經通報上來：「萬歲爺，索大人遞牌子覲見。」

皇帝微微皺一皺眉，立刻又展顏一笑：「這回朕可真有得受了。索額圖必又要諫勸，什麼『千金之子坐不垂堂』……」納蘭恍恍惚惚聽在耳中，自幼背得極熟《史記》的句子，此時皇帝說出來，一字一字卻恍若夏日的焦雷，一聲一聲霹靂般在耳邊炸開，卻根本不知道那些字連起來是何意思了，風夾著雪霰子往臉上拍著，只是麻木的刺痛。

皇帝就在南宮正殿裡傳見索額圖。索額圖行了見駕的大禮，果然未說到三句，便道：「皇上萬乘之尊，身繫社稷安危。袁盎曰：『千金之子坐不垂堂，百金之子不騎衡，聖主不乘危而徼幸』……」一開了頭，便滔滔不絕地勸諫下去。皇帝見自己所猜全中，禁不住微微一笑。他心情甚好，著實敷衍了這位重臣幾句，因他正是當值大臣，又詢問了京中消息，京裡各衙門早就封了印不辦差，倒也並沒有什麼要緊事。

等索額圖跪安退下，皇帝方起身回暖閣。琳琅本坐在炕前小杌子上執著珠線打絡子，神色卻有些怔忡不寧，連皇帝進來也沒留意，猛然間忽見那明黃翻袖斜刺裡拂在絡子上。皇帝的聲音很愉悅：「這個是打來做什麼的？」卻將她嚇了一跳，連忙站起來，叫了聲：「萬歲爺。」皇帝握了她的手，問：「手怎麼這樣涼？是不是才剛受了風寒？」她輕輕搖了搖頭，低聲道：「琳琅在後悔──」語氣稍稍凝滯，旋即黯然：「不該叫萬歲爺帶了我去騎馬，惹得大臣們都擔心。『三代末主乃有嬖女』，是琳琅累及萬歲爺有傷聖德。」

皇帝「唔」了一聲，道：「是朕要帶妳去，不怨妳。適才索額圖剛剛引過《史書》，妳又來了──『三代末主乃有嬖女』，今欲同輦，得無近似之乎？王太后云：『古有樊姬，今有班婕妤』，朕再加一句：現有衛氏琳琅。」她的笑容卻是轉瞬即逝，低聲道：「萬歲爺可要折琳琅的福，琳琅哪裡能比得那些賢妃，況且成帝如何及得皇上萬一？」

皇帝不由笑道：「雖是奉承，但著實叫人聽了心裡舒坦。我只是奇怪，妳到底藏了多少本事，連經史子集妳竟都讀過，起先還欺君罔上，叫我以爲妳不識字。」琳琅臉上微微一紅，垂下頭去說：「不敢欺瞞萬歲爺，只是女子無才便是德，且太宗皇帝祖訓，宮人不讓識字。」皇帝靜默了片刻，忽然輕輕歎了口氣：「六宮主位，不識字的也多。有時回來乏透了，想講句笑話兒，她們也未必能懂。」

琳琅見他目光溫和，一雙眸子裡瞳仁清亮，黑得幾乎能瞧見自己的倒影，直要望到人心裡去似的。心裡如絆著雙絲網，何止千結萬結，糾葛亂理，竟不敢再與他對視。掉轉臉去，心裡怦怦直跳。皇帝握著她的手，卻慢慢地攥得緊了。距得近了，皇帝衣袖間有幽幽的龍涎香氣，叫她微微眩暈，彷彿透不過氣來。距得太近，仰望只見他清峻的臉龐輪廓，眉宇間卻錯綜複雜，她不懂，更不願去思量。

因依靠著，皇帝的聲音似是從胸口深處發出的：「第一次見著妳，妳站在水裡唱歌，那晚的月色那樣好，照著河岸四面的新葦葉子——就像是做夢一樣。我極小的時候，嬤嬤唱〈悠車歌〉哄我睡覺，唱著唱著睡著了，所以總覺得那歌是在夢裡才聽過。」她一句話也說不出來，唇角微微發顫。他卻將她又攬得更緊些：「這些日子我一直在想，假若妳替我生個孩子，每日唱〈悠車歌〉哄他睡覺，他一定是世上最有福氣的孩子。」

琳琅心中思潮翻滾，聽他低低娓娓道來，那眼淚在眼中滾來滾去，直欲奪眶而出，將臉埋在他胸前衣襟上。那襟上本用金線繡著盤龍紋，模糊的淚光裡瞧去，御用的明黃色，猙獰的龍首，玄色的龍睛，都成了朦朧冰冷的淚光。惟聽見他胸口的心跳，怦怦地穩然入耳。一時千言萬語，心中不知是哀是樂，是苦是甜，是惱是恨，是驚是痛。心底最深處卻翻轉出最不可抑的無盡悲辛。柔腸百轉，思緒千回，恨不得身如齏粉，也勝似如今的煎熬。

皇帝亦不說話，亦久久不動彈，臉龐貼著她的鬢髮。過了許久，方道：「妳那日沒有唱完，今日從頭唱一遍吧。」

她哽咽難語，努力調勻了氣息。皇帝身上的龍涎香，夾著紫貂特有微微的皮革膻氣，身後薰籠裡焚著的百合香，混淆著叫人漸漸沉溺。自己掌心指甲掐出深深的印子，隱隱作痛，慢慢地鬆開來，又過了良久，方輕輕開口唱：

「悠悠紮，巴布紮，狼來啦，虎來啦，馬虎跳牆過來啦。
悠悠紮，巴布紮，小阿哥，快睡吧，阿瑪出征伐馬啦。
大花翎子，二花翎子，掙下功勞是你爺倆的。
小阿哥，快睡吧，掙下功勞是你爺倆的。
悠悠紮，巴布紮，小夜呵，小夜呵，錫呵孟春莫得多呵。
悠悠紮，巴布紮，小阿哥，睡覺啦。
悠悠紮，巴布紮，小阿哥，睡覺啦……」

她聲音清朗柔美，低低迴旋殿中。窗外的北風如吼，紛紛揚揚的雪花飛舞，雪卻是下得越來越緊，直如無重數的雪簾幕帷，將天地盡籠其中。

鑒取深盟

散帙坐凝塵，吹氣幽蘭並。茶名龍鳳團，香字鴛鴦餅。
玉局類彈棋，顛倒雙棲影。花月不曾閒，莫放相思醒。

——納蘭容若〈生查子〉

皇帝雖然在南苑，每日必遣人回宮向太皇太后及皇太后請安。這日是趙有忠領了這差事，方請了安從慈寧宮裡退出來，正遇上端嬪來給太皇太后請安。端嬪目不斜視往前走著，倒是扶著端嬪的心腹宮女棲霞向趙有忠使了個眼色。

趙有忠心領神會，便不忙著回南苑，徑直去咸福宮中，順腳便進了耳房，與太監們圍著火盆胡吹海侃了好一陣子，端嬪方才回宮。趙有忠忙迎上去請安，隨著端嬪進了暖閣。端嬪在炕上坐下，又道：「請趙諳達坐。」趙有忠連聲地道「不敢」。棲霞已經端了小杌子上來，趙有忠謝了恩，方才在小杌子上坐下。

端嬪接了茶在手裡，拿那碗蓋撇著茶葉，慢慢地問：「萬歲爺還好麼？」

趙有忠連忙站起來，道：「聖躬安。」

端嬪輕輕吁了口氣，說：「那就好。」趙有忠不待她發問，輕聲道：「端主子讓打聽的事，奴才眼下也沒法子。萬歲爺身邊的人個個噤口，像是嘴上貼了封條一般，只怕再讓萬歲爺覺察。說是萬歲爺上回連梁九功梁諳達都發落了，旁人還指不定怎麼收梢呢。」

端嬪道：「難爲你了。」向棲霞使個眼色，棲霞便去取了一張銀票來。趙有忠斜睨著瞧見，嘴上說：「奴才沒替端主子辦成差事，怎麼好意思再接主子的賞錢？」端嬪微笑道：「我這個人你還不知道，只要你有心，便是已經替我辦事了。」趙有忠只得接過銀票，往袖中掖了，滿臉堆笑道：「主子寬心，我回去再想想法子。」

他回到南苑天色已晚，先去交卸了差事，才回自己屋裡去。開了炕頭的櫃子，取出自己偷藏的一小罈燒酒，拿塊舊包袱皮胡亂裹了，夾在腋下便去尋內奏事處的太監王之富。

冬日苦寒，王之富正獨個兒在屋裡用炭盆烘著花生，一見了他，自是格外親熱：「老哥，這回又替我帶什麼好東西來了？」趙有忠微微一笑，回身拴好了門，方從腋下取出包袱。王之富見他打開包袱，一見著是酒，不由饞蟲大起，「嘟」地吞了一口口水，忙去取了兩只粗陶碗來，一面倒著酒，一面就嚷：「好香！」

趙有忠笑道：「小聲些，莫教旁人聽見。這酒可來得不容易，這要叫人知道了，只怕咱們兩個都要到慎刑司去走一趟。」王之富笑嘻嘻地將炭盆裡烘得焦糊的花生都撥了出來，兩人剝著花生下酒，雖不敢高聲，倒也喝得解饞。罈子空了大半，兩個人已經面紅耳赤，話也多了起來。王之富大著舌頭道：「無功不受祿，老哥有什麼事，但凡瞧得起兄弟，只管說就是了。我平日受老哥的恩惠，也不是一日兩日了。」趙有忠道：「你是個爽快人，我也不繞圈子。兄弟你在內奏事處當差，每日都能見著皇上，有樁納悶的事兒，我想託兄弟你打聽。」

王之富酒意上湧，道：「我也不過每日送摺子進去，遞上摺子就下來，萬歲爺瞧都不瞧我一眼。能見著皇上，可跟皇上說不上話。」趙有忠哈哈一笑，說道：「我也不求你去跟萬歲爺回奏什麼。」便湊在王之富耳邊，密密地囑咐了一番。王之富笑道：「這可也要看機緣的，現下御前的人嘴風很緊，不是那麼容易。但老哥既然開了口，兄弟我就算上刀山下火海，也要替老哥交差。」趙有忠笑道：「那我可在這裡先謝過了。」兩人直將一罈酒吃完，方才盡興而散。

那王之富雖然拍胸脯答應下來，只是沒有機會。可巧這日是他在內奏事處當值，時值隆冬，天氣寒冷，只坐在炭火盆邊打著瞌睡。時辰已經是四更天了，京裡兵部著人快馬遞來福建的六百里加急摺子。王之富不敢耽擱，因爲驛遞是有一定規矩的，最緊急用「六百里加急」，即每日嚴限疾馳送出六百里，除了奏報督撫大員在任出缺之外，只用於戰時城池失守或是克復。這道六百里加急是福建水師提督萬正色火票拜發，蓋著紫色大印，想必是奏報台灣鄭氏的重大軍情。所以王之富出了內奏事處的直房，徑直往南宮正殿。那北風刮得正緊，直凍得王之富牙關格格輕響，一手提著燈籠，一手捧了那匣子，兩隻手早凍得冰涼麻木，失了知覺。天上無星無月，只是漆黑一片。遠遠只瞧見南宮暗沉沉的一片殿宇，惟寢殿之側直房窗中透出微暗的燈光。

王之富叫起了值夜太監開了垂花門，一層層報進去。進至內寢殿前，當值的首領太監趙昌，親自持了燈出來。王之富道：「趙諳達，福建的六百里加急，只怕此時便要遞進去才好。」趙昌「哦」了一聲，脫口道：「你等一等，我叫守夜的宮女去請駕。」

王之富聽了這一句，只是一怔，這才覺出異樣來。按例是當值首領太監在內寢，若是還有宮女同守夜，裡面必是有侍寢的妃嬪。只是皇帝往南苑來，六宮嬪妃盡皆留在宮裡。趙昌也覺察出衝口之下說錯了話，暗暗失悔，伸手便在那暖閣門上輕輕叩了兩下。

只見錦簾一掀，暖氣便向人臉上拂來，洋洋甚是暖人，上夜的宮女躡手躡腳走出來。趙昌低聲道：「有緊要的奏摺要回萬歲爺。」那宮女便又躡手躡腳進了內寢殿。王之富聽她喚了數聲，皇帝方才醒了，傳令掌燈。便在此時，卻聽見殿內深處另有女子的柔聲低低說了句什麼，可恨聽不真切。只聽見皇帝的聲音甚是溫和：「不妨事，想必是有要緊的摺子，妳不必起來了。」王之富在外面聽得清楚，心裡猛然打了個突。

皇帝卻只穿著江綢中衣便出了暖閣，外面雖也是地炕火盆，到底比暖閣裡冷許多。皇帝不覺微微一凜，趙昌忙取了紫貂大氅替皇帝披上。宮女移了燈過來，皇帝就著燭火看了摺子，臉上浮起一絲笑意，王之富這才磕了頭告退出去。

皇帝回暖閣中去，手腳已經冷得微涼。但被暖褥馨，只渥了片刻便暖和起來。琳琅這一被驚醒，卻難得入眠，又不便輾轉反側，只閉著眼罷了。皇帝自幼便是嬤嬤諳達卯初叫醒去上書房，待得登基，每日又是卯初即起身視朝，現下卻也睡不著了，聽著她呼吸之聲，問：「妳睡著了麼？」她閉著眼睛答：「睡著了。」自己先忍不住「嗤」地一笑，睜開眼瞧，皇帝含笑舒展雙臂，溫存地將她攬入懷中。她伏在皇帝胸口，只聽他穩穩的心跳聲，長髮如墨玉流光，瀉展在皇帝襟前。皇帝卻握住一束秀髮，低聲道：「宿昔不梳頭，絲髮披兩眉。婉伸郎膝上，何處不可憐。」她並不答言，卻捋了自己的一莖秀髮，輕輕拈起皇帝的髮辮，將那根長髮與皇帝的一絲頭髮繫在一處，細細打了個同心雙結。殿深極遠處點著燭火，朦朦朧朧地透進來，卻是一帳的暈黃微光漾漾。

皇帝看著她的舉動，心中歡喜觸動到了極處，雖是隆冬，卻恍若三春勝景，旖旎無限。只執了她的手，貼在自己心口上，只願天長地久，永如今時今日，忽而明了前人信誓為盟，在天願做比翼鳥，在地願為連理枝，所謂只羨鴛鴦不羨仙，卻原來果真如此。

眼睜睜年關一日一日逼近，卻是不得不回鑾了。六部衙門百官群臣年下無事，皇帝卻有著諸項元辰大典，祀祖祭天，禮慶繁縟。又這些年舊例，皇帝親筆賜書「福」字，賞與近臣。這日皇帝祫祭太廟回來，抽出半晌工夫，卻寫了數十個「福」字。琳琅從御茶房裡回來，見太監一一捧出來去晾乾墨跡，正瞧著有趣，忽聽趙昌叫住她，道：「太后打發人，點名兒要妳去一趟。」

她不知是何事，但太后傳喚，自然是連忙去了。進得暖閣，只見太后穿著家常海青團壽寧紋袍，靠著大迎枕坐在炕上。一位貴婦身穿香色百蝶妝花緞袍，翠玉嵌金扁方外兩端各插累絲金鳳，金鳳上另垂珠珞，顯得雍容華貴，正斜著身子坐在下首，陪太后摸骨牌接龍作耍。琳琅雖不識得，但瞧她衣飾，已經猜到便是佟貴妃。當下恭敬恭敬行了禮，跪下道：「奴才給太后請安。」磕了頭，稍頓又道：「奴才給貴妃請安。」再磕下頭去。

太后卻瞧了她一眼，問：「妳就是琳琅？姓什麼？」並不叫她起來回話，她跪在那裡輕聲答：「回太后的話，奴才姓衛。」太后慢慢撥著骨牌，道：「是漢軍吧。」琳琅心裡微微一酸，答：「奴才是漢軍包衣。」太后面無表情，又瞧了她一眼，道：「皇帝這些日子在南苑，閒下來都做什麼？」

琳琅答：「回太后的話，奴才侍候茶水，只知道萬歲爺有時寫字讀書，旁的奴才並不知道。」太后卻冷笑一聲，道：「皇帝沒出去騎馬麼？」琳琅早就知道不好，此時見她當面問出來，只得道：「萬歲爺有時是騎馬出去遛彎兒。」太后又冷笑了一聲，回轉臉只撥著骨牌，卻並不再說話。殿中本來安靜，只聽那骨牌偶然相碰，清脆的「啪」一聲。她跪在那裡良久，地下雖籠著火龍，但那金磚地極硬，跪到此時，雙膝早就隱隱發痛。佟貴妃有幾分尷尬起來，抹著骨牌賠笑道：「皇額娘，臣妾又輸了，實在不是皇額娘您的對手，今兒這點金瓜子，又要全孝敬您老人家了。臣妾沒出息，求太后饒了我，待臣妾明兒多歷練幾回合，再來陪您。」太后笑道：「說得可憐見兒的，我不要彩頭了，咱們再來。」佟貴妃無奈，又望了琳琅一眼，但見她跪在那裡，卻是平和鎮定。

卻說佟貴妃陪著太后又接著摸骨牌，太后淡淡地對佟貴妃道：「如今妳是六宮主事，雖沒有皇后的位分，但是總該拿出威儀來，下面的人才不至於不守規矩，弄出猖狂的樣子來。」佟貴妃忙站起來，恭聲應了聲「是」。太后道：「我也只是交代幾句家常話，妳坐。」佟貴妃這才又斜著身子坐下。太后又道：「皇帝日理萬機，這後宮裡的事，自然不能再讓他操心。我原先覺著這幾十年來，宮裡也算太太平平，沒出什麼亂子。眼下瞅著，倒叫人擔心。」佟貴妃忙道：「是臣妾無能，叫皇額娘擔心。」

太后道：「好孩子，我並不是怪妳。只是妳生得弱，況妳一雙眼睛，能瞧得到多少地方？指不定人家就背著妳弄出花樣來。」只摸著骨牌，「嗒」一聲將牌碰著，又摸起一張來。琳琅跪得久了，雙膝已全然麻木，只垂首低眉。又過了許久，聽太后冷笑了一聲，道：「只不過有額娘替妳們瞧著，諒那狐媚子興不起風浪來。哼，先帝爺在的時候，太后如何看待我們，如今我依樣看待妳們，擔保妳們周全。」佟貴妃越發窘迫，只得道：「謝皇額娘。」

正在此時，太監進來磕頭道：「太后，慈寧宮那邊打發人來，說是太皇太后傳琳琅去問話。」太后一怔，但見琳琅仍是紋絲不動跪著，眉宇間神色如常，心中一腔不快未能發作，厭惡已極，但亦無可奈何，只掉轉臉去冷冷道：「既然是太皇太后傳喚，還不快去？」

琳琅磕了個頭，恭聲應「是」。欲要站起，跪得久了，雙膝早失了知覺。咬牙用手在地上輕輕按了一把，方掙扎著站起來，又請了個安，道：「奴才告退。」太后心中怒不可遏，只「哼」了一聲，並不答話。

她退出去，步履不由有幾分艱難，方停了一停，身側有人伸手攙了她一把，正是慈寧宮的太監總管崔邦吉，她低聲道：「多謝崔諳達。」崔邦吉微笑道：「姑娘不必客氣。」

一路走來，腿腳方才筋血活絡些了，待至慈寧宮中，進了暖閣，行禮如儀：「奴才給太皇太后請安。」稍稍一頓，又道：「奴才給萬歲爺請安。」太皇太后甚是溫和，只道：「起來吧。」她謝恩起身，雙膝隱痛，秀眉不由微微一蹙。抬眼瞧見皇帝正望著自己，目光中甚是關切，忙垂下眼簾去。太皇太后道：「才剛和你們萬歲爺說起杏仁酪來，那酪裡不知添了些什麼，叫人格外受用，所以找妳來問問。」

琳琅見是巴巴兒叫了自己來問這樣一句不相干的話，已經明白來龍去脈，只恭恭敬敬地答：「回太皇太后的話，那杏仁酪裡，加了花生、芝麻、玫瑰、桂花、葡萄乾、枸杞子、櫻桃等十餘味，和杏仁碾得碎了，最後兌了奶子，加上洋糖。」太皇太后「哦」了一聲，道：「好個精緻的吃食，必是精緻的人想出來的。」直說：「近前來讓我瞧瞧。」琳琅只得走近數步。太皇太后牽著她的手，細細打量了一番，道：「可憐見兒的，好個心思玲瓏的孩子。」又頓了頓，道：「只是上回皇帝打發她送酪來，我就瞧著眼善。只記不起來，總覺得這孩子像是哪裡見過。」太皇太后身側的蘇茉爾賠笑道：「太后見著生得好的孩子，總覺得眼善，上回二爺新納的側福晉進宮來給您請安，您不也說眼善？想是這世上的美人，叫人總覺得有一二分相似吧。」皇帝笑道：「嬤嬤言之有理。」

太皇太后又與皇帝說了數句閒話，道：「我也倦了，你又忙，這就回去吧。」皇帝離座請了個安，微笑道：「謝皇祖母疼惜。」太皇太后微微一笑，輕輕頷首，皇帝方才跪安退出。

御駕回到乾清宮，天色已晚。皇帝換了衣裳，只剩了琳琅在跟前，皇帝方才道：「沒傷著吧？」琳琅輕輕搖了搖頭，道：「太后只是叫奴才去問了幾句話，並沒有爲難奴才。」皇帝見她並不訴苦，不由輕輕歎了口氣。過了片刻，方才道：「朕雖富有四海，亦不能率性而爲。」解下腰際所佩的如意龍紋漢玉佩，道：「這個給妳。」

琳琅見那玉色晶瑩，觸手溫潤，玉上以金絲嵌著四行細篆銘文，乃是「情深不壽，強極則辱。謙謙君子，溫潤如玉」。只聽皇帝道：「朕得爲咱們的長久打算。」她聽到「長久」二字，心下微微一酸，勉強笑道：「琳琅明白。」皇帝見她靈犀通透，心中亦是難過。正在此時，敬事房送了綠頭簽進來。皇帝凝望著她，見她仍是容態平和，心中百般不忍，也懶得去看，隨手翻了一只牌子。只對她道：「今天妳也累了，早些歇著去，不用來侍候了。」

她應了「是」便告退，已經卻行退至暖閣門口，皇帝忽又道：「等一等。」她住了腳步，皇帝走至面前，凝望著她良久，方才低聲道：「我心匪石，不可轉也。」她心中剎那悸動，眼底裡浮起朦朧的水汽。面前這長身玉立的男子，明黃錦衣，紫貂端罩，九五之尊的御用服色，可是話語中摯誠至深，竟讓人毫無招架之力。心中最深處瞬間軟弱，竭力自持，念及前路漫漫，愁苦無盡，只是意念蕭條，未知這世上情淺情深，原來都叫人辜負。從頭翻悔，心中哀涼，低聲答：「我心匪席，不可卷也。」

皇帝見她泫然欲泣，神色淒婉，叫人憐愛萬千。待欲伸出手去，只怕自己這一伸手，便再也把持不住，喟然長歎一聲，眼睜睜瞧著她退出暖閣去。

她本和畫珠同住，梁九功卻特別加意照拂，早就命人替她單獨騰出間屋子來，早早將她的箱籠挪過來，還換了一色簇新的鋪蓋。她有擇席的毛病，輾轉了一夜，第二日起來，未免神色間略有幾分倦怠憔悴。偏是年關將近，宮中諸事煩瑣，只得打起精神當著差事。

可巧這日內務府送了過年新製的衣裳來，一眾沒有當差的宮女都在廡下廊房裡圍火閒坐。畫珠正剝了個朱橘，當下擪開橘子便解了包袱來瞧，見是青緞灰鼠褂，拎起來看時，便說：「旁的倒罷了，這緞子連官用的都不如，倒叫人怎麼穿？」那送衣裳來的原是積年的老太監余富貴，只得賠笑道：「畫珠姑娘，這個已經是上好的了，還求姑娘體恤。」另一個宮女榮喜笑了一聲，道：「他們哪裡就敢馬虎了妳，也不瞅瞅旁人的，盡說些得了便宜還賣乖的話來。」畫珠的脾氣本來就不好，當下便拉長了臉：「誰得了便宜還賣乖？」芳景便道：「雖說主子不在，可妳們都是當差當老了的，大節下竟反倒在這裡爭起嘴來，一人少說一句罷。」

畫珠卻冷笑一聲，向榮喜道：「我知道你為什麼，不過就是前兒我哥哥佔了你父親的差事，你心裡不忿。一樣都是奴才，誰有本事誰得臉，你就算眼紅那也是乾眼紅著。」

榮喜立時惱了，氣得滿臉通紅：「誰有本事誰得臉——可不是這句話，妳就欺我沒本事麼？我是天生的奴才命，這輩子出不了頭，一樣的奴才，原也分三六九等，我再不成器，那也比下五旗的賤胚子要強。也不拿鏡子照照自己個兒，有本事爭到主子的位分去，再來拿我撒氣不遲。」

畫珠原是鑲藍旗出身，按例上三旗的包衣才可在御前當差，她是太后指來的，殊爲特例，一直叫御前的人排擠，聽榮喜如是說，直氣得渾身亂顫。芳景忙道：「成日只見你們兩個打口舌官司，說笑歸說笑，別扯到旁的上頭。」榮喜笑道：「芳姐姐不知道，咱們這些嘴拙人笨的，哪裡比得上人家千伶百俐，成日只見她對萬歲爺下功夫，可惜萬歲爺連拿眼角都不曾瞥她一下。呸，我偏瞧不上這狐媚樣子，就她那副嘴臉，還想攀高枝兒，做夢！」

畫珠連聲調都變了：「你說誰想攀高枝？」芳景已經攔在中間對榮喜呵斥：「榮喜！怎麼越說越沒譜了？萬歲爺也是能拿來胡說的？」她年紀既長，在御前時日已久，榮喜本還欲還嘴，強自忍了下去。畫珠卻道：「還指不定是誰想攀高枝兒。昨兒見了琳琅，左一聲姑娘，右一聲姑娘，奉承得和什麼似的，我才瞧不慣你這奴才樣兒。」榮喜冷笑道：「待妳下輩子有琳琅那一日，我也左一聲姑娘，右一聲姑娘，好生奉承奉承您這位不是主子的主子娘娘。」芳景眼見攔不住，連忙站起來拉畫珠：「咱們出去，不和他一般見識。」畫珠氣得一雙妙目睜得大大的，推開芳景，直問榮喜：「你就欺我做一輩子的奴才？難道這宮裡人人生來就是主子的命不成？」榮喜冷笑道：「我就是欺妳八字裡沒那個福分！」

芳景一路死命地拉畫珠，畫珠已經氣得發怔。可巧簾子一響，琳琅走進來，笑問：「大年下的，怎麼倒爭起嘴來？」她一進來，屋子裡的人自然皆屏息靜氣。芳景忙笑道：「她們哪一日不是要吵嚷幾句才算安逸？」一面將簇新的五福捧壽鵝絨軟墊移過來，說：「這薰籠炭已經埋在灰裡了，並不會生火氣，姑娘且將就坐一坐。」榮喜亦忙忙地斟了碗茶來奉與琳琅，笑著道：「哪裡是在爭嘴，不過閒話兩句罷了。」那余富貴也就上前打了千兒請安，賠笑道：「琳姑娘的衣裳已經得了，回頭就給您送到屋子裡去。」

琳琅見畫珠咬著嘴唇，在那裡怔怔出神，她雖不知首尾，亦聽到一句半句，怕她生出事來，便說：「不吃茶了，我回屋裡試衣裳去。」拉著畫珠的手道：「妳跟我回房去，替我看看衣裳。」畫珠只得跟她去了。待到了屋裡，余富貴身後的小太監捧著四個青綢裡哆羅呢的包袱，琳琅不由問：「怎麼有這些？」余富貴滿臉是笑，說道：「除了姑娘的份例，這些個都是萬歲爺另外吩咐預備的。這包袱裡是一件荔色洋縐掛面的白狐腋，一件玫瑰紫妝緞狐肷褶子。這包袱裡是大紅羽紗面猞猁皮鶴氅。我們大人一奉到口諭，立時親自督辦的。這三件大毛的衣裳都是從上用的皮子裡揀出最好的來趕著裁了，挑了手藝最好的幾個師傅日夜趕工，好歹才算沒有耽擱。姑娘的衣服尺寸，我們那裡原也有，還請姑娘試試，合身不合身。」因見畫珠到裡間去斟茶，又壓低了聲音悄道：「這包袱裡是一件織錦緞面的灰背，一件裡外發燒的藏獺褂子，是我們大人特意孝敬姑娘的。」

琳琅道：「這怎麼成，可沒這樣的規矩。」

余富貴恭聲道：「我們大人說，若是姑娘不肯賞臉收下，那必是嫌不好，要不然，就必是我們臉面不夠。日後咱們求姑娘照應的地方還多著呢，姑娘若是這樣見外，我們下回也不敢勞煩姑娘了。」琳琅忙道：「我絕無這樣的意思。」她明知若不收下，內務府必然以爲她日後會挑剔差事，找尋他們的麻煩。宮裡的事舉凡如此，說不定反惹出禍來。那余富貴又道：「我們大人說，請姑娘放心，另外還有幾樣皮毛料子，就送到姑娘府上去，雖然粗糙，請姑娘家裡留著賞人吧。」琳琅再三推辭不了，只得道：「回去替我謝謝總管大人，多謝他費心了。」又開抽屜取了一把碎銀給余富貴：「要過節了，諳達拿著喝兩杯茶吧。」

余富貴眉開眼笑，連忙又請了安，道：「謝姑娘賞。」

一時琳琅送了他出去，回來看時，畫珠卻坐在裡屋的炕上，抱膝默默垂淚，忙勸道：「好端端的，這又是怎麼了？」畫珠卻胡亂地揩一揩眼角，說：「一時風迷了眼罷了。」琳琅道：「榮喜的嘴壞，妳又不是不知道，別與她爭就是了。」畫珠冷笑道：「不爭？在這宮裡，若是不爭，只怕連活的命都沒有。」說到這裡，怔怔地又流下眼淚來。

琳琅道：「妳今兒這是怎麼了？平日裡只見妳說嘴好強，今兒倒只會哭了，大節下的，快別這樣。」

畫珠聽她這樣說，倒慢慢收了眼淚，忽然哧地一笑：「可不是，就算哭出兩大缸眼淚來，一樣還是沒用。」琳琅笑道：「又哭又笑，好不害臊。」見她臉上淚痕狼藉，說：「我給妳打盆水來，洗洗臉吧。」

於是去打了一盆熱水來，畫珠淨面洗臉，又重新將頭髮抿一抿。因見梳頭匣子上放著一面玻璃鏡子，匣子旁卻擱著一只平金繡荷包，雖未做完，但針線細密，繡樣精緻。畫珠不由拿起來，只瞧那荷包四角用赤色繡著火雲紋，居中用金線繡五爪金龍，雖未繡完，但那用黑珠線繡成的一雙龍睛熠熠生輝，宛若鮮活，不由道：「好精緻的繡活，這個是做給萬歲爺的吧？」琳琅面上微微一紅。畫珠道：「現放著針線上有那些人，還難爲妳巴巴兒地繡這個。」琳琅本就覺得難爲情，當下並不答話，眉梢眼角微含笑意，並不言語，隨手就將荷包收拾到屜子裡去了。畫珠見她有些忸怩，便也不再提此話。

這一日是除夕，皇帝在乾清宮家宴，後宮嬪妃、諸皇子、皇女皆陪宴。自未正時分即擺設宴席，乾清宮正中地平南向面北擺皇帝金龍大宴桌，左側面西坐東擺佟貴妃宴桌。乾清宮地平下，東西一字排開擺設內廷主位宴桌。申初時分兩廊下奏中和韶樂，皇帝御殿升座。樂上，后妃入座，筵宴開始。先進熱膳。接著送佟貴妃湯飯一對盒。最後送地平下內庭主位湯飯一盒，各用份位碗。再進奶茶。后妃、太監總管向皇帝進奶茶。皇帝飲後，才送各內庭主位奶茶。第三進酒饌。總管太監跪進「萬歲爺酒」，皇帝飲盡後，就送妃嬪等位酒。最後進果桌。先呈進皇帝，再送妃嬪等。一直到戌初時分方才宴畢，皇帝離座，女樂起，后妃出座跪送皇帝，才各回住處。

這一套繁文縟節下來，足足兩個多時辰，回到西暖閣裡，饒是皇帝精神好，亦覺得有幾分乏了，更兼吃了酒，暖閣中地炕暖和，只覺得煩躁。用熱手巾擦了臉，還未換衣裳，見琳琅端著茶進來，這二三日來，此時方得閒暇，不由細細打量，因是年下，難得穿了一件藕色貢緞狐腋小襖，燈下隱約泛起銀紅色澤，襯得一張素面暈紅。心中一動，含笑道：「明兒就是初一了，若要什麼賞賜，眼下可要明說。」伸手便去握她的手，誰想她倉促往後退了一步，皇帝這一握，手生生僵在了半空中，心中不悅，只緩緩收回了手。見她神色凝淡，似是絲毫不爲之所動，心中越發不快。

梁九功瞧著情形不對，向左右的人使個眼色，兩名近侍的太監便跟著他退出去了。琳琅這才低聲道：「奴才不敢受萬歲爺賞賜。」語氣黯然，似一腔幽怨。皇帝轉念一想，不由唇角笑意浮現，道：「妳這樣聰明一個人，難道還不明白嗎？」她聽了此話，方才說：「奴才不敢揣摩萬歲爺的心思。」皇帝見她粉頸低垂，亦嗔亦惱，說不出一種動人，忍不住道：「一日不見，如隔三秋，這兩三日沒見著，咱們可要慢慢算一算，到底是隔了多少秋了。」琳琅這才展顏一笑。皇帝心中喜悅，只笑道：「大過年的，人家都想著討賞，只有妳想著嘔氣。」一說到「嘔氣」二字，到底忍俊不禁。停了一停，又道：「憑妳適才那兩句話，就應當重重處置——罰妳再給朕唱一首歌。」

她微笑道：「奴才不會唱什麼歌了。」皇帝便從案上取了簫來，說道：「不拘妳唱什麼，我來替妳用簫和著。」紅燭灩灩，映得她雙頰微微泛起紅暈，只覺古人所謂琴瑟在御，莫不靜好，亦不過如斯。琳琅微笑道：「萬歲爺若是不嫌棄，我吹一段簫調給萬歲爺聽。」皇帝不由十分意外，「哦」了一聲，問：「妳還會吹簫？」她道：「小時候學過一點，吹得不好。」皇帝笑道：「先吹來我聽，若是眞不好，我再拿別的罰妳。」

琳琅不禁瞧了他一眼，笑意從頰上暈散開來，豎起長簫，便吹了一套〈鳳還巢〉。皇帝盤膝坐在那裡，笑吟吟聽著，只聞簫調清麗難言，心中卻隱隱約約有些不安，彷彿有樁事情十分要緊，偏生總想不起來，是什麼要緊事？琳琅見他眉頭微蹙，停口便將簫管放下。皇帝不由問：「怎麼不吹了？」她道：「左右萬歲爺不愛聽，我不吹了。夜深了，萬歲爺該安置了，奴才也該告退了。」皇帝並不肯撒手，只笑道：「妳這促狹的東西，如今也學壞了。」

梁九功在外頭，本生著幾分擔心，怕這個年過得不痛快，聽著暖閣裡二人話語漸低，後來簫聲漸起，語聲微不可聞，細碎如呢喃，一顆心才放下來。走出來交代上夜的諸人各項差事，道：「都小心侍候著，明兒大早，萬歲爺還要早起呢。」

皇帝翌日有元辰大典，果然早早就起身。天還沒亮，便乘了暖轎，前呼後擁去太和殿受百官朝賀。乾清宮裡頓時也熱鬧起來，太監宮女忙著預備後宮主位朝賀新年。琳琅怕有閃失，先回自己屋裡換了身衣裳，剛拾掇好了，外面卻有人敲門。

琳琅問：「是誰？」卻是畫珠的聲音，道：「是我。」她忙開門讓畫珠進來。畫珠面上卻有幾分驚惶之色，道：「浣衣房裡有人帶信來，說是玉姑姑犯了事。」琳琅心下大驚，連聲問：「怎麼會？」畫珠道：「說是與神武門的侍衛私相傳遞，犯了宮裡的大忌諱。叫人回了佟貴妃。」

琳琅心中憂慮，問：「如今玉姑姑人呢？」畫珠道：「報信兒的人說鎖到愼刑司去了，好在大節下，總過了這幾日方好發落。」琳琅心下稍安，道：「有幾日工夫。玉姑姑在宮中多年，與榮主子又交好，榮主子總會想法子在中間斡旋。」畫珠道：「聽說榮主子去向佟貴妃求情，可巧安主子在那裡，三言兩句噎得榮主子下不來台，氣得沒有法子。」琳琅心下焦灼，知道榮嬪素來與安嬪有些心病，而佟貴妃署理六宮，懿旨一下，玉箸坐實了罪名，榮嬪亦無他法。忙問：「那到底是傳遞什麼東西，要不要緊？」畫珠道：「浣衣房的人說，原是姑姑攢下的三十兩月銀，託人捎出去給家裡，誰曉得就出了事。」眼圈一紅，道：「往日在浣衣房裡，姑姑對咱們那樣好……」琳琅憶起往昔在浣衣房裡的舊事，更是思前想後心潮難安。畫珠道：「浣衣房裡的幾個舊日姐妹都急得沒有法子，想到了咱們，忙忙地叫人帶信來。琳琅，咱們總得想個法子救救玉姑姑才好。」

琳琅道：「佟貴妃那裡，咱們哪裡能夠說得上話。連榮主子都沒有法子，何況咱們。」畫珠急得泫然欲泣：「這可怎麼好……私相遞授是大忌諱，安主子素來又和浣衣房有心病，只怕她們這回……只怕她們這是想要玉姑姑的命……」說到這裡，捂著臉就哭起來。琳琅知道私相遞受此事可大可小，若是安嬪有意刁難，指不定會咬準了其中有私情，只消說是不規矩，便是一頓板子打死了事，外頭的人都不能知曉，因為後宮裡處置許多事情都只能含糊其辭。她打了個寒噤：「不會的，玉姑姑不會出那樣的事。」畫珠哭道：「咱們都知道玉姑姑不是那樣的人，可他們若是想置玉姑姑於死地……給她隨便安上個罪名……」琳琅憂心如焚。畫珠道：「琳琅，到如今玉姑姑只能指望妳了。」

她低頭想了一會，說：「我可實實沒有半分把握，可是……」輕輕歎了口氣：「不管怎麼樣，我們都得想法子幫一幫姑姑。」

白壁青蠅

人生若只如初見，何事秋風悲畫扇？等閒變卻故人心，卻道故人心易變。
驪山語罷清宵半，淚雨零鈴終不怨。何如薄幸錦衣郎，比翼連枝當日願。

——納蘭容若〈木蘭花令〉

太和殿大朝散後，皇帝奉太皇太后、皇太后在慈寧宮受後宮妃嬪朝賀，午後又在慈寧宮家宴，這一日的家宴，比昨日的大宴卻少了許多繁瑣禮節。皇帝為了熱鬧，破例命年幼的皇子與皇女皆去頭桌相伴太皇太后，太皇太后由數位重孫簇擁，歡喜不勝。幾位太妃、老一輩的福晉皆亦在座，皇帝命太子執壺，皇長子領著諸皇子一一斟酒，這頓飯，卻像是其樂融融的家宴，一直到日落西山，方才盡興而散。

皇帝自花團錦簇人語笑喧的慈寧宮出來，在乾清宮前下了暖轎。只見乾清宮暗沉沉的一片殿宇，廊下皆懸著徑圍數尺的大燈籠，一溜映著紅光黯黯，四下裡卻靜悄悄的，莊嚴肅靜。適才的鐃鈸大樂在耳中吵了半晌，這讓夜風一吹，卻覺得連心都靜下來了，神氣不由一爽。敬事房的太監正待擊掌，皇帝卻止住了他。一行人簇擁著皇帝走至廊下，皇帝見直房窗中透出燈火，想起這日正是琳琅當值，信步便往直房中去。

直房門口本有小太監，一聲「萬歲爺」還未喚出聲，也叫他擺手止住了，將手一揚，命太監們都候在外頭。他本是一雙黃獐絨鹿皮靴，落足無聲，只見琳琅獨個兒坐在火盆邊上打絡子，他瞧那金珠線配黑絲絡，顏色極亮，底下綴著明黃流蘇，便知道是替自己打的，不由心中歡喜。她素性畏寒，直房中雖有地炕，卻不知不覺傾向那火盆架子極近。他含笑道：「看火星子燒了衣裳。」琳琅嚇了一跳，果然提起衣襬，看火盆裡的炭火並沒有燎到衣裳上，方抬起頭來，連忙站起身來行禮，微笑道：「萬歲爺這樣靜悄悄地進來，眞嚇了我一跳。」

皇帝道：「這裡冷浸浸的，怨不得妳靠火坐著。仔細那炭氣熏著，回頭嚷喉嚨痛。快跟我回暖閣去。」

西暖閣裡籠的地炕極暖，琳琅出了一身薄汗。皇帝素來不慣與人同睡，所以總是側身向外。那背影輪廓，弧線似山嶽橫亘。明黃寧綢的中衣綬帶微褪，卻露出肩頸下一處傷痕。雖是多年前早已結痂癒合，但直至今日疤痕仍長可寸許，顯見當日受傷之深。她不由自主伸出手去，輕輕拂過那疤痕，不想皇帝還未睡沉，惺忪裡握了她的手，道：「睡不著麼？」

她低聲道：「吵著萬歲爺了。」皇帝不自覺伸手摸了摸那舊傷：「這是康熙八年戊申平叛時所傷，幸得曹寅手快，一把推開我，才沒傷到要害，當時一衆人都嚇得魂飛魄散。」他輕描淡寫說來，她的手卻微微發抖。皇帝微笑道：「嚇著了麼？我如今不是好生生地在這裡。」她心中思緒繁亂，怔怔地出了好一陣子的神，方才說：「怨不得萬歲爺對曹大人格外看顧。」皇帝輕輕歎了口氣，道：「倒不是只為他這功勞——他是打小跟著我，情分非比尋常。」她低聲道：「萬歲爺昨兒問我，年下要什麼賞賜，琳琅本來不敢——皇上顧念舊誼，是性情中人，所以琳琅有不情之請……」說到這裡，又停下來。皇帝只道：「妳一向識大體，雖是不情之請，必有妳的道理，先說來我聽聽，只有一樣——後宮不許干政。」

她道：「琳琅不敢。」將玉箸之事略略說了，道：「本不該以私誼情弊來求萬歲爺恩典，但玉箸雖是私相傳遞，也只是將攢下的月俸和主子的賞賜託了侍衛送去家中孝敬母親。萬歲爺以誠孝治天下，姑念她是初犯，且又是大節下……」皇帝已經朦朧欲睡，說：「這是後宮的事，按例歸佟貴妃處置，妳別去蹚這中間的渾水。」琳琅見他聲音漸低，睡意漸濃，未敢再說，只輕輕歎了口氣，翻身向內。

因連日命婦入朝，宮中自然是十分熱鬧。這一日是初五，佟貴妃一連數日，忙著節下諸事，到了此日，方才稍稍消停下來。宮女正侍候她吃燕窩粥，忽聽小太監滿面笑容地來稟報：「主子，萬歲爺瞧主子來了。」

皇帝穿著年下吉服，身後只跟了隨侍的太監，進得暖閣來見佟貴妃正欲下炕行禮，便道：「朕不過過來瞧瞧妳，妳且歪著就是了，這幾日必然累著了。」佟貴妃到底還是讓宮女攙著，下炕請了個雙安，方含笑道：「謝萬歲爺惦記，臣妾身上好多了。」皇帝便在炕上坐了。又命佟貴妃坐了，皇帝因見炕圍上貼的消寒圖，道：「如今是七九天裡了，待出了九，時氣暖和，定然就大好了。」佟貴妃道：「萬歲爺金口吉言，臣妾……」說到這裡，連忙背轉臉去，輕輕咳嗽，一旁的宮女忙上來侍候唾壺，又替她輕輕拍著背。

皇帝聽她咳喘不已，心中微微憐惜，道：「妳要好好將養才是，六宮裡的事，可以叫惠嬪、德嬪幫襯著些。」隨手接了宮女奉上的茶。佟貴妃亦用了一口奶子，那喘咳漸漸緩過來。皇帝道：「朕想過了，慎刑司裡還關著的宮女太監，盡都放了吧。大節下的，他們雖犯了錯，只要不是大逆不道，罰他們幾個月的月錢銀子也就罷了。也算爲太皇太后、皇太后，還有妳積一積福。」

佟貴妃忙道：「謝萬歲爺。」遲疑了一下，卻道：「有樁事情，本想過了年再回萬歲爺，既然這會子講到開赦犯錯的宮女太監。浣衣房的一名宮女，與神武門侍衛私相傳遞，本也算不得大事，但牽涉到御前的人，臣妾不敢擅專。」

皇帝問：「牽涉到御前的誰？」

佟貴妃道：「那名宮女，欲託人傳遞事物給一名二等蝦。」二等蝦即是二等侍衛。皇帝素來厭惡私相遞受，道：「竟是二等侍衛也這樣輕狂，枉朕平日裡看重他們。是誰這樣不穩重？」佟貴妃微微一怔，道：「是明珠明大人的長公子，納蘭大人。」

皇帝倒想不到竟是納蘭容若，心下微惱，只覺納蘭枉負自己厚待，不由覺得大失所望。佟貴妃低聲道：「臣妾素來聽人說納蘭大人丰姿英發，少年博才，想必為後宮宮人仰慕，以至有情弊之事。」皇帝憶及去年春上行圍保定時，夜聞簫聲，納蘭雖極力自持，神色間卻不覺流露嚮往之色，看來此人雖然博學，卻亦是博情。只淡淡地道：「年少風流，也是難免。」頓了一頓，道：「朕聽榮嬪說，那宮女只是傳遞俸銀出宮，沒想到其中還有私情。」

佟貴妃微有訝色，道：「那宮女——」欲語又止。皇帝道：「難道還有什麼妨礙不成？但說就是了。」佟貴妃道：「是。那宮女招認並不是她本人事主，她亦是受人所託私相傳遞，至於是受何人所託，她卻緘口不言。年下未便用刑，臣妾原打算待過幾日審問明白，再向萬歲爺回話。」皇帝聽她說話吞吞吐吐，心中大疑，只問：「她受人所託，傳遞什麼出宮？」佟貴妃見他終究問及，只得道：「她受何人所託，臣妾還沒有問出來。至於傳遞的東西——萬歲爺瞧了就明白了。」叫過貼身的宮女，叮囑她去取來。

卻是一方帕子，並一雙白玉同心連環。那雙白玉同心連環質地尋常，瞧不出任何端倪，那方帕子極是素淨，雖是尋常白絹裁紉，但用月白色玲瓏鎖邊，針腳細密，淡緗色絲線繡出四合如意雲紋。佟貴妃見皇帝面無表情，一言不發，眼睛直直望著那方帕子，她與皇帝相距極近，瞧見他太陽穴上的青筋突突直跳，心下害怕，叫了聲：「萬歲爺。」

皇帝瞧了她一眼，那目光凜冽如九玄冰雪，冷冷冽冽。她心裡一寒，勉強笑道：「請皇上示下。」皇帝良久不語。她心下窘迫，囁嚅道：「臣妾……」皇帝終於開口，聲音倒是和緩如常：「這兩樣東西交給朕，這件事朕親自處置。妳精神不濟，先歇著吧。」便站起身來，佟貴妃忙行禮送駕。

皇帝回到乾清宮，畫珠上來侍候換衣裳，只覺皇帝手掌冰冷，忙道：「萬歲爺是不是覺著冷，要不加上那件紫貂端罩？」皇帝搖一搖頭，問：「琳琅呢？」梁九功一路上擔心，到了此時，越發心驚肉跳，忙道：「奴才叫人去傳。」

琳琅卻已經來了，先奉了茶，見皇帝神色不豫地揮一揮手，是命衆人皆下去的意思。那梁九功飛快地向她遞個眼色，她只不明白他的意思，稍一遲疑，果然聽到皇帝道：「妳留下來。」她便垂手靜侍，見皇帝端坐案後，直直地瞧著自己，不知為何不自在起來，低聲道：「萬歲爺去瞧佟主子，佟主子還好吧？」

皇帝並不答話，琳琅只覺他眉宇間竟是無盡寂寥與落寞，心下微微害怕。皇帝淡淡地道：「朕心裡煩，妳吹段簫來給朕聽。」琳琅卻再也難以想到中間的來龍去脈，只覺皇帝今日十分不快，只以為是從佟貴妃處回來，必是佟貴妃病情不好。未及多想，只想著且讓他寬心。回房取了簫來御前，見皇帝仍是端坐在原處，竟是紋絲未動，見她進來，倒是向她笑了一笑。她便微笑問：「萬歲爺想聽什麼呢？」

皇帝眉頭微微一蹙，旋即道：「〈小重山〉。」她本想年下大節，此調不吉，但見皇帝面色凝淡，未敢多言，只豎起簫管，細細吹了一套〈小重山〉。

春到長門春草青。江梅些子破，未開勻。碧雲籠碾玉成塵。留曉夢，驚破一甌春。花影壓重門。疏簾鋪淡月，好黃昏。二年三度負東君。歸來也，著意過今春。

驚破一甌春……驚破一甌春……皇帝心中思潮起伏，本有最後三分懷疑，卻也銷匿殆盡。心中只道，原來如此，原來如此。這四個字翻來覆去，直如千鈞重，沉甸甸地壓在心頭。目光掃過面前御案，案上筆墨紙硯，諸色齊備，筆架上懸著一管管紫毫，琺瑯筆桿，尾端包金，嵌以金絲爲字，盛墨的匣子外用明黃袱，刀紙上壓著前朝碾玉名家陸子崗的白玉紙鎮，硯床外紫檀刻金……無人可以僭越的九五之尊，心中卻只是翻來覆去地想，原來如此，原來如此……

琳琅吹完了這套曲子，停簫望向皇帝，他卻亦正望著她，那目光卻是虛的，彷彿穿透了她，落在某個不知名的地方。她素來未見過皇帝有此等神情，心中不安。皇帝卻突兀開口，道：「把你的簫拿來讓朕瞧瞧。」她只得走至案前，將簫奉與皇帝。皇帝見那簫管尋常，卻握以手中，怔怔出神。又過了良久，方問：「上次妳說，妳的父親是阿布鼐？」見她答「是」，又問：「如朕沒有記錯，妳與明珠家是姻戚？」琳琅未知他如何問到此話，心下微異，答：「奴才的母親是明大人的妹妹。」皇帝「嗯」了一聲，道：「那麼妳說自幼寄人籬下，便是在明珠府中長大了？」

琳琅心中疑惑漸起，只答：「奴才確是在外祖家長大。」

皇帝心中一片冰冷，最後一句話，卻也是再不必問了。那一種痛苦惱悔，便如萬箭相攢，絞入五臟深處。過了片刻，方才冷冷道：「那日妳求了朕一件事，朕假若不答應妳，妳待如何？」琳琅心中如一團亂麻，只抓不住頭緒。皇帝數日皆未曾提及此事，自己本已經絕了念頭，此時一問，不知意欲如何，但事關玉箸，一轉念便大著膽子答：「衣不如新，人不如故。奴才盡力而爲，若求不得天恩高厚，亦是無可奈何。」

皇帝又沉默良久，忽然微微一哂：「衣不如新，人不如故。好，這句話，甚好。」琳琅見他雖是笑著，眼中卻殊無歡喜之意，心中不禁突地一跳。便在此時，馮四京在外頭磕頭，叫了聲「請萬歲爺示下」。皇帝答應了一聲，馮四京捧了大銀盤進來。他偏過頭去，手指從綠頭簽上撫過，每一塊牌子，幽碧湛青的漆色，彷彿上好的一汪翡翠，用墨漆寫了各宮所有的妃嬪名號，整整齊齊排列在大銀盤裡。身旁的赤金九龍繞足燭台上，一支燭突然爆了個燭花，「劈啪」一聲火光輕跳，在這寂靜的宮殿裡，卻讓人聽得格外清晰。

他猛然揚手就將盤子「轟」一聲掀到了地上，綠頭簽牌啪啪落了滿地，嚇得馮四京打個哆嗦，連連磕頭卻不敢作聲。暖閣外頭太監宮女見了這情形，早呼啦啦跪了一地。

她也連忙跪下去，人人都是大氣也不敢出，殿中只是一片死寂。只聽那只大銀盤落在地上，「嗡嗡嗡……」響著，越轉越慢，漸響漸低，終究無聲無息，靜靜地在她的足邊。她悄悄撿起那只銀盤，卻不想一隻手斜刺裡過來握住她手腕，那腕上覆著明黃團福暗紋袖，她只覺得身子一輕，不由自主站起來。目光低垂，只望著他腰際的明黃色佩帶、金圓版嵌珊瑚、月白畍、金嵌松石套繩、珐瑯鞘刀、燧、平金繡荷包……荷包流蘇上墜著細小精巧的銀鈴……他卻迫得她不得不抬起頭來，他直直望著她，眼中似是無波無浪的平靜，最深處卻閃過轉瞬即逝的痛楚：「妳不過仗著朕喜歡妳！」

她的雙手讓他緊緊攥著，腕骨似要碎裂一般。他的眼中幽暗，清晰地倒映出她的影子。他卻驀然鬆開手，淡然喚道：「梁九功！」梁九功進來磕了個頭，低聲道：「奴才在。」皇帝只將臉一揚，梁九功會意，輕輕兩下擊掌，暖閣外的宮女太監瞬間全都退了個乾淨。梁九功亦慢慢垂手後退，皇帝卻叫住他，口氣依舊是淡淡的，只道：「拿來。」梁九功瞧著含糊不過去，只得將那白玉連環與帕子取來，又磕了一個頭，才退到暖閣外去。

只聽「匡啷」一聲，那白玉連環擲在她面前地上，碎成四分五裂，玉屑狼藉。那帕子乃是薄絹，質地輕密，兀自緩緩飛落。他眼中似有隱約的森冷寒意：「朕以赤誠之心待妳，妳卻是這樣待朕。」她此時方鎮靜下來，輕聲道：「琳琅不明白。」皇帝道：「妳巴巴兒替那宮女求情，怨不得她回護妳，雖物證俱在，至今不肯招認是替妳私相傳遞。」

琳琅瞧見那帕子，心下已自驚懼，道：「這帕子雖是琳琅的，琳琅並沒有讓她私相傳遞給任何人。至於這連環，琳琅更是從未見過此物。琳琅雖愚笨，卻斷不會冒犯宮規，請萬歲爺明鑑。」抬起眼來望著他，皇帝只覺她眸子黑白分明，清冽如水，直如能望見人心底去，心頭浮躁之意稍稍平復，淡然道：「妳且起來說話，個中緣由，待將那宮女審問明白，自會分明。」頓了頓方道：「朕亦知道，衆口鑠金，積毀銷骨。」

她只跪在那裡，道：「入宮之初，玉箸便十分看顧琳琅，琳琅一時顧念舊誼，才斗膽替她向萬歲爺求情。這方帕子雖是琳琅的，但奴才實實不知道是從哪裡來的。事既已至此，可否讓琳琅與玉箸當面對質，實情如何還請皇上明察。」他慢慢道：「我信你，不會這樣糊塗。朕定然徹查此事。」她只見他眼底凜冽一閃：「你與容若除了中表之親，是否還有他念？」琳琅萬萬未想到他此時突然提及納蘭，心下驚惶莫名，情不自禁便是微微一瑟。皇帝在燈下瞧著分明。琳琅見他目光如冰雪寒徹，不由惶然驚恐，心中卻是一片模糊，一剎那轉了幾千幾百個念頭，卻沒有一個念頭抓得住，只怔怔地瞧著皇帝。

皇帝久久不說話，殿中本就極安靜，此時更是靜得似乎能聽見他的呼吸聲。他突兀開口，聲調卻是緩然：「妳不能瞞我……」話鋒一轉：「也必瞞不過朕。」她心下早就糾葛如亂麻，卻是極力忍淚，只低聲道：「奴才不敢。」他心中如油煎火沸，終究只淡然道：「如今我只問妳，是否與納蘭性德確無情弊？」目不轉睛地瞧著她，但見她耳上的小小闌珠墜子，讓燈光投映在她雪白的頸中，小小兩芒幽暗凝佇，她卻如石人一樣僵在那裡。只聽窗外隱約的風聲，那樣遙遠。那西洋自鳴鐘嚓嚓地走針，那樣細小的聲音，聽在他耳中，卻是驚心動魄。嚓的每響過一聲，心便是往下更沉下一分，一路沉下去，一路沉下去，直沉到萬丈深淵裡去，就像是永遠也落不到底的深淵。

她聲音低微：「自從入宮後，琳琅與他絕無私自相與。」

他終究是轉過臉去，如銳刺尖刀在心上剜去。少年那一次行圍，誤被自己的佩刀所傷，刀極鋒利，所以起初竟是恍若未覺，待得緩慢的鈍痛泛上來，瞬間迸發竟連呼吸亦是椎心刺骨。只生了悔，不如不問，不如不問。親耳聽著，還不如不問，絕無私自相與——那一段過往，自是不必再問——卻原來錯了，從頭就錯了。兩情繾綣的是她與旁人，青梅竹馬，衣不如新，人不如故。卻原來都錯了。自己卻是從頭就錯了。

她只是跪在那裡，皇帝瞧著她，像是從來不認識她一般，又像根本不是在瞧她，彷彿只是想從她身上瞧見別的什麼，那目光裡竟似是沉淪的痛楚，夾著奇異的哀傷。她知是瞞不過，但總歸是結束了，一切都結束了。他八歲御極，十六歲剷除權臣，弱冠之齡出兵平叛，不過七八年間，三藩幾近蕩平——她如何瞞得過他，她亦不能瞞他——心中只剩了最後的淒涼。他是聖君，叫這身分拘住了，他便不會苛待她，亦不會苛待納蘭。她終歸是瞞不過，他終歸是知悉了一切。他起初的問話，她竟未能覺察其間的微妙，但只幾句問話，他便知悉了來龍去脈，他向來如此，以睿智臨朝，臣工俱服，何況她這樣渺弱的女子。

過了良久，只聽那西洋自鳴鐘敲了九下，皇帝似是震動了一下，夢囈一樣喑啞低聲：「竟然如此……」只說了這四個字，唇角微微上揚，竟似是笑了。她唯有道：「琳琅罔負聖恩，請皇上處置。」他重新注目於她，目光中只是無波無浪的沉寂。他望了她片刻，終於喚了梁九功進來，聲調已經是如常的平靜如水，聽不出一絲漣漪：「傳旨，阿布鼐之女衛氏，賢德良淑，予賜答應位分。」

梁九功微微一愣，旋即道：「是。」又道：「宮門已經下匙了，奴才明天就去內務府傳萬歲爺的恩旨。」見琳琅仍舊怔怔地跪在當地，便低聲道：「衛答應，皇上的恩旨，應當謝恩。」她此時方似回過神來，木然磕下頭去：「琳琅謝皇上隆恩。」規規矩矩行了三跪九叩的大禮。視線所及，只是他一角明黃色的袍角拂在杌子上，杌上鹿皮靴穿綴米珠與珊瑚珠，萬字不到頭的花樣，取萬壽無疆的吉利口彩。萬字不到頭……一個個的扭花，直叫人覺得微微眼暈，不能再看。

皇帝的目光根本沒有再望她，只淡然瞧著那鎏金錯銀的紫銅薰籠，聲音裡透著無可抑制的倦怠：「朕乏了，乏透了，妳下去吧。明兒也不必來謝恩了。」她無聲無息地再請了個安，方卻行而退。皇帝仍是紋絲不動盤膝坐在那裡，他性子鎮定安詳，叫起聽政或是批摺讀書，常常這樣一坐數個時辰，依舊端端正正，毫不走樣。眼角的餘光裡，小太監打起簾子，她蓮青色的身影一閃，卻是再也瞧不見了。

梁九功辦事自是妥帖，第二日去傳了旨回來，便著人幫忙琳琅挪往西六宮。乾清宮的眾宮人紛紛來向她道喜，畫珠笑逐顏開地說：「昨兒萬歲爺發了那樣大的脾氣，沒想到今兒就有恩旨下來。」連聲地道恭喜。琳琅臉上笑著，只是怔忡不寧地瞧著替自己收拾東西的宮女太監。正在此時，遠遠聽見隱約的掌聲，卻是御駕回宮的信號。當差的宮女太監連忙散了，畫珠當著差事，也匆匆去了，屋裡頓時只剩了梁九功差來的兩名小太監。琳琅見收拾得差不多了，便又最後檢點一番。他們二人抱了箱籠鋪蓋，隨著琳琅自西邊小角門裡出去。方出了角門，只聽見遠處敬事房太監「吃吃」的喝道之聲。順著那長長的宮牆望去，遠遠望見前呼後擁簇著皇帝的明黃暖轎，徑直進了垂花門。她早領了旨意，今日不必面見謝恩，此時遙相望見御駕，輕輕歎了口氣。那兩名太監本已走出數丈開外，遠遠候在那裡，她掉轉頭忙加緊了步子，垂首默默向前。

正月裡政務甚少，惟蜀中用兵正在緊要。皇帝看完了趙良棟所上的摺子——奏對川中諸軍部署方略，洋洋灑灑足有萬言。頭低得久了，昏沉沉有幾分難受，隨口便喚：「琳琅。」卻是芳景答應著：「萬歲爺要什麼？」他略略一怔，方才道：「去沏碗釅茶來。」芳景答應著去了。他目光無意垂下，腰際所佩的金嵌松石套繩，繩外結著金珠線黑絲絡，卻還是那日琳琅打的絡子，密如絲網，千千相結。四下裡靜悄悄的，暖閣中似乎氤氳著熟悉的幽香。他忽然生了煩躁，隨手取下套繩，撂給梁九功：「賞你了。」梁九功誠惶誠恐忙請了個安：「謝萬歲爺賞，奴才無功不敢受。」皇帝心中正不耐，只隨手往他懷中一擲，梁九功手忙腳亂地接在手中。只聽皇帝道：「這暖閣裡氣味不好，叫人好生焚香薰一薰。起駕，朕去瞧佟貴妃。」

佟貴妃卻又病倒了，因操持過年的諸項雜事，未免失之調養，掙扎過了元宵節，終究是不支。六宮裡的事只得委了安嬪與德嬪。那德嬪是位最省心省力的主子，後宮之中，竟有一大半的事是安嬪在拿著主意。

這日安嬪與德嬪俱在承乾宮聽各處總管回奏，說完了正事，安嬪便叫宮女：「去將榮主子送的茶葉取來，請德主子嚐嚐。」德嬪笑道：「妳這裡的茶點倒精緻。」安嬪道：「這些個都是佟貴妃打發人送來的，我專留著讓妹妹也嚐嚐呢。」

當下大家喝茶吃點心，說些六宮中的閒話。德嬪忽想起一事來，道：「昨兒我去給太后請安，遇上個生面孔，說是新封賜的答應，倒是好齊整的模樣，不知為何惹惱了太后，罰她在廊下跪著呢。大正月裡，天寒地凍，又是老北風頭上，待我請了安出來，瞧著她還跪在那裡。」安嬪不由將嘴一撇，說：「還能有誰，就是原先鬧得翻天覆地的那個琳琅。萬歲爺為了她，發過好大的脾氣，聽說連牌子都撤了。如今好歹是撂下了。」

德嬪聽著糊塗，道：「我可鬧不懂了，既然給了她位分，怎麼反說是撂下了。」安嬪卻是想起來便覺得心裡痛快，只哧地一笑，道：「說是給了答應位分，這些日子來，一次也沒翻過她的牌子，可不是撂下了？」又道：「也怪她原先行事輕狂，太后總瞧她不入眼，不甚喜歡她。」

德嬪歎道：「聽著也是怪可憐的。」安嬪道：「妹妹總是一味心太軟，所以才覺得她可憐。叫我說，她是活該，早先想著方兒狐魅惑主，現在有這下場，還算便宜了她。」德嬪是個厚道人，聽她說得刻薄，心中不以為然，便講些旁的閒話來。又坐了片刻，方起身回自己宮裡去。

安嬪送了她出去，回來方對自己的貼身宮女笑道：「這真是個老實人。妳別說，萬歲爺還一直誇她淳厚，當得起一個『德』字。」那宮女賠笑道：「這宮裡，憑誰再伶俐，也伶俐不過主子您。先前您就說了，這琳琅是時辰未到，等到了時辰，自然有人收拾，果然不錯。」安嬪道：「萬歲爺只不聲不響將那狐媚子打發了，就算揭過不提。依我看這招棋行得雖險，倒是有驚無險。這背後的人，才真正是厲害。」

那宮女笑道：「就不知是誰替主子出了這口惡氣？」安嬪笑道：「憑她是誰，反正這會子大家都痛快，且又牽涉不到咱們，不像上次扳指的事，叫咱們無端端替人揹黑鍋。今兒提起來我還覺得憋屈，都是那丫頭害的！」又慢慢一笑：「如今可好了，總算叫那丫頭落下了，等過幾日萬歲爺出宮去了鞏華，那才叫好戲在後頭。」

玉壺紅淚

錦樣年華水樣流，鮫珠迸落更難收。病餘常是怯梳頭。

一徑綠雲修竹怨，半窗紅日落花愁。愔愔只是下簾鈎。

——納蘭容若〈浣溪紗〉

壬子日鑾駕出京，駐蹕鞏華城行宮，遣內大臣賜奠昭勳公圖賴墓。這日天氣晴好，皇帝在行宮中用過晚膳，帶了近侍的太監，信步踱出殿外。方至南牆根下，只聽一片喧譁呼喝之聲，皇帝不由止住腳步，問：「那是在做什麼？」梁九功忙叫人去問了，回奏道：「回萬歲爺的話，是御前侍衛們在校射。」皇帝聽了，便徑直往校場上走去，御前侍衛們遠遠瞧見前呼後擁的御駕，早呼啦啦跪了一地。皇帝見當先跪著的一人，著二品侍衛服色，盔甲之下一張臉龐甚是俊秀，正是納蘭容若。皇帝嘴角不由自主微微往下一沉，卻淡然道：「都起來吧。」

衆人謝恩起身，皇帝望了一眼數十步開外的鵠子，道：「容若，你射給朕瞧瞧。」容若應了聲「是」，拈箭搭弓，屏息靜氣，一箭正中紅心，一衆同袍都不由自主叫了聲好。皇帝臉上卻瞧不出是什麼神色，只吩咐：「取朕的弓箭來。」

皇帝的御弓，弓身以朱漆纏金線，以白犀爲角，弦施上用明膠，彈韌柔緊。此弓有十五引力，比尋常弓箭要略重。皇帝接過梁九功遞上的白翎羽箭，搭在弓上，將弓開滿如一輪圓月，緩緩瞄準鵠心。衆人屏住呼吸，只見皇帝唇角浮起一絲不易覺察的冷笑，卻是轉瞬即逝，衆人目光皆望在箭簇之上，亦無人曾留意。弓弦「嘣」的一聲，皇帝一箭已經脫弦射出。

只聽羽箭破空之勢凌利，竟發出尖嘯之音，只聽「啪」一聲，卻緊接著又是嗒嗒兩聲輕微爆響，卻原來皇帝這一箭竟是生生劈破納蘭的箭尾，貫穿箭身而入，將納蘭的箭劈爆成三簇，仍舊透入鵠子極深，正正釘在紅心中央，箭尾白翎兀自顫抖不停。

衆人目瞪口呆，半晌才轟然一聲喝采如雷。

納蘭亦脫口叫了聲好，正巧皇帝的目光掃過來，只覺如冰雪寒徹，心下頓時一激靈。抬頭再瞧時，幾疑適才只是自己眼花。皇帝神色如常，道：「這幾日沒動過弓箭，倒還沒撂下。」緩緩說道：「咱們大清乃是馬背上打下的江山萬里，素重騎射。」淡然望了他一眼，道：「容若，你去替朕掌管上駟院。」納蘭一怔，只得磕頭應了一聲「是」。以侍衛司上駟院之職，名義雖是升遷，但自此卻要往郊外牧馬，遠離禁中御前。皇帝待他素來親厚，納蘭此時亦未作他想。

便在此時，忽遠遠見著一騎，自側門直入，遙遙望見御駕的九曲黃柄大傘，馬上的人連忙勒馬滾下鞍韉，一口氣奔過來，丈許開外方跪下行見駕的大禮，氣吁吁地道：「奴才給萬歲爺請安。」皇帝方認出是太皇太后跟前的侍衛總管杜順池，時值正月，天氣寒冷，竟然是滿頭大汗，想是從京城一騎狂奔至此。皇帝心下不由一沉，問：「太皇太后萬福金安？」杜順池答：「太皇太后聖躬安。」皇帝這才不覺鬆了口氣，卻聽那杜順池道：「太皇太后打發奴才來稟報萬歲爺，衛主子出事了。」

皇帝不由微微一怔，這才反應過來是琳琅，口氣不覺淡淡的：「她能出什麼事？小小一個答應，竟驚動了太皇太后打發你趕來。」

杜順池重重磕了個頭，道：「回萬歲爺的話，衛主子小產了。」言猶未落，只聽「啪」的一聲，卻是皇帝手中的御弓落在了地上，猶若未聞，只問：「你說什麼？」杜順池只得又說了一遍。只見皇帝臉上的神色漸漸變了，蒼白得沒一絲血色，驀地回過頭去：「朕的馬呢？」梁九功見他似連眼裡都要沁出血絲來，心下也亂了方寸，忙著人去牽出馬來。待見皇帝認蹬上馬，方嚇得抱住皇帝的腿：「萬歲爺，萬萬使不得，總得知會了扈駕的大營沿途關防，方才好起駕。」皇帝只低喝一聲：「滾開。」見他死命地不肯鬆手，回手就是重重一鞭抽在他手上。他手上劇痛難當，本能地一鬆手，皇帝已經縱馬馳出。

梁九功又驚又怕，大聲呼喝命人去稟報扈駕的領侍衛內大臣。御前侍衛總管聞得有變，正巧趕到，忙領著人快馬加鞭，先自追上去。諫阻不了皇帝，數十騎人馬只得緊緊相隨，一路向京中狂奔而去。

至京城城外九門已閉，御前侍衛總管出示關防，命啓匙開了城門，扈駕的驍騎營、前鋒營大隊人馬此時方才趕到，簇擁了御駕快馬馳入九城。只聞蹄聲隆隆，響聲雷動，皇帝心下卻是一片空白。眼際萬家燈火如天上群星，撲面而至，街市間正在匆忙地關防宵禁，只聞沿街商肆皆是「撲撲」關門上鋪板的聲音。那馬馳騁甚疾，一晃而過，遠遠望見禁城的紅牆高聳，已經可以見著神武門城樓上明亮的燈火。

大駕由神武門返回禁中，雖不合規矩，領侍衛內大臣亦只得從權。待御駕進了內城，懸著的一顆心方才放下。外臣不能入內宮，在順貞門外便跪安辭出。皇帝只帶了近侍返回內宮，換乘輿轎，前往慈寧宮去。

太皇太后聽聞皇帝回宮，略略一愣，怔忡了半晌，方才長長歎了口氣，對身側的人道：「蘇茉爾，沒想到太平無事了這麼些年，咱們擔心的事終究還是來了。」

蘇茉爾默然無語。太皇太后聲音裡卻不由透出幾分微涼之意：「順治十四年，董鄂氏所出皇四子，福臨竟稱『朕之第一子也』，未己夭折，竟追封和碩榮親王。」

蘇茉爾道：「太皇太后望安，皇上英明果毅，必不至如斯。」

太皇太后沉默半晌，「嘿」了一聲，道：「但願如此吧。」只聽門外輕輕的擊掌聲，太監進來回話：「启稟太皇太后，萬歲爺回來了。」

皇帝還未及換衣裳，依舊是一身藍色團福的缺襟行袍，只領口袖口露出紫貂柔軟油亮的鋒毛，略有風塵行色，眉宇間倒似是鎮定自若，先行下禮去：「給太皇太后請安。」太皇太后親手攙了他起來，牽著他的手凝視著，過了片刻心疼地道：「瞧這額頭上的汗，看回頭讓風吹著著了涼。」蘇茉爾早親自去擰了熱手巾把子遞上來。太皇太后瞧著皇帝拭去額上細密的汗珠，方才淡然問道：「聽說你是騎馬回來的？」

皇帝有些吃力，叫了一聲：「皇祖母。」太皇太后眼裡卻只有淡淡的冷凝：「我瞧當日在奉先殿裡、列祖列宗面前，對著我發下的誓言，你竟是忘了個乾乾淨淨！」語氣已然凜冽：「竟然甩開大駕，以萬乘之尊輕騎簡從馳返數十里，途中萬一有閃失，你將置自己於何地？將置祖宗基業於何地？難道爲了一個女人，你連列祖列宗、江山社稷、大清的天下都不顧了嗎？」

皇帝早就跪下去，默然低首不語。蘇茉爾悄聲道：「太皇太后，您就饒過他這遭吧。皇上也是一時著急，方才沒想得十分周全，您多少給他留些顏面。」太皇太后長歎了口氣：「行事怎能這樣輕率？若是讓言官們知道，遞個摺子上來，我看你怎麼才好善罷甘休。」

皇帝聽她語氣漸緩，低聲道：「玄燁知道錯了。」太皇太后又歎了一口氣，蘇茉爾便道：

「外頭那樣冷，萬歲爺騎馬跑了幾十里路，再這麼跪著……」太皇太后道：「妳少替他描摹。就他今天這樣輕浮的行止，依著我，就該打發他去奉先殿，在太祖太宗靈前跪一夜。」蘇茉爾笑道：「您打發皇上去跪奉先殿倒也罷了，只是改日若叫幾位小阿哥知道，萬歲爺還怎麼教訓他們？」一提及幾位重孫，太皇太后果然稍稍解頤，說：「起來吧。平日只見他教訓兒子，幾個阿哥見著跟避貓鼠似的。」可那笑容只是略略一浮，旋即便黯然：「琳琅那孩子，眞是……可惜了。御醫說才只兩個來月，唉……」皇帝剛剛站起來，燈下映著臉色慘白沒一絲血色。太皇太后道：「也怪琳琅那孩子自己糊塗，有了身子都不知道，還幫著太后宮裡挪騰重物，最後閃了腰才知道不好了。你皇額娘這會子，也懊惱後悔得不得了，適才來向我請罪，方叫我勸回去了，你可不許再惹你皇額娘傷心了。」

皇帝輕輕咬一咬牙，過了片刻，方低聲答：「是。」太皇太后點一點頭，溫言道：「琳琅還年輕，你們的日子長遠著呢。我瞧琳琅那孩子是個有福澤的樣子，將來必也是多子多福。這回的事情，你不要太難過。」順手捋下自己腕上籠著的佛珠：「將這個給琳琅，叫她好生養著，不要胡思亂想，佛祖必會保佑她的。」

那串佛珠素來爲太皇太后隨身之物，皇帝心下感激，接在手中又行了禮：「謝皇祖母。」道：「夜深了，請皇祖母早些安置。」太皇太后知道他此時恨不得脅生雙翼，點點頭道：「你去吧，也要早些歇著，保重自個兒的身子，也就是孝順我這個皇祖母了。」

皇帝自慈寧宮出來，梁九功方才領著近侍的太監趕到。十餘人走得急了，都是氣息未均。皇帝見著梁九功，只問：「怎麼回事？」梁九功心下早料定了皇帝有此一問，所以甫一進順貞門，就打發人去尋了知情的人詢問，此時不敢有絲毫隱瞞，低低地答：「回萬歲爺的話，說是衛主子去給太后請安，可巧敬事房的魏總管進給太后一隻西洋花點子哈巴狗，太后正歡喜得不得了。那狗認生從暖閣裡跑出來，衛主子走進來沒留神，踼碰上那狗了。太后惱了，以為衛主子是存心，便要傳杖，虧得德主子在旁邊幫忙求了句饒，太后便罰衛主子去廊下跪著。跪了兩個時辰後，衛主子發昏倒在地下，眼瞧著衛主子下紅不止，太后這才命人去傳御醫。」

梁九功說完，偷覷皇帝的臉色，迷茫的夜色裡看不清楚，只一雙眼裡，似燃著兩簇幽暗火苗，在暗夜裡也似有火星飛濺開來。梁九功在御前當差已頗有年頭，卻從未見過皇帝有這樣的神色，心裡打個哆嗦。過了半晌，方聽見皇帝似從齒縫裡擠出兩個字來：「起駕。」一眾人簇擁了皇帝的暖轎，徑直往西六宮去。

皇帝一路上都是沉默不語，直至下了暖轎，梁九功上前一步，低聲道：「萬歲爺，奴才求萬歲爺——有什麼話，只管打發奴才進去傳。」皇帝不理他，徑直進了垂華門。梁九功亦步亦趨地緊緊相隨，連聲哀求：「萬歲爺，萬歲爺，祖宗立下的規矩，聖駕忌諱。您到了這院子裡，衛主子知道，也就明白您的心意了。」見皇帝並不停步，心中叫苦不迭。數名御醫、敬事房的總管並些太監宮女，早就迎出來了，黑壓壓跪了一地。見皇帝步履急促已踏上台階，敬事房總管魏長安只得磕了一個頭，硬著頭皮道：「萬歲爺，祖宗家法，您這會子不能進去。」

皇帝目光冷凝，只瞧著那緊閉著的門窗，道：「讓開。」

魏長安重重磕了一個頭，道：「萬歲爺，奴才不敢。您這會子要是進去，太后非要了奴才的腦袋不可。只求萬歲爺饒奴才一條狗命。」皇帝正眼瞧也不瞧他，舉起一腳便向魏長安胸口重重踹出，只踹得他悶哼一聲，向後重重摔倒，後腦勺磕在那階沿上，暗紅的血緩緩往下淌，淋淋漓漓的一脖子，半晌掙扎爬不起來。餘下的人早嚇得呆了。皇帝舉手便去推門，梁九功嚇得魂飛魄散，搶上來抱住皇帝的腿：「萬歲爺，萬歲爺，奴才求您替衛主子想想——奴才求萬歲爺三思，這會子壞了規矩事小，要是叫人知道，不更拿衛主子作筏子？」他情急之下說得露骨直白，皇帝一怔，手終於緩緩垂下來。梁九功低聲道：「萬歲爺有什麼話，讓奴才進去傳就是了。」

皇帝又是微微一怔，竟低低地重複了一遍：「我有什麼話……」瞧著那緊閉的門扇，鏤花朱漆填金，本是極豔麗熱鬧的顏色，在沉沉夜色裡卻是殷暗發紫，像是凝佇了的鮮血，映在眼裡觸目刺心。只隔著這樣一扇門，裡面卻是寂無聲息，寂靜得叫人心裡發慌，恍惚裡面並沒有人。他心裡似乎生出絕望的害怕來，心裡只翻來覆去地想，有什麼話……要對她說什麼話……自己卻有什麼話……便如亂刀絞著五臟六腑，直痛不可抑。更有一種前所未有的驚懼，背心裡竟虛虛地生出微涼的冷汗來。

屋裡並不寬敞，一明一進的屋子，本是與另一位答應同住，此時出了這樣的事，方倉促挪了那人出去。旁的人都出去接駕了，只餘了慈寧宮先前差來的一名宮女留在屋裡照料。那宮女起先聽外面磕頭聲說話聲不斷，此時卻突兀地安靜下來。

正不解時，忽聽炕上的琳琅低低地呻吟了一聲，忙俯近身子，低聲喚道：「主子，是要什麼？」琳琅卻是在痛楚的昏迷裡，毫無意識地又呻吟了一聲，人顆的眼淚卻順著眼角直滲到鬢角中去。那宮女手中一條手巾，半晌工夫一直替她拭汗拭淚，早浸得濕透了，心下可憐，輕聲道：「主子，萬歲爺瞧主子來了。規矩不讓進來，這會子他在外面呢。」

琳琅只蹙著眉，也不知聽見沒有，那眼淚依舊像斷線了珠子似的往下掉著。

梁九功見皇帝一動不動佇立在那裡，直如失了魂一樣，心裡又慌又怕。過了良久，皇帝方才低聲對他道：「你進去，只告訴她說我來了。」頓了一頓，道：「還有，太皇太后賞了這個給她。」將太皇太后所賜的那串佛珠交給梁九功，梁九功磕了一個頭，推門進去。不過片刻即退了出來：「回萬歲爺的話，衛主子這會子還沒有醒過來，奴才傳了太皇太后與萬歲爺的旨意，也不知主子聽到沒有。主子只是在淌眼淚。」皇帝聽了最後一句，心如刀割。他心急如焚馳馬狂奔回來，盛怒之下驚痛悔憒交加，且已是四個時辰滴水未進，此時竟似腳下虛浮，扶在那廊柱上，定了定神，但見院子裡的人都直挺挺跪著，四下裡一片死寂，唯有夜風吹過，嗚咽有聲。那魏長安呻吟了兩聲，皇帝驀地回過頭來，聲音裡透著森冷的寒意：「來人，將這狼心狗肺的東西給我叉下去！狠狠地打！」

忙有人上來架了魏長安下去。慎刑司的太監沒有法子，上來悄聲問梁九功：「梁諳達，萬歲爺這麼說，可到底要打多少杖？」

梁九功不由將足一頓，低聲斥道：「糊塗！既沒說打多少杖，打死了再算數！」

琳琅次日午間才漸漸甦醒過來，身體虛弱，瞧出人去，只是模糊的影子，吃力地喃喃低問：「是誰？」那宮女屈膝請了個安，輕聲道：「回主子話，奴才叫碧落，原是太皇太后宮裡的人。」軟語溫言地問：「都過了晌午了，主子進些細粥吧？佟貴妃專門差人送來的。還說，主子若是想吃什麼，只管打發人問她的小廚房要去。」琳琅微微地搖一搖頭，掙扎著想要坐起來，另一名宮女忙上前來幫忙，琳琅這才認出是乾清宮的錦秋。錦秋取過大迎枕，讓斜倚在那枕上，又替她掖好被子。琳琅失血甚多，唇上發白，只是微微哆嗦，問：「妳怎麼來了？」

錦秋道：「萬歲爺打發奴才過來，說這裡人少，怕失了照應。」琳琅聽見她提及皇帝，身子不由微微一顫，問：「萬歲爺回來了？」錦秋道：「萬歲爺昨兒晚上回來的，一回來就來瞧主子，還在外頭院子裡站了好一陣工夫呢。」說到這裡，想起一事，便走到門口處，雙掌輕輕一擊，喚進小太監來，道：「去回稟萬歲爺，就說主子已經醒了。」碧落又將佛珠取了過來：「主子您瞧，這是太皇太后賞的。太皇太后說了，要主子您好生養著，不要胡思亂想，佛祖必會保佑您呢。」

琳琅手上無力，碧落便將佛珠輕輕捧了擱在枕邊。外面小宮女低低叫了聲：「姑姑。」錦秋便走出去。那小宮女道：「端主子宮裡的棲霞姐姐來了。」那棲霞見著碧落，悄聲道：「這樣東西，是我們主子送給衛主子的。」碧落打開匣子，見是一柄紫玉嵌八寶的如意，華光流彩，寶光照人。不由「哎喲」了一聲，道：「端主子怎麼這樣客氣。」棲霞道：「我們主子原打算親身過來瞧衛主子，只聽御醫說，衛主子這幾日要靜靜養著，倒不好來了。我們主子說，出了這樣的事，想著衛主子心裡定然難過，必是不能安枕。這柄如意給衛主子壓枕用的。」又往錦秋手中塞了一樣事物，道：「煩姐姐轉呈給衛主子，我就不上去煩擾主子了。」

錦秋不由微微一笑，道：「主子這會子正吃藥，我就去回主子。」棲霞忙道：「有勞姐姐了，姐姐忙著，我就先回去了。」

碧落侍候琳琅吃完了藥，錦秋便原原本本將棲霞的話向琳琅說了。琳琅本就氣促，說話吃力，只斷斷續續道：「難爲……她惦記。」錦秋笑道：「這會子惦記主子的，多了去了，誰讓萬歲爺惦記著主子您呢。」她聽了這句話，怔怔地，唯有兩行淚，無聲無息地滑落下來。碧落忙道：「主子別哭，這會子斷然不能哭，不然再過幾十年，會落下迎風流淚的毛病的。」琳琅中氣虛弱，喃喃如自語：「再過幾十年……」碧落一面替她拭淚，一面溫言相勸：「主子還這樣年輕，心要放寬些，這日後長遠著呢。」又將些旁的話來說著開解著她。

過了片刻，梁九功卻來了。一進來先請了安，道：「萬歲爺聽說主子醒了，打發奴才過來。」便將一緘芙蓉箋雙手呈上。琳琅手上無力，碧落忙替她接了，打開給她瞧。那箋上乃是皇帝御筆，只寫了寥寥數字，正是那句：「我心匪石，不可轉也。」墨色凝重，襯著那清逸俊采的思白體。她怔怔地瞧著，大大的一顆眼淚便落在那箋上，墨跡頓時洇開了來，緊接著那第二顆眼淚又濺落在那淚痕之上。

碧落不識字，還道箋上說了什麼不好的話，只得向梁九功使個眼色。梁九功本來一肚子話，見了這情形，倒也悶在了那裡，過了半晌，方才道：「萬歲爺實實惦著主子，只礙著宮裡的規矩，不能來瞧主子。昨兒晚上是奴才當值，奴才聽著萬歲爺翻來覆去，竟是一夜沒睡安生，今天早上起來，眼睛都深陷下去了。」見她淚光泫然，不敢再說，只勸道：「主子是大福大貴之人，日後福祚綿長，且別爲眼下再傷心了。」

碧落也勸道：「主子這樣子若讓萬歲爺知道，只怕心裡越發難過。就爲著萬歲爺，主子也要愛惜自己才是。」

琳琅慢慢抬手捋過長髮，終究是無力，只得輕輕喘了口氣，方順著那披散的頭髮摸索下來，揉成輕輕小小的一團，夾在那箋中。低聲道：「梁諳達，煩你將這箋拿回去。」

梁九功回到乾清宮，將那芙蓉箋呈給皇帝。皇帝打開來，但見淚痕宛然，中間夾著小小一團秀髮，憶起南苑那一夜的「結髮」，心如刀絞，痛楚難當，半晌說不出話來。良久才問：「還說了什麼？」

梁九功想了想，答：「回萬歲爺的話，衛主子身子虛弱，奴才瞧她倒像有許多話想交代奴才，只是沒有說出來。」

那軟軟的一團黑髮，輕輕地浮在掌心裡，彷彿一點黑色的光，投到心裡去，泛著無聲無息黑的影。他將手又攥得緊些，只是髮絲輕軟，依舊恍若無物。

晚上皇帝去向太皇太后請安，正巧太后亦在慈寧宮裡。見著皇帝，太后不免有些不自在，皇帝倒仍是行禮如儀：「給太后請安。」太皇太后笑道：「你額娘正惦記著你呢，聽說你今兒晚膳進得不香，我說必是昨兒打馬跑回來累著了，所以懶怠吃飯。」皇帝道：「謝太后惦記。」太皇太后又道：「快坐下來，咱們祖孫三個，好好說會子話。」

皇帝謝了恩，方才在下首炕上坐了。太皇太后道：「適才太后說，琳琅那孩子，眞是可憐見兒的。」太后這才道：「是啊，總要抬舉抬舉那孩子才是。」皇帝淡淡地道：「宮裡的規矩，宮女封主位，不能逾制。」太皇太后笑道：「不逾制就不逾制，她現在不是答應嗎，就晉常在好了。位分雖還是低，好在過兩個月就是萬壽節了，到時再另外給個恩典晉貴人就是了。」皇帝這才道：「謝皇祖母。」太后此時方笑道：「可見這小倆口恩愛，晉她的位分，倒是你替她謝恩。」

太皇太后當下便對蘇茉爾道：「妳去瞧瞧琳琅，就說是太后的恩旨，晉她爲常在。叫她好生養著，等大好了，再向太后謝恩吧。」

琳琅本睡著了，碧落與錦秋聽見說蘇茉爾來了，忙都迎出來。錦秋悄聲笑道：「怎麼還勞您老人家過來。主子這會子睡了，奴才這就去叫。」蘇茉爾忙道：「她是病虛的人，既睡了，我且等一等就是了。」錦秋道：「那請嬷嬷裡面坐吧，裡面暖和。」說話便打起簾子。蘇茉爾進了屋子，屋裡只遠遠點著燈，朦朧暈黃的光映著那湖水色的帳幔，蘇茉爾猛然有些失神。碧落低聲問：「嬷嬷，怎麼了？」蘇茉爾這才回過神來，道：「沒事。」便在南面炕上坐了，見炕桌上放著細粥小菜，都只是略動了一動的樣子，不由問：「衛主子沒進晚膳麼？」

錦秋道：「主子只是沒胃口，這些個都是萬歲爺打發人送來的，才勉強用了兩口粥。這一整日工夫，除了吃藥，竟沒有吃下旁的東西去。」

蘇茉爾不由輕輕歎了口氣，低聲道：「眞眞作孽。」又歎了口氣：「當日董鄂皇貴妃，就是傷心榮親王……」自察失言，又輕輕歎了一聲，轉臉去瞧桌上灩灩的燭光。

她回到慈寧宮中，夜已深了。一面打發太皇太后卸妝，一面將琳琅的情形講了，道：「我瞧那孩子是傷心過度，這樣下去只怕熬不住。」太皇太后道：「如今咱們能做的都做了，還能怎麼樣呢？」蘇茉爾道：「今兒我一進去，只打了個寒噤，就想起那年榮親王夭折，您打發我去瞧董鄂皇貴妃時的情形來。」太皇太后沉默片刻，道：「妳是說——」蘇茉爾道：「像與不像都不打緊，只是董鄂皇貴妃當年，可就爲著榮親王的事傷心過度，先帝爺又是爲著董鄂皇貴妃……您瞧瞧如今萬歲爺那樣子，若是這琳琅有個三長兩短……」

太皇太后歎了口氣，道：「晉她的位分，給她臉面，賞她東西，能抬舉的我都抬舉了。只是這件事情，也怨不得她傷心。」蘇茉爾道：「總得叫人勸勸她才好。再不然，索性讓萬歲爺去瞧瞧她，您只裝個不知道就是了。」太皇太后又沉默了片刻，道：「若是玄燁想見她，誰攔得住？」蘇茉爾道：「奴才可不懂了。」太皇太后道：「玄燁這孩子是妳瞧著長大的，他的性子妳難道不知道？將她一撂這麼些日子，聽見出事，才發狂一樣趕回來，這中間必然有咱們不知道的緣故。不管這緣故是什麼，他如今是『近鄉情怯』，只怕輕易不會去見她。」

蘇茉爾想了想，道：「奴才倒有個主意。不如太皇太后賞個恩典，叫她娘家的女眷進宮來見上一面，說不定倒可以勸勸她。」太皇太后道：「也罷。想她進宮數年，見著家裡人，必然會高興些。」又笑道：「妳替她打算得倒是周到。」蘇茉爾道：「奴才瞧著她委實是傷心，而且奴才大半也是爲了萬歲爺。」太皇太后點一點頭：「就是這句話。他們漢人書本上說，前車之鑑，又說，亡羊補牢，未爲晚矣。」

休說生生

記綰長條欲別難，盈盈自此隔銀灣。便無風雪也摧殘。
青雀幾時裁錦字，玉蟲連夜剪春幡。不禁辛苦況相關。

——納蘭容若〈浣溪紗〉

這日天氣陰沉，到了下半晌，下起了小雪。納蘭自衙門裡回家，見府中正門大開，一路的重門洞開直到上房正廳，便知道是有旨意下來。依舊從西角門裡進去，方轉過花廳，見著上房裡的丫頭，方問：「是有上諭給老爺嗎？」

那丫頭道：「是內務府的人過來傳旨，恍惚聽見說是咱們家娘娘病了，傳女眷進宮去呢。」納蘭便徑直往老太太房裡去，遠遠就聽見四太太的笑聲：「您沒聽著那王公公說，是主子親口說想見一見您，也不枉您往日那樣疼她。」緊接著又是三太太的聲音道：「那孩子到底也是咱們府裡出去的，所以不忘根本。沒想到咱們這一府裡，竟能出了兩位主子。」老太太卻說：「只是說病著，卻不知道要不要緊，我這心裡可七上八下的。」

四太太笑道：「我猜想並不十分要緊，只看那王公公的神色就知道了。您才剛不是也說了，琳琅這孩子，打小就有造化……」話猶未完，卻聽丫頭打起簾子道：「老太太，大爺回來了。」屋中諸人皆不由一驚。見納蘭進來，老太太道：「我的兒，外面必是極冷，瞧你這臉上凍得青白，快到炕上來暖和暖和。」納蘭這才回過神來，行禮給老太太請了安。老太太卻笑道：「來挨著我坐。咱們正說起你琳妹妹呢。」

納蘭夫人不由擔心，老太太卻道：「才剛內務府的人來，說咱們家琳琅晉了後宮主位。因她身子不好，要傳咱們進宮去呢。這是大喜事，叫你也高興高興。」納蘭過了半晌，方才低聲說了個「是」。

老太太笑道：「咱們也算是錦上添花——沒想到除了惠主子，府裡還能再出位主子。當年琳琅到了年紀，不能不去應選，我只是一千一萬個捨不得，你額娘還勸我，指不定她是更有造化的，如今可真是說準了。」

納蘭夫人這才笑道：「也是老太太的福氣大，孫女兒那樣有福分，連外孫女兒也這樣有福分。」三太太、四太太當下都湊著趣兒，講得熱鬧起來。老太太冷眼瞧著納蘭只是魂不守舍的樣子，到底是不忍，又過了會子就道：「你必也累了，回房去歇著吧。過會子吃飯，我再打發人去叫你。」

納蘭已經是竭力自持，方不致失態，只應個「是」便去了。屋裡一下子又靜下來，老太太道：「你們不要怪我心狠，眼下是萬萬瞞不過的。不如索性挑明了，這叫『以毒攻毒』。」屋中諸人皆靜默不語，老太太又歎了一聲：「只盼著他從此明白過來吧。」

納蘭回到自己屋中，荷葆見他面色不好，只道是回來路上凍著了，忙打發人去取了小紅爐來，親自拿酒鏇子溫了一壺梅花酒，酒方燙熱了，便端進暖閣裡去，見納蘭負手立在窗前，庭中所植紅梅正開得極豔。枝梢斜敧，朱砂絳瓣，點點沁芳，寒香凜冽。荷葆悄聲勸道：「大爺，這窗子開著，北風往衣領裡鑽，再冷不過。」納蘭只是恍若未聞，荷葆便去關了窗子。納蘭轉過身來，拿起那烏銀梅花自斟壺來，慢慢向那凍石杯中斟滿了，卻是一飲而盡。接著又慢慢斟上一杯，這樣斟得極慢，飲得卻極快，吃了七八杯酒，只覺耳醺臉熱。摘下壁上所懸長劍，推開門到得庭中。

荷葆忙跟了出來，納蘭卻拔出長劍，將劍鞘往她那方一扔，她忙伸手接住了。只見銀光一閃，納蘭舞劍長吟：「未得長無謂，竟須將、銀河親挽，普天一洗。磷閣才教留粉本，大笑拂衣歸矣。如斯者、古今能幾？」只聞劍鋒嗖嗖，劍光寒寒，他聲音卻轉似沉痛：「有限好春無限恨，沒來由、短盡英雄氣。暫覓個，柔鄉避。」其時漫天雪花，紛紛揚揚，似捲在劍端：「東君輕薄知何意。盡年年、愁紅慘綠，添人憔悴。兩鬢飄蕭容易白，錯把韶華虛費。便決計、疏狂休悔。」說到悔字，腕下一轉，劍鋒斜走，削落紅梅朵朵，嫣然翻飛，夾在白雪之中，殷紅如血。梅香寒冽，似透骨入髓，氤氳襲人。

他自仰天長嘯：「但有玉人常照眼，向名花、美酒拚沉醉。天下事，公等在。」吟畢脫手一擲，劍便生生飛插入梅樹之下積雪中，劍身兀自輕顫，四下悄無聲息，惟天地間雪花漫飛，無聲無息地落著，綿綿不絕。

其時風過，荷葆身上一寒，卻禁不住打了個激靈。但見他黯然佇立在風雪之中，雪花不斷地落在他衣上，卻是無限蕭索，直如這天地之間，只剩他一人孤零零。

荷葆為著此事焦心了半日，等到了晚上，見屋子裡沒有人，方才相機勸道：「大爺的心事我都明白。荷葆自幼侍候大爺，自打琳姑娘進了宮，大爺就一直鬱鬱不樂，可如今姑娘成了主子，大爺也要再娶親了，這緣分眞是盡了。大爺且看開些，姑娘晉了主位，那是莫大的喜事啊。」

納蘭這才知道她想岔了，心中酸澀難言：「難道如今連妳也不明白我了——我只是不知她病得如何，若是不礙事，何用傳女眷進宮？」荷葆亦知道此等事殊為特例，琳琅的病只怕十分凶險，口中卻道：「老太太們特意問了宮裡來的人，都說不要緊的，只是受了些風寒。」忽道：

「大爺既惦記著姑娘如今的病，何不想法子，與姑娘通個信，哪怕只問個安，也了結大爺一樁心事。」

納蘭聞言只是搖頭：「宮禁森嚴，哪裡能夠私相傳遞，我斷斷不能害了她。」

荷葆賠笑道：「原是我沒見識，可太太總可以進宮去給惠主子請安，常有些精巧玩意兒進給主子，惠主子每回也賞出東西來。大爺何不託太太呈給琳姑娘，也算是大爺的一片心。」

納蘭終究只是搖頭：「事到如今，終有何益？」這麼多年來，終究是自己有負於她。茫然抬起眼來，窗外雪光瑩然，映在窗欞之上有如月色一般，這樣的清輝夜裡，但不知沉沉宮牆之內，她終究是何種情形。

這一年卻是倒春寒，過了二月初二「龍抬頭」的日子，仍舊下著疏疏密密的小雪。趙昌從西六宮裡回來，在廊下撣了撣衣上的雪。如今他每日領著去西六宮的差事，回來將消息稟報皇帝，卻是好一日，壞一日。他撣盡了衣上的雪，又在那粗氈墊子上，將靴底的雪水蹭了，方進了暖閣，朝上磕了一個頭。皇帝正看摺子，執停著筆，只問：「怎麼樣？」趙昌道：「回萬歲爺的話，今兒早起衛主子精神還好，後來又見了家裡人，說了好一陣子的話，還像是高興的樣子。中午用了半碗粥，太皇太后賞的春捲，主子倒用了大半個。到了下半晌，就覺得心裡不受用，將吃的藥全嘔出來了。」

皇帝不由擱下筆，問：「御醫呢，御醫怎麼說？」

趙昌道：「已經傳了太醫院當值的李望祖、趙永德兩位大人去了。兩位大人都對奴才說，主子是元氣不足，又傷心鬱結，以致傷了脾胃肝腑。既不能以飲食補元氣，元氣既虛，更傷臟腑，臟腑傷，則更不能進飲食，如是惡惡因循。兩位大人說得文縐縐的，奴才不大學得上來。」皇帝是有過旨意，所用的醫案藥方，都要呈給他過目的，趙昌便將所抄的醫案呈上給皇帝。皇帝看了，站起來負著手，只在殿中來回踱著步子，聽那西洋大自鳴鐘嚓嚓地響著。梁九功侍立在那裡，心裡只是著急。

皇帝吁了一口氣，吩咐道：「起駕，朕去瞧瞧。」

梁九功只叫了聲：「萬歲爺……」皇帝淡淡地道：「閉嘴，你要敢囉嗦，朕就打發你去北五所當穢差。」梁九功哭喪著臉道：「萬歲爺，若叫人知道了，只怕眞要開銷奴才去涮馬桶，到時候萬歲爺就算想再聽奴才囉嗦，只怕也聽不到了。」皇帝心中焦慮，也沒心思理會他的插科打諢，只道：「那就別讓人知道，你和趙昌陪朕去。」

梁九功見勸不住，只得道：「外面雪下得大了，萬歲爺還是加件衣裳吧。」便去喚畫珠，取了皇帝的鴉青羽緞斗篷來。趙昌擎了青綢大傘，梁九功跟在後頭，三人卻是無聲無息就出了乾清宮。一出垂花門，雪大風緊，風夾著雪霰子往臉上刷來，皇帝不由打了個寒顫，梁九功忙替他將風兜的條子繫好。三個人衝風冒雪，往西六宮裡去。

雪天陰沉，天黑得早，待得至儲秀宮外，各宮裡正上燈。儲秀宮本來地方僻靜，皇帝抬頭瞧見小太監正持了蠟扦點燈，耳房裡有兩三個人在說話，語聲隱約，遠遠就聞著一股藥香，卻是無人留意他們三人進來。因這兩日各宮裡差人來往是尋常事，小太監見著，只以爲是哪宮裡打發來送東西的。見他們直往上走，便攔住了道：「幾位是哪宮裡當差的？主子這會子歇下了。」

皇帝聽到後一句話，微微一怔。梁九功卻已經呵斥道：「小猴兒崽子，跟我來這一套。我是知道你們的，但凡有人來了，就說主子歇下了。」那小太監這才認出他來，連忙打個千兒，道：「梁諳達，天黑一時沒認出您來。這兩日來的人多，是御醫吩咐主子要靜養，只好說歇下了。」只以爲梁九功是奉旨過來，也未嘗細看同來的二人，便打起了簾子。梁九功見皇帝遲疑了一下，於是也不吱聲，自己伸手掀著那簾子，只一擺頭，示意小太監下去，皇帝卻已經踏進了檻內。

本來過了二月二，各宮裡都封了地炕火龍。獨獨這裡有太皇太后特旨，還籠著地炕。屋裡十分暖和，皇帝一進門，便覺得暖氣往臉上一撲，卻依舊夾著藥氣。外間屋內無人，只爐上銀吊子裡熬著細粥，卻煮得要沸出來了。皇帝一面解了頷下的絛子，趙昌忙替他將斗篷拿在手裡。皇帝卻只是神色怔忡，瞧著那大紅猩猩氈的簾子。

梁九功搶上一步，卻已經將那簾子高高打起。皇帝便進了裡間，裡面新鋪的極厚地毯，皇帝腳上的鹿皮油靴踩上去，軟軟綿綿陷下寸許來深，自是悄無聲息，不知爲何，一顆心卻怦怦直跳。

雪漸漸地停了，那夜風刮在人臉上，直如刀割一般。趙昌站在簷下，凍得直呵手，遠遠瞧見一盞瓜皮燈進了院門，待得近了，借著廊下風燈朦朧的光，方瞧見是宮女扶著一個人，一身大紅羽緞的斗篷，圍著風兜將臉擋去大半。趙昌怔了一下，這才認出是誰來，忙打個千兒：「給惠主子請安。」

惠嬪見是他，以為是皇帝差他過來，便點一點頭，徑直欲往殿內去。趙昌卻並不起身，直挺挺跪在那裡，又叫了一聲：「惠主子。」惠嬪這才起了疑心。梁九功已經打裡面出來了，只默不作聲請了個安。惠嬪見著他，倒吃了一驚，怔了怔才問：「萬歲爺在裡面？」梁九功並不答話，微笑道：「主子若有要緊事，奴才這就進去回一聲。」

惠嬪道：「哪裡會有要緊事，不過來瞧瞧她——我明兒再來就是了。」扶著宮女的手臂，款款拾階而下。梁九功目送她走得遠了，方轉身進殿內去，在外間立了片刻，皇帝卻已經出來了。梁九功見他面色淡然，瞧不出是喜是憂，心裡直犯嘀咕，忙忙跟著皇帝往外走，方走至殿門前，眼睜睜瞅著皇帝木然一腳踏出去，忙低叫一聲：「萬歲爺，門檻！」虧得他這一聲，皇帝才沒有絆在那檻上。他搶上一步扶住皇帝的手肘，低聲道：「萬歲爺，您這是怎麼啦？」皇帝定了定神，口氣倒似是尋常：「朕沒事。」目光便只瞧著廊外黑影幢幢的影壁，廊下所懸的風燈極暗，梁九功只依稀瞧見他唇角略略往下一沉，旋即面色如常。

趙昌見著他二人出來，上來替皇帝圍好了風兜。待出了垂花門，順著長長的永巷走著，趙昌這才覺出不妥來，皇帝的步子卻是越走越快，他與梁九功氣喘吁吁地跟著，那冷颼颼的夜風直往口鼻中灌，喉嚨裡像是鈍刀子割著似的，刺刺生刺了一般。梁九功見皇帝逕往北去，心下大驚，直連趕上數步，喘著氣低聲道：「萬歲爺，宮門要下鑰了。」皇帝默不作聲，腳下並未停步，夜色朦朧裡也瞧不見臉色。他二人皆是跟隨御前多年的人，心裡七上八下，交換了一個眼色，只得緊緊隨著皇帝。

一直穿過花園，至順貞門前。順貞門正在落鑰，內庭宿衛遠遠瞧見三人，大聲喝問：「是誰？宮門下鑰，閒雜人等不得走動。」梁九功忙大聲叱道：「大膽，御駕在此。」內庭宿衛這才認出竟然是皇帝，直嚇得撲騰跪下去行禮，皇帝卻只淡淡說了兩個字：「開門。」內庭宿衛「嗻」了一聲，命數人合力，推開沉重的宮門。梁九功心裡隱隱猜到了五六分，知萬萬不能勸，只得跟著皇帝出了順貞門。神武門的當值統領見著皇帝步出順貞門，只嚇得率著當值侍衛飛奔迎上，老遠便呼啦啦全跪下去。那統領硬著頭皮磕頭道：「奴才大膽，請皇上起駕回宮。」

皇帝淡淡地道：「朕出來走一走就回去，別大驚小怪的。」那統領只得「嗻」了一聲，率人簇擁著皇帝上了城樓。

雪雖停了，那城樓之上北風如吼，吹得皇帝身上那件羽緞斗篷撲撲翻飛。趙昌只覺得風吹得寒徹入骨，只打了個哆嗦，低聲勸道：「萬歲爺，這雪夜裡風賊冷賊冷，萬歲爺萬金之軀，只怕萬一受了風寒，還是起駕回去吧。」皇帝目光卻只凝望著那漆黑的城牆深處，過了許久，方才道：「朕去走一走再回去。」

梁九功無法可想，只得向趙昌使個眼色。趙昌道：「那奴才替萬歲爺照著亮。」皇帝默不作聲，只伸出一隻手來。趙昌無可奈何，只得將手中那鏨鎏銀玻璃燈雙手奉與皇帝，見皇帝提燈緩步踱向夜色深處，猶不死心，亦步亦趨地跟出數步。皇帝驀然回過頭來，雙眼如寒星微芒，那目中森冷，竟似比夜風雪氣更寒甚。他打了個寒噤，只得立在原處，眼睜睜瞧著那玻璃燈的一星微光，漸去漸遠。

眾人佇立在城樓之上，風寒凜冽，直吹得人凍得要麻木了一般。梁九功心中焦灼萬分，雙眼直直盯著遠處那星微光。趙昌也一瞬不瞬死死盯著，那盞小小的燈火，在夜風中只是若隱若現。眾人皆是大氣也不敢出，惟聞北風嗚咽，吹著那城樓簷角所懸銅鈴，在風中匡啷匡啷響著。那盞燈光終於停在了極遠深處，過了良久，只是不再移動。

梁九功覺得全身上下都麻木了，那寒風似乎一直在往胸腔子裡灌著，連眨一眨眼睛也是十分吃力，先前還覺得冷，到了此時，連冷也不覺得了，似乎連腦子都被凍住了一般，只聽自己的一顆心，在那裡撲通撲通跳著，儘管跳著，卻沒有一絲暖意泛出來。就在此時，卻瞅著那盞燈光突然飛起劃過夜幕，便如一顆流星一樣直墜飛下，剎那間便跌入城牆下去了。梁九功大驚失色，只嚇得脫口大叫一聲：「萬歲爺！」便向前飛奔。

眾人皆嚇得面無人色，那統領帶著侍衛們，飛奔向那城牆上去，直一口氣奔出兩箭之地，方瞧見皇帝好端端立在雉堞之前，這才放下心來。梁九功背心裡的衣裳全都汗濕透了，只連連磕頭，道：「萬歲爺，您可嚇死奴才了。奴才求萬歲爺保重聖躬。」

皇帝微微一笑，侍衛們手裡皆提著羊角風燈，拱圍在他身側，那淡淡的光亮照著，皇帝的臉色倒似泰然自若：「朕不是好端端的麼？」極目眺望，寒夜沉沉，九城寥寥的人家燈火，盡收眼底。皇帝唇角上揚，倒似笑得十分舒暢：「你瞧，這天下全是朕的，朕爲什麼不保重朕躬？」梁九功聽他口氣中殊無半分喜怒之意，心裡只是惶然到了極點，只得又磕了一個頭，耳中卻聽皇帝道：「起駕回宮吧。」

待回到乾清宮，梁九功怕皇帝受了風寒，忙命人備了熱水，親自侍候皇帝洗了澡。皇帝換了衣裳，外頭只穿了團壽倭緞面子的狐腋。梁九功賠笑道：「這暖閣裡雖不冷，萬歲爺剛洗完澡，身上的汗毛都是鬆的。夜已經深了，萬歲爺若是還看摺子，再加上件大毛的衣服吧。」皇帝懶怠說話，只揮了揮手。梁九功就叫畫珠去取了件玄狐來，侍候皇帝穿上。皇帝隨口問：「有什麼吃的沒有？」

皇帝本沒有用晚膳，想必此時餓了。梁九功不覺鬆了口氣：「回萬歲爺的話，備的有克食，有乳酪，有南邊剛進的粳米熬的粥。」

皇帝道：「那就點心和酪吧。」

梁九功道：「是。」又問：「萬歲爺還是用杏仁酪嗎？」皇帝道：「朕吃膩了，換別的。」梁九功又應了個「是」，走出去叫尚膳的太監預備。過不一會兒，就送了來四樣點心，乃是鵝油鬆瓤卷、榛仁栗子糕、奶油芋卷、芝麻薄脆，並一碗熱氣嫋嫋的八寶甜酪。皇帝執了銀匙，只嚐了一口酪，就推開碗去。梁九功賠笑道：「萬歲爺是不是覺得不甜？奴才再加上些糖。」打開大紅雕漆盤中擱的小銀糖罐子，又加了半匙雪花洋糖。皇帝抬起頭來，看見畫珠站在地下，便向她招了招手。畫珠上前來，皇帝指了指面前的那碟鵝油鬆瓤卷，說：「這個賞妳了。」

畫珠既驚且喜，忙笑吟吟請了個安，道：「謝萬歲爺。」

皇帝見她雙頰暈紅，十分歡欣的樣子，問：「妳進宮幾年了？」

「奴才進宮三年了。」

皇帝「嗯」了一聲，又問：「宮裡好不好？」

她答：「宮裡當然好。」

皇帝卻笑了，那樣子像是十分愉悅，只是眼睛卻望著遠處的燭火：「妳倒說說，宮裡怎麼個好法？」

她答：「在宮裡能侍候萬歲爺，當然好。」

皇帝又「嗯」了一聲，自言自語一樣：「在宮裡能侍候朕，原來是好。」畫珠道：「能夠侍候萬歲爺，那是奴才幾輩子才能修來的福分。」因她站在紗燈之下，照著她穿的青綢一鬥珠羔皮襖子，身姿楚楚。皇帝忽然道：「妳鈕子上繫的手絹，解下來給朕瞧瞧。」

畫珠怔了一下，忙解下來雙手奉與皇帝。皇帝見那素白絹子，四角繡著四合如意雲紋，手心裡虛虛地生了汗意，不由自主攥得緊了，過了好一會子，方問：「這手絹是妳繡的？」畫珠道：「回萬歲爺的話，這絹子原是衛主子的。衛主子還在乾清宮當差的時候，奴才原來和她好，所以給了奴才這個。」

皇帝臉上神色十分恍惚，過了好一會子，向她伸出手去。她受寵若驚，又有幾分誠惶誠恐，遲疑了片刻，終於怯怯地將自己的手交給皇帝。皇帝握著她的手，她只覺得皇帝的手心滾燙，指尖卻是微涼的，並不甚用力地捏著自己的手，彷佛隨時都會鬆開。她心中惶惑，身側的燭台上燭焰跳了一跳，就像是在夢境裡一樣。

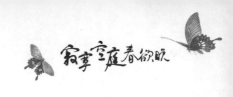

皇帝的聲音聽起來十分遙遠：「朕冊封妳做貴人吧。」

她嚇了一跳，立時答：「奴才不敢。」便欲跪下去。皇帝手上卻加了勁，她不知是掙開好，還是不掙扎好，就這麼一遲疑，已經被皇帝攬入懷中。御衣袖襟間的龍涎薰香，夾雜著清雅的西洋夷皀的味道，還有皇帝身上那種陌生的男子氣息。她頭暈目眩，本能地想掙開去，皇帝的氣息卻暖暖地拂在臉上：「別動。」她身子一軟，再無半分氣力。皇帝的聲音就在頭頂上，聽起來既陌生，又熟悉，很低，語音零亂並不清楚：「就這樣……別動……」

她素來膽大，此時手足痠軟，腦中竟然是一片茫然，渾身的力氣都像是突然被抽光了，連移動一個小指頭也不能。皇帝就那樣靜靜地攬著她，窗外風聲蕭瑟，吹得那綿厚的窗紙微微鼓起。遠遠聽到坼聲，篤篤的一聲，又一聲，像敲在極遠的荒野一般。她的手臂漸漸地發了麻，痹意瘆地順著手肘竄上去。皇帝卻依舊一動不動，彷彿過了許久，才聽到他的聲音，似透著無盡的倦意：「這麼久以來，朕以為妳懂得……」

他的呼吸拂在她的頸間，她抬起臉來，雙唇顫抖著，像是不知道說什麼才好。皇帝遲疑了一下，終於吻在她的唇上，他的唇冰冷不帶絲毫溫度。她臉上滾燙，身上也似燃著一把火，慢慢地伸出手去，回抱住皇帝的身軀。

琳琅調養了月餘，方漸漸有了起色，這日終於可以下地走動。方吃過了藥，琳琅見碧落進來，神氣不同往日，便問：「怎麼了？」碧落欲語又止，可是依著規矩，主子問話是不能不答的，想了一想，說道：「奴才打慈寧宮回來，聽崔諳達說起皇上……」她這樣吞吞吐吐，琳琅問：「皇上怎麼了？」碧落道：「說是萬歲爺聖躬違和。」琳琅一怔，過了片刻方問：「聖躬違和，那太醫們怎麼說？」

聖躬不豫已經不是一日兩日，太醫院院判劉勝芳的脈案，起初不過脈象浮緊，只是外感風寒，積消不鬱，吃了兩劑方子，本已經見汗發透了，皇帝便出宮去了南苑。路上棄輿乘馬，至南苑後略感反覆，卻仍未聽御醫的勸阻，於丙子日抱恙大閱三軍，勞累之下，當晚便發起高熱，數日不退，急得太皇太后又打發李穎滋、孫之鼎二人趕赴南苑。三位太醫院院史商量著開方，依著規矩，脈案除了呈與太皇太后、太后，只得昭告閣部大臣聖躬違和。除了依舊脈象浮緊，形寒無汗之外，又有咳嗽胸脅引痛，氣逆作咳，痰少而稠，面赤咽乾，苔黃少津，脈象弦數。

碧落從崔邦吉口中輾轉聽來，本就似懂非懂，琳琅再聽她轉述，只略略知道是外感失調，病症到了此時程度，卻是可大可小，既然昭告群臣，必然已經是病到不能理政，默默坐在那裡，心中思緒繁雜，竟沒有一個念頭抓得住。

碧落只得勸道：「主子自己的身子才好了些，可不能過於著急。萬歲爺乃萬乘之尊，自是百神呵護，且太醫院那些院史御醫寸步不離地守在南苑，必是不要緊的。」見琳琅仍是怔忡不安的樣子，也只有一味地講些寬心話。

琳琅坐在那裡，出了半晌的神，卻道：「我去給太皇太后請安。」碧落道：「天氣雖然暖和，主子才調養起來，過幾日再去也不妨。」琳琅輕輕搖一搖頭，道：「拿大衣裳來吧。」

她身體猶虛，至慈寧宮外，已經是一身薄汗，略理了妝容衣裳，方進去先行了禮。太皇太后端坐在炕上，依舊是慈愛平和，只叫人：「快攙起來。」又道：「可大好了？總該還養幾日才是，瞧妳說話中氣都還不足。」琳琅謝了恩，太皇太后又賜了座，她這才見著佟貴妃陪坐在西首炕上，眼圈微紅，倒似哭過一般。

太皇太后放下茶盞，對琳琅道：「瞧著妳好了，也叫人安心。」忽聞太監通傳：「啓稟太皇太后，太子爺來了。」

太子年方七歲，比起尋常孩子，略顯少年老成，畢恭畢敬地向太皇太后行了禮，又向佟貴妃見了禮，見著琳琅，只略一遲疑，烏黑明亮的眼睛裡透出一絲疑惑，太皇太后已經伸手道：「保成，來跟著我坐。」

太子挨著她依依在膝下坐了，太皇太后道：「聽說你想去南苑，難得你有這份孝心，你皇阿瑪身子不豫，南苑那邊，本來就不比宮裡周全。」太子道：「太皇太后，您就讓我去吧。我去侍候皇阿瑪湯藥，擔保不給皇阿瑪添亂。」太皇太后不由笑道：「好孩子，難得你有這份心，你皇阿瑪知道一定歡喜。」太子聞她語中有應允之意，只喜孜孜起身打了個千兒：「謝太皇太后。」

太皇太后便囑咐蘇茉爾：「告訴跟著太子的人，要好好地侍候著。還有太子的輿轎，要嚴嚴實實的，雖然天氣暖和，但路上風大。再告訴他們，路上的關防可要仔細了，若有什麼事，我第一個不饒他們。」

蘇茉爾一一答應著。太皇太后又問太子：「保成，你獨個兒走那樣遠的路，怕不怕？」太子搖搖頭，道：「不怕，有諳達嬤嬤跟著，還有師傅們呢。」太皇太后點一點頭，道：「眞是好孩子。」向琳琅道：「其實南苑地方安靜，倒便於養病。妳身子才好，過去歇兩天，比在宮裡自在，就跟太子一塊兒過去，路上也好有個照應。」

琳琅只得站起身來，應了個「是」。

卻說佟貴妃回到自己宮中，正巧惠嬪過來說話，惠嬪見她略有憂色，只道：「也不知道皇上如今可大安了，南苑來的信兒，一時這樣說，一時又那樣講，直說得我這心裡七上八下的。」佟貴妃道：「今兒聽見太皇太后答應太子，讓他過去給皇上請安。」惠嬪道：「難爲太子，年紀雖小，眞正懂事。」頓了頓，又道：「姐姐何不也請了太皇太后懿旨，去瞧瞧皇上？順便也好照應太子。他到底是孩子，南苑雖近，這一路總是不放心。」

佟貴妃輕輕歎了口氣，道：「太皇太后想得自是周到。」惠嬪聽她似是話中有話，但素知這位貴妃謹言愼行，不便追問，回到自己宮中，才叫人去打聽，這才知道太皇太后命琳琅去南苑。

惠嬪只是坐臥不寧。承香見著她的樣子，便順手接了茶自奉與惠嬪，又悄悄地命衆人都下去了，方低聲道：「主子別太焦心。」

惠嬪道：「妳叫我怎麼不焦心。」頓了頓又道：「瞧那日咱們去儲秀宮的情形，必然是萬歲爺在屋裡——竟連規矩忌諱都顧不得了，這琳琅……」說到名字，又輕輕咬一咬牙：「皇上如今病成這樣子，不過是爲了——」到底忍住了話，只說：「如今太皇太后，又還在中間周全。」

承香道：「主子且寬心，憑她如何，也越不過主子您去。何況如今瞧這情形，萬歲爺不是終究惱了她麼？」

惠嬪道：「就算這回是眞惱了她，不怕一萬，就怕萬一。她若知道衛家當日是如何壞的事，必生嫌隙。她萬一得了機會，在皇上面前稍稍挑撥兩句，咱們的日子可就難過了。」

承香道：「主子不是常說，萬歲爺素來將前朝與後宮分得極清，不徇私情麼？」惠嬪道：「這話如何能說得準，就算皇上那裡她潑不進什麼壞水去，底下人奉承她，明的暗的總會讓我們吃虧。妳瞧瞧如今這情形，連太皇太后都在旁邊維護她，還不是因爲皇上心中有她的緣故？當日阿瑪的意思，送她來應選，以爲她必是選得上，待放出去，也是二十多歲的老姑娘了，嫁不到什麼好人家，沒想到反倒弄巧成拙。如今倒教我們大費手腳。」

承香想了想，道：「那日老太太不是進宮來——只可惜四太太沒來，不然也有個商量。」惠嬪只管出神，過了許久方道：「老太太這麼些年是蒙在鼓裡，這樣的事，總不好教她老人家知道。」伸手接了茶，輕輕歎口氣：「走一步算一步吧，若是萬歲爺始終不肯撂開手，咱們可沒法子。但萬歲爺曾那樣看重她，自然有人恨得牙癢癢。咱們只管往後瞧，到時四兩撥千斤，可就省心省力了。」

天氣暖和，官道兩旁的楊柳依依，只垂著如碧玉妝成，輕拂在那風裡，熏風裡吹起野花野草的清香，怡人心脾。太子只用了半副儀仗，亦是從簡的意思。琳琅的輿轎隨在後列，只聞扈從車馬聲轆轆，心如輪轉，直沒個安生。

錦秋數年未出宮，此番出來自是高興。雖礙著規矩未敢說笑，但從象眼窗內偶然一瞥外間景物，那些稼軒農桑，那些陌上人家，眼裡不禁閃過一絲歡喜。琳琅瞧著她的樣子，心裡卻微微生出難過來，柔聲問：「錦秋，妳就要放出去了吧？」

錦秋道：「回主子話，奴才是今年就要放出去了。」琳琅輕輕歎了口氣，低聲道：「今年就要放出去了──可以家去了。」只望著象眼格窗外，簾帷讓風吹得微微拂動，那碧藍碧藍的天，並無一絲雲彩，望得久了，叫人只想脅下生翼，能飛入那晴霄深處去。

天氣晴好，官道寬闊筆直，尋常來往的行人車馬早就被關防在數里之外，所以行得極快，未至晌午，便到了南苑。琳琅大病初癒，半日車轎勞頓，未免略有幾分疲乏。南苑的總管早就派人灑掃了偏殿，太子進殿中更衣，琳琅也去下處換過衣裳，自有人去知會梁九功稟報皇帝。

皇帝發著高熱已有數日，這日略覺稍好了些，掙扎起來見了索額圖與明珠，問四川的戰事。徐治都大敗叛將楊來嘉，復巫山，進取夔州。楊茂勳復大昌、大寧。皇帝聽了，心中略寬。明珠又呈上福建水師提督萬正色敗海寇於海壇的報捷摺子，皇帝這才道：「這個萬正色，到底沒辜負朕。」

明珠道：「皇上知人善用，當日萬正色外放，皇上曾道此人兵法精妙，性情剛毅，可防鄭患。如今看來，皇上眞是明見萬里，獨具慧眼。」皇帝欲待說話，卻是一陣大咳，梁九功忙上來替侍候，皇帝咳嗽甚劇，明珠與索額圖本來皆蒙賜座，此時不由自主都從小杌子上站了起來，一旁宮女手忙腳亂，奉上熱奶子。皇帝卻掙扎著擺手示意不用，過了半晌才漸漸平復下來，極力地壓抑咳喘：「朕都知道了，你們先下去辦差吧。」

明珠與索額圖跪下磕了頭，皆道：「請皇上保重聖躬。」卻行後退。皇帝突然又喚：「明珠，你留下來。」明珠忙「嗻」了一聲，垂手侍立。

皇帝卻許久未說話，太監宮女做事皆是輕手輕腳，殿中只聞皇帝時時咳嗽數聲，明珠心中納悶，皇帝卻拾起枕畔那柄白玉如意，在手中把玩，道：「你昨兒遞的這柄如意，朕瞧著甚是喜歡。」又咳嗽幾聲，道：「朕記得見過的那柄紫玉如意，容若是否贈給人了？」明珠不知首尾，只道：「奴才這就去問——想是贈與友人了吧。」皇帝道：「朕不過白問一句，你若回去一提，若叫旁人知道，豈不以為朕想著臣子的東西。」明珠悚然冷汗，只連聲道：「是，是。奴才愚鈍。」皇帝又咳嗽起來，強自揮手，明珠忙磕頭跪安。

梁九功侍候皇帝半臥半躺下，覷見皇帝精神猶可，便回道：「太子爺請了太皇太后懿旨，來給萬歲爺您請安呢。」皇帝果然略略歡喜：「難為他——他那幾個師傅，確實教得好。」又咳起來，只說：「他既來了，就叫他來。」

皇帝見了太子，先問太皇太后與太后是否安好，再問過功課，太子一一答了。皇帝本在病中，只覺得身上焦灼疼痛，四肢百骸如在炭火上烤著，自己知道又發熱起來，勉強又問了幾句話，便叫太子跪安了。

太監上來侍候皇帝吃藥，梁九功想了一想，終於還是道：「萬歲爺，衛主子也來了。」皇帝將那一碗藥一口飲盡，想是極苦，微微皺一皺眉頭。方漱了口，又咳嗽不止，直咳得似是要掏心挖肺一般，全身微微發顫，半伏在那炕几之上，梁九功忙替他輕輕撫著背心。皇帝終於漸漸忍住那咳喘，卻道：「叫她回去，朕……」又咳了數聲，道：「朕不見她。」

梁九功只得賠笑道：「衛主子想是大好了，這才巴巴兒請了旨來給萬歲爺請安。萬歲爺就瞧她這麼老遠……」話猶未落，皇帝已經拿起枕畔的如意，只聞「砰」一聲，那如意已經被皇帝擊在炕几上，四濺開來，落了一地的玉碎粉屑，直嚇得太監宮女全都跪了一地，梁九功打個哆嗦也跪了下去。皇帝道：「朕說不見……」言猶未畢，旋即又伏身大咳，直咳得喘不過氣來。

因著天氣暖和，殿前的海棠開了，如丹如霞，嬌豔欲滴，花枝斜出橫逸，在微風中輕輕搖曳，映在那素白的窗紗上，花影一剪便如描畫繡本。

梁九功輕輕咳嗽一聲，道：「萬歲爺既然有這樣的旨意，主子明兒就回宮去吧。主子身子才好，回去靜靜養著也好。」

琳琅瞧著窗紗上的海棠花影，緩緩問：「萬歲爺還說了什麼？」

梁九功道：「萬歲爺並沒有說旁的。」想了一想，又說：「按理說咱們當奴才的，不應該多嘴，可是那次萬歲爺去瞧主子……」又頓了一頓，不知該如何措辭。琳琅略一揚臉，錦秋屈膝行了個禮，便退下去了。

她微微生了憂色，說：「梁諳達，上次皇上去瞧我，我正吃了藥睡著，十分失儀，醒來皇上已經走了。我問過錦秋，她說是萬歲爺不讓叫醒的。不知是不是我夢中無狀，御前失儀。」

梁九功本擔心她失子傷痛之下說出什麼話來與皇帝決裂，以致鬧成如今局面，聽她這樣講，不禁微鬆了口氣，道：「主子好好想想當日的情形，是不是哪裡無意衝撞了聖意。奴才的話，也只能說這麼多了。」琳琅道：「諳達一直照顧有加，我心裡都明白，可這次的事，我實實摸不著首尾。」

梁九功是何等的人物，只是這中間牽涉甚廣，微一猶豫，琳琅已經從炕上站起來，望著他緩緩道：「這一路來的事端，諳達都看在眼裡，諳達一直都是全心全意替皇上打算。皇上既巴巴兒打發諳達過來叫我回去，必有深意。琳琅本不該問，可是實實地不明白，所以還求諳達指點。」

梁九功聽她娓娓道來，極是誠懇，心中卻也明白，皇帝今日如此惱她，心底卻實實最是看重她，日後這位主子的聖眷如何，自己可真估摸不準，眼下無論如何，不敢不為自己留著退步。當下賠笑說：「萬歲爺的性子，主子還有什麼不明白？奴才是再卑賤不過的人，萬歲爺的心思，奴才萬萬不敢揣摩。」頓了頓道：「自打那天萬歲爺去瞧過主子，一直沒說什麼。今兒倒有樁事，不知有沒有干係——萬歲爺突然問起納蘭大人的一柄紫玉如意。」

琳琅聽到提及容若，心中卻是一跳，心思紛亂，知道皇帝向來不在器皿珠玉上留神，心中默默思忖，只不知是何因由，百思不得其解。待梁九功走後，怔怔地出了半晌神，便叫過錦秋來問：「那日端主子打發人送來的紫玉如意，還說了什麼？」

錦秋倒不防她巴巴兒想起來問這個，答：「端主子只說給主子安枕，並沒說什麼。」

琳琅想了想，又問：「那日萬歲爺來瞧我，說了些什麼？」

錦秋當日便回過她一遍，今日見她又問，只得又從頭講了一遍：「那日萬歲爺進來，瞧見主子睡著，奴才本想叫醒主子，萬歲爺說不用，奴才就退出去了。過了不大會子，萬歲爺也出來了，並沒說什麼。」

琳琅問：「皇上來時，如意是放在枕邊嗎？」

錦秋心中糊塗，說：「是一直擱在主子枕邊。」

她的心裡漸漸生出寒意來，微微打了個寒噤。錦秋見她唇角漸漸浮起笑意，那笑裡卻有一縷淒然的悲涼，心中微覺害怕，輕聲問：「主子，您這是怎麼啦？」

琳琅輕輕搖一搖頭，道：「我沒事，就是這會子倒覺得寒浸浸的，冷起來了。」錦秋忙道：「雖是大太陽的晴天，可是有風從那隔扇邊轉出來，主子才剛大好起來，添件衣裳吧。」取了夾衣來給她穿上。她想了一想，說：「我去正殿請旨。」

錦秋見她這樣說，只得跟著她出來，一路往南宮正殿去，方走至廡房跟前，正巧遙遙見著一騎煙塵，不由立住了腳，只以爲是要緊的奏摺。近了才見著是數匹良駿，奔至垂華門外皆勒住了，惟當先的一匹棗紅馬奔得發興，一聲長嘶，這才看清馬上乘者，大紅洋縐紗斗篷一翻，掀開那風兜來，竟是位極俊俏的年輕女子。小太監忙上前拉住了馬，齊刷刷地打了個千兒：「給宜主子請安。」

那宜嬪下得馬來，一面走，一面解著頸中繫著的嵌金雲絲雙條，只說：「都起來吧。」解下了斗篷，隨手便向後一擲，自有宮女一屈膝接住，退了開去。

琳琅順著簷下走著，口中問錦秋：「那是不是宜主子？」錦秋笑著答：「可不就是她，除了她，後宮裡還有誰會騎馬？萬歲爺曾經說過，唯有宜主子是眞正的滿洲格格。前些年在西苑，萬歲爺還親自教宜主子騎射呢。」說到這裡，才自察失言，偷覷琳琅臉色，並無異樣，只暗暗失悔。已經來至正殿之前，小太監通傳進去，正在此時，卻聽步聲雜遝，數人簇擁而來。當先一人正是適才見著的宜嬪，原來已經換過衣裳，竟是一身水紅妝緞窄袼箭袖，雖是女子，極是英氣爽朗。見著琳琅，略一頷首，卻命人：「去回皇上，就說太后打發我來給皇上請安。」

小太監答應著去了，宜嬪本立在下風處，卻突然聞到一陣幽幽香氣，非蘭非麝，更不是尋常脂粉氣，不禁轉過臉來，只見琳琅目光凝視著殿前一樹碧桃花，那花開得正盛，豔華濃彩，紅霞燦爛，襯得廊廡之下皆隱隱一片彤色。她那一張臉龐直如白玉一般，並無半分血色，卻是楚楚動人，令身後的桃花亦黯然失色。

卻是梁九功親自迎出來了，向宜嬪打了個千兒，道：「萬歲爺叫主子進去。」宜嬪答應了一聲，早有人高高挑起那簾子來。宜嬪本已經走到門口，忍不住又回過頭去，只見琳琅立在原處，人卻是紋絲未動，那目光依舊一瞬不瞬望在那桃花上，其時風過，正吹得落英繽紛，亂紅如雨，數點落花飄落在她衣袂間，更有落在她烏亮如雲的髮髻之上，微微顫動，終於墜下。

宜嬪進了殿中，梁九功倒沒有跟進去，回過頭來見琳琅緩緩拂去衣上的花瓣。又一陣風過，那更多的紅瓣紛揚落下，她便垂下手不再拂拭了，任由那花雨落了一身。梁九功欲語又止，最後只說：「主子還是回宮去吧。」

琳琅點一點頭，走出數步，忽然又止住腳步，從袖中取出玉佩，道：「梁諳達，煩你將這個交給皇上。」梁九功只得雙手捧了，見是一方如意龍紋漢玉佩，玉色晶瑩，觸手溫潤，玉上以金絲嵌著四行細篆銘文，乃是「情深不壽，強極則辱。謙謙君子，溫潤如玉」，底下結著明黃雙穗，便知是御賜之物。這樣一個燙手山芋拿在手裡，眞是進退兩難。只得賠笑道：「主子，日子還長著呢，等過幾日萬歲爺大好了，您自個兒見了駕，再交給萬歲爺就是了。」

琳琅見他不肯接，微微一笑，說：「也好。」接回那玉拿在手中，對錦秋道：「咱們回去吧。」

宜嬪進得殿中，殿中本極是敞亮，新換了雪亮剔透的窗紗，透映出簷下碧桃花影，風吹拂動，夾著一絲若有若無的幽香。她腳上是麂皮小靴，落足本極輕，只見皇帝靠在大迎枕上，手中拿著摺子，目光卻越過那摺子，直瞧著面前不遠處的炕几上。她見那炕几上亦堆著的是數日積下的奏摺，逆料皇帝又是在為政事焦心，便輕輕巧巧請了個安，微笑喚了一聲：「皇上。」

皇帝似是乍然回過神來，欠起身來，臉上恍惚是笑意：「妳來了。」稍稍一頓，卻又問她：「妳怎麼來了？」宜嬪道：「太后打發我來的。」見皇帝臉色安詳，氣色倒漸漸回復尋常樣子。皇帝卻咳嗽起來，她忙上前替他輕輕捶著背。他的手卻是冰冷的，按在她的手背上。她心裡不知為何有些擔心起來，又叫了一聲：「皇上。」皇帝倒像是十分疲倦，說：「朕還有幾本摺子看，妳在這裡靜靜陪著朕。叫他們拿香進來換上，這香不好，氣味熏得嗆人。」

地下大鼎裡本焚著上用龍涎香，宜嬪便親自去揀了蘇合香來焚上，此香本是寧人心神之用。見皇帝凝神看著摺子，偶爾仍咳嗽兩聲。那風吹過，簷外的桃花本落了一地，風捲起落紅一點，貼在了窗紗之上，旋即便輕輕又落了下去，再不見了。

宜嬪想起皇帝昔日曾經教過自己的一句詩：「一片花飛減卻春，風飄萬點正愁人。」那時是在西苑，正是桃花開時，她在燦爛如雲霞的桃花林中馳馬，皇帝含笑遠遠瞧著，等她喘吁吁翻身下馬，他便唸給她聽這句詩，她只是粲然一笑：「臣妾不懂。」皇帝笑道：「朕知道妳不懂，朕亦不期望妳懂，懂了就必生煩惱。」

可是今日她在簷下，瞧著那後宮中議論紛紜的女子，竟然無端端就想到了這一句，心中不知是什麼滋味，只覺得悶悶不好受。她本坐在小杌子上，仰起臉來，卻見皇帝似是無意間轉過臉去，望著簷下那碧桃花，不過瞬息又低頭瞧著摺子，殿中只有那蘇合香縈縈的細煙，四散開去。

花冷回心

冷香縈遍紅橋夢，夢覺城笳。月上桃花，雨歇春寒燕子家。
箜篌別後誰能鼓，腸斷天涯。暗損韶華，一縷茶煙透碧紗。

——納蘭容若〈採桑子〉

一進三月裡，便是花衣期。爲著萬壽節將近，宮裡上上下下皆要換蟒袍花衣。佟貴妃春上犯了咳嗽，精神不濟，只歪在那裡看宮女們檢點著內務府新呈的新衣，七嘴八舌喜孜孜地說：「主子您瞧，這些都是今年蘇州織造新貢的，這繡活比湘繡、蜀繡更細密雅致呢。」正說得熱鬧，德嬪與端嬪都來了，端嬪甫進門便笑道：「姐姐可大安了？今兒姐姐的氣色倒好。」見擺了一炕的五光十色、光彩流離的綾羅綢緞，不由笑道：「這些個衣料攤在這裡，乍一見著，還以爲姐姐是要開綢緞鋪子呢。」

佟貴妃略略欠起身來，淡淡地道：「勞妹妹惦記，身上已經略好了些。這些衣服料子都是內務府呈進，皇上打發人送過來，叫我按例派給六宮。妳們來得巧，先挑吧。」

端嬪笑道：「瞧貴妃姐姐這話說的，您以副后署理六宮，哪有我們挑三揀四的道理，左不過妳指哪樣我就拿哪樣唄。」

佟貴妃本欲說話，不想一陣急咳，宮女忙上來侍候巾櫛。德嬪見她咳得滿面通紅，不由道：「姐姐要保重，這時氣冷一陣，暖一陣，最易受寒。」佟貴妃吃了茶，漸漸安靜下來，向炕上一指，道：「向來的規矩，嬪位妝花蟒緞一匹，織金、庫緞亦各兩匹。妳們喜歡什麼花樣，自個兒去挑吧。」

正說著話，宮女來回：「宜主子給貴妃請安來了。」德嬪道：「今兒倒巧，像是約好的。」

宜嬪已經走進來，時氣暖和，不過穿著織錦緞福壽長青的夾衣，外面卻套著香色琵琶襟坎肩。端嬪笑道：「妳們瞧她，偏要穿得這樣俏皮。」宜嬪對佟貴妃肅了一肅，問了安好，佟貴妃忙命人攙起，又賜了座。端嬪因見宜嬪那香色坎肩上一溜的珍珠鈕子，粒粒渾圓瑩白，不由輕輕「哎喲」了一聲，道：「妹妹衣裳上這幾顆東珠真漂亮。皇上新賞的？」

她這一說，佟貴妃不由抬起頭來。宜嬪道：「這明明是珍珠，哪裡是東珠了。再借我十個膽子，我也不敢用東珠來做鈕子啊。」端嬪輕笑了一聲：「原是我見識淺，眼神又不好，看錯了。」宜嬪素來不喜她，不再搭腔。

佟貴妃命三人去挑了衣料，德、宜二人皆不在這類事上用心，倒是端嬪細細地挑著。只聽宜嬪忽然哧地一笑，德嬪便問：「妹妹笑什麼？」宜嬪道：「我笑端姐姐才剛說她自己眼神不好，果然眼神不好，就這麼些料子，翻揀了這半晌了，還沒拿定主意。」端嬪不由動氣，只礙著宜嬪在宮中資歷既深，且新添了位阿哥，近來皇帝又日日翻她的牌子，眼見聖眷優隆，等閒不敢招惹，只得勉強笑了一聲，道：「我原是沒什麼見識，所以半晌拿不定主意。」三人又略坐了坐，知佟貴妃事情冗雜，方起身告辭，忽聽佟貴妃道：「宜妹妹留步，我還有件事煩妳。」

宜嬪只得留下來。佟貴妃想了一想，道：「過幾日就是萬壽節了，儲秀宮的那一位，想著也怪可憐的。內務府裡的人都是一雙勢利眼，未必就不敢欺軟怕硬。我若巴巴兒地叫她來，或是打發人去，都沒得醒目討人厭。倒是想煩妹妹順路，將這幾件衣料帶過去給她。」

宜嬪想了一想，才明白她是說琳琅。雖只在南苑見了一面，佟貴妃這麼一提，馬上就想起那碧桃花裡人面如玉，娉娉婷婷的一抹淡影，直如能刻在人心上似的。當下答應著，命人捧了那些衣料綾羅，向佟貴妃辭出。

她住長春宮，距儲秀宮不遠，一路走過去。琳琅最初本住在東廂，因地方狹窄，換到西廂暖閣裡。錦秋本在廊下做針線，忙丟開了迎上來請安。宜嬪問：「妳們主子呢？」錦秋不知是何事，惴惴不安道：「主子在屋裡看書呢。」一面打起簾子。

宜嬪見屋中處處敞亮，十分潔淨。向南的炕前放了一張梨花大案，琳琅穿著碧色緞織暗花竹葉夾衣，頭上一色珠翠俱無，只橫綰著碧玉扁方，越發顯得面容白淨單薄。她本正低頭寫字，聽見腳步聲抬起頭來，見是宜嬪進來，亦無意外之色，只從容擱下了筆。

宜嬪命人送上衣料，琳琅道了一聲謝，命錦秋接了，卻也殊無異色，彷彿那綾羅綢緞看在眼中便是素布白絹一般。宜嬪聽人背後議論，說她久蒙聖寵，手頭御賜的奇珍異玩不勝其數，瞧她這樣子，倒不像是眼高見得慣了，反倒似真不待見這等方物，心中暗暗詫異。

她因見那紙上密密麻麻寫滿了字，既不識得，更不知什麼叫簪花小楷，只覺得整齊好看而已。不由問：「這寫的是什麼？」琳琅答：「是庾子山的〈春賦〉。」知她並不懂得，稍停一停，便道：「就是寫春天的詞賦。」宜嬪見案上博山爐裡焚著香，那爐煙寂寂，淡淡縈繞，她神色安詳，眉宇間便如那博山輕縷一樣，飄渺若無。衣袖間另一種奇香，幽幽如能入人骨髓。不由道：「妳焚的是什麼香？這屋裡好香。」琳琅答：「不過就是尋常的沉水香。」目光微錯，因見簾外繁花照眼，不自覺輕輕歎了口氣，低聲唸道：「池中水影懸勝鏡，屋裡衣香不如花。」見宜嬪注目自己，便微微一笑，道：「這句話並無他意，不過是寫景罷了。」

宜嬪只覺她平和安靜，似乎簾外春光明媚、雜花亂鶯皆若無物。她素來是極爽朗通透的一個人，對著她，直如對著一潭秋水，靜得波瀾不興，自己倒無端端怏怏不樂。

從儲秀宮回到自己所居的長春宮，又歇了午覺起來，因太陽甚好，命人翻曬大毛衣裳，預備收拾到箱籠裡，等夏至那一日再翻出來大曬。正在檢點，宮女突然喜孜孜地來報：「主子，萬歲爺來了。」皇帝已經由十餘近侍的太監簇擁著，進了垂花門，宜嬪忙迎出去接駕。日常禮儀只是請了個雙安，口中說：「給皇上請安。」皇帝倒親手扶她起來，微笑道：「日子長了，朕歇了午覺起來，所以出來走一走。」宜嬪侍候著進殿中，皇帝往炕上坐了，自有宮女奉上茶來。她覺得滿屋子皆有那種皮革膻腥，便命人：「將那檀香點上。」

皇帝不由笑道：「妳素來不愛講究那些焚香，今兒怎麼想起來了。」

宜嬪道：「才剛正檢點大毛衣裳，只怕這屋子裡氣味不好。」皇帝因見簾外廊下的山茶杜鵑開得正好，花團錦簇，光豔照人，不由隨口道：「池中水影懸勝鏡，屋裡衣香不如花。」誰想宜嬪笑道：「這個我知道，庾什麼山的〈春賦〉。」皇帝略略訝異，道：「庾子山——庾信字子山。」問：「妳讀他的〈春賦〉？」

宜嬪粲然一笑：「臣妾哪裡會去唸這文縐縐的詞，是適才往儲秀宮去，正巧聽衛常在唸了這一句……」她性格雖爽朗，但人卻機敏，話猶未完，已經自知失言，悄悄往皇帝臉上瞧了一眼，見他並無異色，便笑逐顏開道：「皇上答應過臣妾，要和臣妾一塊兒放風箏。皇上是金口玉言，可不許賴。」皇帝笑道：「朕幾時賴過妳？」

宜嬪便命人取出風箏來，小太監們難得有這樣的特旨，可以肆意說笑，一邊奔跑呼喝，一邊就在院中開始放起。皇帝命長春宮上下人等皆可玩賞，一時宮女們簇著皇帝與宜嬪立在廊下，見那些風箏一一飛起，漸漸飛高。一隻軟翅大雁，飛得最高最遠，極目望去，只成小小黑點，依稀看去形狀模糊，便如真雁一般。

皇帝只負手立在那裡，仰著頭望著那風箏，天氣晴好，只淡淡幾縷薄雲。身畔宜嬪本就是愛說愛鬧的人，一時嘈嘈切切，如大珠小珠落玉盤，只聽她歡言笑語，如百靈如鶯囀。那些宮女太監，哪個不湊趣，你一言我一句，這個說這只飛得高，那個講那只飛得遠，七嘴八舌說得熱鬧極了。宜嬪越發高興，指點天上的數只風箏給皇帝看，皇帝隨口應承著，目光卻一瞬不瞬，只望著最遠處的那只風箏。

天上薄薄的雲，風一吹即要化去似的。頭仰得久了，便有微微的眩暈。這樣的時節裡，怎麼會有雁？一隻孤雁。天南地北雙飛客，老翅幾回寒暑？渺萬里層雲千山暮雪，只影向誰去？定了定神，才瞧出原來只是風箏。風箏飛得那樣高那樣遠，也不過讓一線牽著。歡樂趣，傷別苦，就中更有癡兒女。連這死物，竟也似嚮往自由自在地飛去。

碧落見她立在風口上，便道：「主子站了這半晌了，還是進屋裡歇歇吧。」

琳琅搖一搖頭：「我不累。」碧落抬頭見高天上數只風箏飛著，不由笑道：「主子若是喜歡，咱們也做幾只來放。做粗活的小鄧最會糊風箏了，不論人物、禽鳥，紮得都跟活的似的。我這就叫他替主子去紮一只。」

琳琅輕輕歎口氣，道：「何必沒的再去招人討厭。」

碧落道：「主子，這宮裡都是您敬人一尺，人家倒欺您一丈，那些奴才越發會蹬鼻子上臉來。他們是最會捧高踩低，上回竟敢送了餿飯來，他們敢給宜主子送餿飯麼？哪一位得寵，他們就和那西洋哈巴兒似的，最會討好賣乖。」

琳琅微笑道：「跟了我這個沒時運的，你們也受了不少連累。」停了停又說：「上回的銀子還剩了一點兒，妳記得拿去給內務府的秦諳達，不然分給咱們的絹子只怕又是腐的。我倒罷了，你們換季的衣裳，可都在這上頭了。」

到了下半晌，榮嬪卻打發人來叫碧落去替她打絡子，於是琳琅遣錦秋悄悄去了趟內務府，尋著廣儲司管做衣的秦太監。那秦太監聽了她一番言語，似笑非笑，將那錠銀子輕輕在手心掂了掂，說道：「無緣無故，主子的賞我可不敢收。」錦秋賠笑道：「公公素日裡照應我們，日後仰仗公公的地方更多，還望公公不嫌少。」秦太監道：「咱們做奴才的，主子賞賜，哪敢嫌多嫌少。不過衛主子只是常在位分，前幾個月咱們奉了皇上的口諭，一律按著嬪位的份例開銷。如今內務府卻翻臉不認帳，硬是不肯照單核銷，這筆銀子只得我們自己掏腰包貼出來。這可是白花花上千兩銀子，咱們廣儲司上上下下幾百號人，每個人都塡還了自己兩個月的月錢，個個都只罵娘。衛主子的賞，咱們可不敢領。」說完，就將銀子往錦秋手中一塞，揚長而去。

錦秋氣得幾乎要哭出來，走回宮去，不敢對琳琅直說，只說道秦太監不肯收銀子。琳琅聽了，說：「難爲妳了，既不肯收銀子，必有十分難聽的話，連累妳也跟著受氣。」錦秋心中不忿：「主子再怎麼說，也還是主子。這幫奴才，前幾月他們是什麼樣的嘴臉？每日都來殷勤小心地奉承，到了今天就是這樣狗眼看人低，難道眞欺主子翻不了身麼？」

琳琅淡淡地說：「他們捧高踩低，也是人之常情。」又安慰她：「不管說了什麼話，妳別往心裡去就是了。既然他們有意爲難，咱們再想法子。」錦秋道：「眼瞧著就要到萬壽節，咱們的衣裳可怎麼辦？」琳琅道：「箱子裡還有兩匹絹子，先拿出來裁了，咱們自己縫製就是了。」錦秋道：「他們送來的東西，沒一樣能用的，連胭脂水粉都是極粗劣的，樣樣都另外花錢買。不是這裡勒克，就是那裡塡還，主子這個月的月錢，早用得一乾二淨。旁的不說，萬壽節的壽禮，這偌大一樣出項，主子可要早點拿主意才好。」琳琅輕輕歎了口氣，並不答話。

本來萬壽節並無正經壽禮這一說，因皇帝年輕，且朝廷連年對三藩用兵，內廷用度極力拮据。不過雖然並無這樣的規矩，但是後宮之中，還是自有各宮的壽禮。有的是特貢的文房之物，有的是精製日常器皿，亦有親手替皇帝所製的衣袍，種種色色，不一而足。

碧落見琳琅日來只是讀書寫字，或是閒坐，或是漫步中庭，心中暗暗著急。這日天氣晴好，春日極暖，庭中芍藥初放，琳琅看了一回花，進屋中來，卻見針黹擱在那炕桌上，便微微一停，說：「這會子翻出這個來做什麼？」

碧落賠笑道：「各宮裡都忙著預備萬壽節的禮，主子若不隨大流，只怕叫人覺得失禮。」琳琅隨手拾起其間的一只平金荷包，只繡得一半，荷包四角用赤色繡著火雲紋，居中用金線繡五爪金龍，雖未繡完，但那用黑珠線繡成的一雙龍睛熠熠生輝，宛若鮮活。她隨手又擱下了，碧落道：「就這只荷包也是極好，針腳這樣靈巧，主子何不繡完了，也是心意。」

琳琅搖一搖頭，道：「既然怕失禮，妳去將我往日寫的字都拿來，我揀一幅好的，妳送去乾清宮就是了。」

碧落賠笑道：「萬壽節就送幅字給萬歲爺，只怕……」琳琅望了她一眼，她素知這位主子安靜祥和，卻是打定了主意極難相勸，當下便不再言語，將往日積攢下的字幅統統都抱了來。

琳琅卻正打開看時，錦秋從外頭進來，琳琅見她臉色有異，只問：「怎麼了？」

錦秋道：「聽說萬歲爺命內務府頒了恩詔，冊畫珠為寧貴人。」這句話一說，碧落詫異問：「哪個畫珠？乾清宮的畫珠？」錦秋道：「可不是她。」只說：「有誰能想到，竟然冊為貴人。」說了這句，方想起這樣議論不妥，只望了琳琅一眼。因向例宮女晉妃嬪，只能從答應、常在逐級晉封，畫珠本只是御前的一名宮女，此時一躍冊為貴人，竟是大大的逾制。

碧落道：「總有個緣故吧。」錦秋道：「我聽人說，是因為新貴人有喜了，太后格外歡喜，所以皇上才有這樣的特旨。」碧落不由自主望向琳琅。琳琅卻是若無其事，闔上手中的卷軸，道：「這些個字都寫得不好，待我明兒重寫一幅。」

皇帝對畫珠的偏寵卻是日日顯出來，先是逾制冊為貴人，然後賜她居延禧宮主位，這是嬪以上的妃嬪方能有的特權。這樣一來，竟是六宮側目，連佟貴妃都對其另眼相待，親自撥選了自己宮中的兩名宮女去延禧宮當差。

這日離萬壽節不過十日光景了，宮裡上上下下皆在預備萬壽節的大宴。琳琅去給佟貴妃問安，甫進殿門便聽見宜嬪笑聲朗朗：「貴妃姐姐這個主意真好，咱們小廚房的菜比那御膳房強上千倍萬倍。到時咱們自己排了菜，又好吃又熱鬧。」

佟貴妃含笑吟吟，見琳琅進來行禮，命人道：「請衛主子坐。」琳琅謝過方坐下來，忽聽人回：「延禧宮的寧貴人和端主子一塊兒來了。」那端嬪是一身胭色妝花納團福如意袍，畫珠卻穿著一身簇新寶藍織金百蝶袍，頭上半鈿的赤金鳳垂著累累的玉墜、翠環，真正是珠翠滿頭。因她們位分高，琳琅便站了起來。畫珠與端嬪皆向佟貴妃請了安，又見過了宜嬪、德嬪、安嬪，大家方坐下來。

畫珠因誇佟貴妃的衣裳，德嬪原是個老實人，便道：「我瞧妳這衣裳，倒像是江寧新進的織金。」畫珠道：「前兒萬歲爺新賞的，我命人趕著做出來。到底是趕工，瞧這針腳，就是粗枝大葉。」

端嬪便道：「妳那個還算過得去，妳看看我這件，雖不是趕工做出來，比妳那針線還叫人看不進眼。」正說話間，奶子抱了五阿哥來了。佟貴妃微笑道：「來，讓我抱抱。」接了過去。宜嬪自然近前去看孩子，德嬪本就喜歡孩子，也圍上去逗弄。

胤祺方才百日，只睡得香甜沉酣。香色小錦被襁褓，睡得一張小臉紅撲撲，叫人忍不住想去摸一摸他粉妝玉琢的小臉。琳琅唇邊不由浮起一絲微笑來，忽聽畫珠道：「宜姐姐真是好福氣，五阿哥生得這樣好，長大了也必有出息。」端嬪笑道：「妳倒不必急，等到了今年冬天，妳定會替萬歲爺再添個小阿哥。」畫珠嬌臉暈紅，卻輕輕啐了她一口。琳琅不覺望向她的腰腹，衣裳寬大，瞧不出來什麼，她卻覺得似有尖銳戳得刺心，只轉過臉去，不願再看。

大家坐了片刻，因萬壽節將近，宮中事多，諸多事務各處總管皆要來請貴妃的懿旨，大家便皆辭出來。琳琅本走在最後，畫珠卻遙遙立住了腳，遠遠笑著說：「咱們好一陣工夫沒見了，一同逛園子去吧。」

琳琅道：「琳琅住得遠，又不順路，下回再陪貴人姐姐逛吧。」

畫珠卻眼圈一紅，問：「琳琅，妳是在怪我？」

她輕輕搖了搖頭，畫珠與她視線相接，只覺得她眼中微漾笑意，道：「我怎麼能怪妳？」畫珠急急忙忙地說：「咱們當年是一塊兒進宮，後來皇上待妳那樣，我眞沒作別的想頭，眞的。可是後來……是皇上他……如今妳可是要與我生分了？」

琳琅不覺微微歎了口氣，道：「我得回去了。」畫珠無奈，只得目送她漸去漸遠。那春光晴好，赤色宮牆長影横亘，四面裡的微風撲到人臉上，也並不冷。

宮牆下陰涼如秋，過不多時，宜嬪從後頭過來，見著她便笑道：「妳怎麼才走到這裡？我和德姐姐說了好一會子話呢。」她這幾日常去儲秀宮閒坐，琳琅知她心思豁朗，待她倒是不像旁人。兩人一同回去，講些宮中閒話，宜嬪自然話題不離五阿哥，琳琅一路只是靜靜含笑聽著。

碧落見琳琅回來，膳後侍候她歇午覺，見她闔眼睡著，替她蓋好了絲棉錦被，方欲退出去，忽聽她輕輕說了一句：「我想要個孩子。」碧落怔了一下，她睫毛輕輕揚起，便如蝶的翼，露出深幽如水的眼波。碧落道：「主子還年輕，日後來日方長，必會替萬歲爺添許多的小阿哥、小格格。」她「嗯」了一聲，似是喃喃自語：「來日方長……」又闔上眼去。碧落久久不聞她再言語，以為她睡著了，方輕輕站起身來，忽聽她低低道：「我知道是奢望，只當是做夢吧。」碧落心中一陣酸楚，只勸不得罷了。

琳琅歇了午覺起來，卻命錦秋取了筆墨來，細細寫了一幅字，擱在窗下慢慢風乾了墨跡，親手慢慢捲成一軸，碧落看她緩緩捲著，終究是捲好了，怔怔地又出了一回神，方轉過臉交到她手中，對她道：「這個送去乾清宮，對梁諳達說，是給萬歲爺的壽禮，請他務必轉呈。」想了一想，開了屜子，碧落見是明黃色的繡芙蓉荷包，知是御賜之物，琳琅卻從荷包裡倒出一把金瓜子給碧落，道：「只怕梁諳達不容易見著，這個妳給乾清宮的小豐子，叫他去請梁諳達。」卻將那荷包給碧落，道：「將這個給梁諳達瞧，就說我求他幫個忙。」唇角慢慢倒似浮起淒涼的笑意來。

碧落依言去了，果然見著梁九功。梁九功接了這字幅在手裡，不知上面寫了什麼，心中惴惴不安，斟酌了半晌，又將那荷包拿在手裡細看，猛然就醒悟過來，心下不由一喜。晚間覷見皇帝得空，便道：「各宮裡主子都送了禮來，萬歲爺要不要瞧瞧？」皇帝搖一搖頭，說：「乏了，不看了。」梁九功尋思了片刻，賠笑道：「宜主子送給萬歲爺的東西倒別致，是西洋小琴。」皇帝隨口道：「那就拿來朕瞧瞧。」梁九功輕輕拍一拍手，小太監捧入數只大方盤。皇帝漫不經心地瞧去，不過是些玩器衣物之類，忽見打頭的小太監捧的盤中有一幅卷軸，便問梁九功：「難得還有人送朕字畫。這是誰送的？」

梁九功賠笑道：「各宮的主子陸陸續續打發人來，奴才也不記得這是哪位主子送來的，請萬歲爺治罪。」皇帝「唔」了一聲，說：「你如今越發會當差了。」嚇得梁九功趕緊請了個安：「奴才不敢。」皇帝一時倒未多想，只以爲是哪位妃嬪爲著投自己所好搜羅來的名人字畫，於是示意小太監打開來。

這一打開，皇帝卻怔在了那裡，梁九功偷眼打量他的臉色，只覺得什麼端倪都瞧不出來。皇帝的神色像是極爲平靜，他在御前多年，卻知道這平靜後頭只怕就是狂風驟雨，心中一哆嗦，不禁暗暗有幾分失悔。只見皇帝目光盯著那字，那眼神彷彿要將那灑金玉版紙剜出幾個透明窟窿，又彷彿眼底燃起一簇火苗，能將那紙焚爲灰燼。

皇帝慢慢卻在炕上坐下了，示意小太監將字幅收起，又緩緩揮了揮手，命人皆退了下去，終究是一言未發。梁九功出來安排了各處當值，這一日卻是他值守內寢，依舊在御榻帳前丈許開外侍候。

半夜裡人本極其渴睡，他職守所在，只凝神細聆帳中的動靜。外間的西洋自鳴鐘敲過十二記，忽聽皇帝翻了個身，問：「她打發誰送來的？」梁九功嚇了一跳，猶以爲皇帝不過夢囈，過了片刻才反應過來是在問自己話，方答：「是差了碧落送來的。」皇帝又問：「碧落說了什麼？」梁九功道：「碧落倒沒說什麼，只說衛主子打發她送來，說是給萬歲爺的壽禮。」

皇帝心中思潮反覆，又翻了一個身，帳外遠處本點著燭，帳內映出暈黃的光來。他只覺得胸中焦渴難耐，禁不住起身命梁九功倒了茶來，滾燙的一盞茶吃下去，重新躺下，仍是沒有半分睡意。

「去去復去去，淒惻門前路。行行重行行，輾轉猶含情。含情一回首，見我窗前柳；柳北是高樓，珠簾半上鉤。昨爲樓上女，簾下調鸚鵡；今爲牆外人，紅淚沾羅巾。牆外與樓上，相去無十丈；雲何咫尺間，如隔千重山？悲哉兩決絕，從此終天別。別鶴空徘徊，誰念鳴聲哀！徘徊日欲絕，決意投身返。手裂湘裙裾，泣寄稿砧書。可憐帛一尺，字字血痕赤。一字一酸吟，舊愛牽人心。君如收覆水，妾罪甘鞭捶。不然死君前，終勝生棄捐。死亦無別語，願葬君家土。儻化斷腸花，猶得生君家。」

她的字雖是閨閣之風，可是素臨名家，自然帶了三分台閣體的雍容遒麗，而這一幅字，卻寫得柔弱軟遝，數處筆力不繼。皇帝思忖她寫時不知是何等悲戚無奈，竟然以致下筆如斯無力。只覺心底洶湧如潮，猛然卻幡然醒悟，原來竟是冤了她，原來她亦是這樣待我，原來她亦是——這個念頭一起，便再也抑不住，就像突然鬆了一口氣。她理應如此，她並不曾負他。倒是他明知蹊蹺，卻不肯去解那心結，只爲怕答案太難堪。如今，如今她終究是表露了心跡，她待他亦如他待她。

心底最軟處本是一片黯然，突然裡卻似燃起明炬來。彷彿那年在西苑行圍突遇暴雪，只近侍的御前侍衛扈從著，寥寥數十騎，深黑雪夜在密林走了許久許久，終於望見行宮的燈火。又像是那年擒下鼇拜之後，自己去向太皇太后請安，遙遙見著慈寧宮廡下，蘇茉爾嬤嬤熟悉慈和的笑臉。只覺得萬事皆不願去想了，萬事皆是安逸了，萬事皆放下來了。

琳琅本來每日去慈寧宮向太皇太后請安，太皇太后正命蘇茉爾在檢點莊子的春貢，見她來了，太皇太后便微笑道：「我正嘴饞呢，方傳了這些點心。妳替我嚐嚐，哪些好。」琳琅聽她如是說，便先謝了賞，只得將那些點心每樣吃了一塊。太皇太后又賜了茶，方命她坐下，替自己抄貢單。

琳琅方執筆抄了幾行，忽聽宮女進來稟報：「太皇太后，萬歲爺來了。」她手微微一抖，筆下那一捺拖得過軟，便擱下了筆，依規矩站了起來。近侍的太監簇擁著皇帝進來，因天氣暖和，只穿著寶藍寧綢袍子，頭上亦只是紅絨結頂的寶藍緞帽，先給太皇太后請下安去，方站起來。琳琅屈膝請了個雙安，輕聲道：「琳琅見過皇上。」聽他「嗯」了一聲，便從容起立，抬起頭來。她本已經數月未見過皇帝，此時倉促遇上，只覺得他似是清減了幾分，或許是時氣暖和，衣裳單薄之故，越發顯得長身玉立。

太皇太后笑道：「可見外頭太陽好，瞧你這額上的汗。」叫琳琅：「替你們萬歲爺擰個熱手巾把子來。」琳琅答應去了，太皇太后便問皇帝：「今兒怎麼過來得這麼早？」皇帝答：「今兒的進講散得早些，就先過來給皇祖母請安。」太皇太后笑道：「你可眞會挑時辰。」頓了一頓，道：「可巧剛傳了點心，有你最喜歡的鵝油鬆瓤卷。」皇帝便道：「謝太皇太后賞。」方揀了一塊鬆瓤卷在手中，慢慢嚐了一口。太皇太后抿嘴笑道：「上回你不是嫌吃膩了麼？」皇帝若無其事地答：「這會子孫兒又想著它了。」太皇太后笑道：「我早就知道你撂不下。」

琳琅擰了熱手巾進來，侍候皇帝擦過臉，皇帝這才倉促瞧了她一眼，只覺得她比病中更瘦了幾分，臉色卻依舊瑩白如玉，惟纖腰楚楚，不盈一握，心中憶起前事種種，只覺得五味雜陳，心思起伏。

皇帝陪太皇太后說了半晌話，這才起身告退。琳琅依舊上前來抄貢單。太皇太后卻似是忽想起一事來，對琳琅道：「去告訴皇帝，後兒就是萬壽節，那一天的大典、賜宴必然忙碌，叫他早上不必過來請安了。」琳琅答應了一聲。太皇太后又道：「這會子御駕定然還未走遠，妳快去。」

琳琅便行禮退出，果然見著太監簇擁著的御駕方出了垂華門，她步態輕盈上前去，傳了太皇太后的懿旨。皇帝轉臉對梁九功道：「你去向太皇太后復旨，就說朕謝皇祖母體恤。」梁九功答應著去了，皇帝便依舊漫步向前，那些御前侍候的宮女太監，捧著巾櫛、麈尾、提爐諸物迤邐相隨，不過片刻，梁九功已經復旨回來。皇帝似是信步走著，從夾道折向東，本是回乾清宮的正途，方至養心殿前，忽然停下來，說：「朕乏了，進去歇一歇。」

養心殿本是一處閒置宮殿，並無妃嬪居住，日常只作放置御用之物，正殿中灑掃得極乾淨。皇帝跨過門檻，回頭望了梁九功一眼，梁九功便輕輕將手一拍，命人皆退出院門外侍候，自己親自在那台階上坐下守著院門。

琳琅遲疑了一下，默默跨過門檻，殿中深遠，窗子皆是關著，光線晦暗，走得近了，才瞧見皇帝緩緩伸出手來。她輕輕將手交到他手裡，忽然一緊，已經讓他攥住了。只聽他低聲問：「那如意……」

「那如意是端主子送給我的。」她的眼睛在暗沉沉的光線裡似隱有淚光閃爍，極快地轉過臉去。皇帝低聲道：「妳不要哭，只要妳說，我就信妳。」

他這樣一說，她的眼淚卻簌簌地落下來。他默默無聲將她攬入懷中，只覺得她微微抽泣，那眼淚一點一點，浸潤自己的衣襟。滿心裡卻陡然通暢，彷彿窒息已久的人陡然呼吸到新鮮的空氣，心中歡喜之外翻出一縷悲愴，漫漫地透出來，只不願再去想。

當時只道

暖護櫻桃蕊，寒翻蛺蝶翎。東風吹綠漸冥冥，不信一生憔悴，伴啼鶯。
素影飄殘月，香絲拂綺櫺。百花迢遞玉釵聲，索向綠窗尋夢，寄餘生。

——納蘭容若〈南歌子〉

因著辦喜事，明珠府上卻正是熱鬧到了極處。他以首輔之尊，聖眷方濃，府上賓客自是流水介湧來。連索額圖亦親自上門來道賀，他不比旁人，明珠雖是避客，卻也避不過他去，親自迎出滴水簷下。賓主坐下說了幾句閒話，索額圖又將容若誇獎了一番，道：「公子文武雙全，甚得皇上器重，日後必是鵬程萬里。」明珠與他素來有些心病，只不過打著哈哈，頗為謙遜了幾句，又道：「小兒夫婦此時進宮謝恩去了，不然怎麼樣也得命小兒前來給索相磕頭，以謝索相素來的照拂。」

納蘭與新婦芸初入宮去謝恩，至了宮門口，納蘭候旨見駕，芸初則入後宮去面見佟貴妃。佟貴妃因為是皇帝賜婚，而明珠又是朝中重臣，所以倒是格外客氣，特意命惠嬪與琳琅都來相見。芸初知琳琅新晉了良貴人，所以一見面便插燭似的拜下去：「芸初給惠主子、良主子請安。」

佟貴妃忙道：「快起來。」惠嬪滿臉春風，親手攙了她起來，緊緊執了她的手笑道：「妳如今也是朝廷的誥命夫人，再說了，咱們如今是一家人。」

佟貴妃笑道：「這裡沒有外人，我特意叫她們來陪妳，就因為妳們是親戚，是一家人，不要生分才好。」接著又命人賜座。芸初再三地不肯，最後方斜著身子坐下。佟貴妃問：「你們老太太、太太都還好嗎？」芸初忙站起來，請了個安方道：「謝主子垂問，老太太、太太都安好，今日奴才進宮來，還特意囑咐奴才，要奴才替她們向貴妃主子還有宮裡列位主子請安。」

佟貴妃點點頭：「煩老人家惦記，我還是今年春上，命婦入宮朝賀時見著過，她老人家身子骨倒是極硬朗的。」芸初又請了個安：「都是託賴主子洪福。」佟貴妃笑道：「你們太太倒是常常入宮來，我們也是常常見著的。日後妳也要常來，妳可既是惠嬪的娘家人，又是良貴人的娘家人。」芸初笑道：「主子恩典能讓奴才常常進宮來，給列位主子請安，那就是奴才的福分了。」

略坐了一坐，佟貴妃便道：「妳且去她們兩個宮裡坐坐，說兩句體己話。」芸初知佟貴妃署理後宮，瑣事極多，亦是不敢久留，便磕頭謝恩了出來，先隨惠嬪回她的宮中去。

惠嬪待她倒是格外親熱，坐著說了好一會子的話，又賜了茶點，最後芸初告辭，又賞了諸多東西。芸初從她宮中出來，又往儲秀宮去見琳琅。

待到了儲秀宮裡，錦秋笑吟吟迎上來，請了個雙安。芸初原曾在乾清宮當差，與錦秋是舊識，更因是琳琅面前的宮女，不敢怠慢，連忙攙住了不讓行禮，見著錦秋的穿戴神色，已經覺得不凡。待進了屋子，只見琳琅已經換了家常六合長春宮緞夾衣，頭上亦只是白玉攢珠扁方，不過疏疏幾點珠翠。見芸初磕下頭去，忙親手攙起來，一直拉著她的手，必要讓她到炕上坐。芸初誠惶誠恐：「奴才不敢。」琳琅心中酸楚，勉強笑道：「當日咱們怎麼好來著，如今妳不容易來看我，咱們別拘那些虛禮，坐著好生說說話。」

芸初見她執意如此，只得謝恩後陪她坐下。一時碧落斟上茶來，她原是當過上差的人，只嚐了一口，便知是今春杭州新貢的雨前龍井。這茶少產珍貴，每年進貢的不過區區數十斤，向例宮裡除了太皇太后、太后、皇帝賞用之外，後宮之中罕少能得蒙賞賜。

琳琅道：「今兒是妳大喜的日子，妳出宮的時候，我正病著，沒有去送妳。今日能見著，也不枉咱們相好一場。」芸初聽她這樣說，心中感觸，勉強笑道：「主子當日對芸初就好，如今……」一句未完，琳琅已經執了她的手：「我說了別拘那些虛禮。」芸初只覺得她指尖微冷，緊緊攥著自己的手，臉上恍惚是笑容，可是眼睛裡卻是自己看不懂的神色。她雖有滿腔的話，亦不知從何說起。

過了片刻，琳琅終於道：「大哥哥他是至情至性之人，必然會對妳好。」芸初聽到她提及新婿，臉上不由微微一紅。琳琅道：「往日咱們兩個總在一塊兒淘氣，如今竟成了一家人了……」說到這裡，忽然又笑了，道：「好難得的，妳進來一趟，可我竟不曉得該說什麼才好。」芸初心中亦是感傷，琳琅卻就此撇開了話題，問了家裡人好，又說了數句閒話。因著天色已晚，怕宮門下鑰，琳琅含笑道：「好在日後總有機會進來，今天是大喜的好日子，我不留妳了。」一面說，一面就從頭上拔了一支白玉簪子下來，那簪子是羊脂白玉，溫滑細膩通體瑩亮，竟無半分瑕疵。芸初忙行行禮道：「不敢受主子的賞。」琳琅卻親手替芸初簪在髮間：「我原也沒有什麼好東西送妳，這支簪子原是老太太舊時給我的，跟了我十幾年了。我雖萬分捨不得，妳的那支既給了我，我這支便給妳吧，也算是完璧歸趙。」

芸初念及出宮之時，自己曾將一支舊銀釵相贈琳琅留作念想，如今世事變幻，心中感慨萬分，只得謝過恩。待告辭出來，琳琅另有賞家中女眷的表禮，皆是綢緞之物，物飾精美，上用的鵝黃簽都並未拆去。小宮女一路捧了隨她送出宮門，方交與芸初帶來的丫頭慧兒。

納蘭雖蒙皇帝召見，但君臣奏對極是簡單，謝過恩便讓跪安了，此時便在宮門外等候妻子。待芸初出來，依舊是納蘭騎了馬，芸初和丫頭乘了朱輪華蓋車回府去。明珠府邸還在後海北沿，一路上只聞車輪轆轆。芸初自昨日起到現在，已經是十幾個時辰沒有合眼，兼之進宮又時時警醒禮儀，此刻懸著的一顆心才算放了下來。

這慧兒原是納蘭夫人房裡的大丫頭，爲人極是機靈，自從芸初過門，納蘭夫人特意指派她去侍候新人。今日進宮謝恩，她自然跟來侍候。慧兒見芸初精神倦怠，忙從車內帶的奩盒裡取出抿子來，替芸初抿一抿頭髮，又讚：「大奶奶這支釵眞好。」芸初不覺摸了摸那支簪子，笑道：「是適才良貴人賞的。」慧兒笑道：「奴才們在外頭茶房裡閒坐，幾位公公都說，咱們府裡出的兩位主子都是大福之人。惠主子自不必說了，良主子竟也是這樣得臉。」

芸初想起今日所見，不覺亦點了點頭，亦覺得眼下琳琅的聖眷，只怕猶在皇長子的生母惠嬪之上。待回到府中，先去上房見過老太太、納蘭夫人並幾位太太，將宮中賞賜之物呈上。老太太忙命丫頭取了西洋的水晶眼鏡來看，那些綾羅綢緞、妝花一經展開，金銀絲線耀眼，映得滿室生輝。老太太笑著點點頭，說道：「宮裡出來東西，到底不一般。」又細看了衣料，說道：「這只怕是江寧織造今年的新花樣子，難得惠主子這樣疼你。」芸初笑道：「回老太太的話，這幾樣是良主子賞的，那幾匹宮緞是惠主子賞的。」老太太「喔」了一聲。納蘭夫人笑道：「不管是誰賞的，一樣都是咱們家娘娘，都是孝敬老太太的一片心。」老太太一面摘了眼鏡，一面笑道：「我也不怕妳們說我偏心，琳琅這孩子雖只是我的外孫女，可是打小在我們家裡長大，就和我的親孫女一樣。妳們也看到了，或多或少，總歸是她的一片心意。」

一時大家又坐著說了幾句話，已經是掌燈時分，外頭的喜宴並未散，老太太留芸初在這邊用晚飯，道：「可憐見兒的，自打昨天進了門，今天又一早起來預備入宮，好生跟著我吃頓飯吧。」納蘭夫人笑道：「我們都要出去陪客，老太太這樣疼她，留她侍候老太太亦是應該。」又囑咐芸初：「就在這邊跟老太太吃飯吧。」芸初便應了個「是」。

納蘭夫人與妯娌幾個皆退出來，剛走到廊上，四太太就冷笑道：「掌心掌背都是肉，沒得就這樣偏心，不過就多賞了幾匹緞子，倒誇了她一大篇話。論到賞東西，難道這些年來惠主子賞的還少嗎？」納蘭夫人笑道：「老太太不過白誇兩句，再說了，這麼些年來，老太太誇惠主子，誇得還少嗎？」大太太亦笑道：「我瞧老太太並不是偏心，不管哪位主子得寵，咱們家還不是都一樣跟著得臉。連上回我進宮去請安，宮裡的公公們一聽說是良主子娘家人，都好生巴結。」這麼一說，自然更如火上澆油一般。四太太哼了一聲，並不作聲。納蘭夫人知道大太太素來與四太太有些嫌隙，這麼些年來因爲惠主子的緣故，零零碎碎受了不少氣，今日果然幸災樂禍發作出來，忙忙地亂以他語，才算揭過不提。

芸初前一日過門，雖是洞房花燭夜，可是幾乎整夜未睡，不過和衣躺了一個更次。這日又是亥末時分才回房去，納蘭容若卻是過了子時方進來。荷葆見他雙頰微紅，眼眉餳澀，問了方知在前頭被逼迫不過，酒喝得沉了，忙與慧兒服侍他換了衣裳。慧兒見房內一切妥當，便低低地道：「大爺與新奶奶早些歇著，明日還要早起。」與荷葆一起率了眾人退了出去，倒拽上門。

容若酒後口渴，見桌上有茶，便自己斟了一杯來吃。夜深人靜，芸初乍然與他獨處一室，猶覺有幾分不自在，因見他喝茶，便道：「那茶是涼的，大爺仔細傷了胃。」便走過來，另倒了熱的給他。容若接過茶去，忽見她頭上插著一支白玉簪，心中一慟，便如失魂落魄一般，只是怔怔地望著她。芸初倒讓他瞧得難為情起來，慢慢低下頭，低聲問：「大爺瞧什麼呢？」

容若這才驟然回過神來，又過了片刻，方才道：「妳頭上的白玉簪子是哪裡來的？」芸初這才抬頭道：「是今天進宮去，良主子賞的。」容若又隔了好一會兒，才問：「良主子還賞了妳些什麼？」芸初笑吟吟地道：「除了這個，還賞了時新的織錦、宮緞，另外還賞給家裡老太太、太太們好些東西。」容若道：「她待妳倒真好。」芸初答：「原先在宮裡的時候，我就和她要好。今日良主子還說笑話，說我們不是一家人，不進一家門」容若聽到「不是一家人，不進一家門」十個字，心中便如刀割一般，痛楚難當。原以為此生情思篤定，誰知造化弄人，緣錯至此。思潮起伏，道：「原先妳在宮裡，就和她要好？」芸初答：「我和她原是一年進的宮，在內務府的時候，又分在一間屋子裡，所以特別親厚些。如今她雖是主子，可今兒見了我，還是極親和待人。」見容若目不轉睛地望著自己，不禁臉上一紅，脈脈地看著他。容若卻是極力自持，終於難以自禁，問：「她如今可好？」

芸初道：「我倒覺得樣貌比原先彷彿清減了些。宮裡都說良貴人如今最得皇上寵愛，照今兒的情形看，一應吃的穿的用的，皆是天下頂好的，那可是真沒得比了。」

容若聽她這樣說，慢慢又喝了一口茶，那茶只是溫熱，只覺得又苦又澀，緩緩地嚥下去。彷彿是自言自語：「一應吃的穿的用的，皆是天下頂好的，那可是真沒得比了……」

過了良久，方才道：「歇著吧，明兒還要早起呢。」

第三日是新婦回門之期，所以兩人極早就起身，預備回門，方修飾停當，又去上房向老太太請安。老太太才剛起身，丫頭正在侍候梳洗，見了芸初便笑道：「今兒是回門，家去可要歡歡喜喜的。」芸初笑道：「老太太和太太們都待孫媳婦這樣好，孫媳婦自然每日都歡歡喜喜的。」正說笑時，卻有丫頭慌慌張張地進來回道：「老太太，二門上傳進話來，說是宮裡打發人來，說咱們家娘娘不好了。」老太太是上了年紀的人，聽到這話，不覺像半空裡打了個焦雷，嚇得半晌說不出話來。一旁老成的許嬤嬤忙斥責那丫頭：「到底怎麼回事，別一驚一乍的，慢慢說，別嚇著老太太。」那丫頭道：「二門上只說，宮裡來的公公在門上立等，說咱們家娘娘病了。」老太太急道：「咱們家兩位娘娘，究竟是哪一位娘娘病了？」

那丫頭亦不知曉，納蘭夫人亦聽得了信兒，忙過來侍候，傳了宮裡來的人進來。那太監神色極是恭謹，亦只道：「奴才是內務府打發來的，因良主子身子不豫，所以傳女眷進宮去。」老太太見問不出個究竟，只得命人請下去用茶，這廂忙忙地裝束起來，預備進宮去。芸初見老太太神色焦慮，便道：「老祖宗且放寬心，昨兒孫媳婦進宮去，還見著良主子氣色極好，想是不礙事的。」老太太不由牽了她的手，含淚道：「我的兒，妳哪裡知道，那孩子打小兒三災八難的。我雖有心疼她，禁不住如今君臣有分，如今她是主子，反不得經常相見，我這心裡實實惦記。況且上回傳咱們進宮去，我聽說是小產，心裡難過得和什麼似的……」納蘭夫人忙忙地道：「貴人乃是有大福的人，吉人自有天相，老太太且不必多想。」一時侍候了老太太大妝，納蘭夫人妯娌自然亦要隨著入宮去。一列五乘轎子，從神武門入順貞門，便下轎換了宮中的車子，走了許久，方又下車。早有一位內監率著小太監迎上來，方請下安去。納蘭夫人因見是皇帝身邊的趙昌，嚇了一大跳，忙忙親手去攙，道：「公公如何這樣多禮。」趙昌滿臉笑容，到底請了個安，道：「奴才給老太太、列位太太道喜。」

見衆人盡皆怔住，趙昌便笑道：「太醫已經請了脈，說良主子原是喜脈。」老太太禁不住笑容滿面，一時喜不自勝，禁不住連連唸佛。趙昌笑道：「良主子昨兒夜裡起來，突然發暈倒在地下。哎喲喂，當時可把奴才們給嚇壞了，萬歲爺急得連臉色都變了，特旨開宮門，夤夜傳了當值的太醫進來。聽說是喜脈，萬歲爺十分歡喜，今兒一早便叫傳列位太太進來陪良貴人說話解悶，命奴才這幾日哪兒也不去，只在這裡侍候良貴人。還說日後凡是良貴人想見家裡人，便叫傳列位太太進來呢。」

老太太歡喜得只顧唸佛，納蘭夫人笑道：「有勞公公。」趙昌道：「請諸位太太隨奴才來。」便引著她們，自垂花門進去，入宮去見琳琅。

卻說這日梁九功奉了皇帝的差使去給太后送東西，太后所居的宮中多植松柏，庭院之中雜以花木，因著時氣暖和，牡丹芍藥爭奇鬥妍，開了滿院的花團錦簇。端嬪與惠嬪陪著太后在院子裡賞花，正說笑熱鬧，宮女稟報梁九功來了，太后便命他進來。梁九功磕頭請了安，太后便問：「你們萬歲爺打發你來的？」梁九功滿臉堆笑，道：「今兒福建的春貢到了，萬歲爺惦記著太后愛吃紅茶，特意巴巴兒地打發奴才給太后送過來。」

太后聽了，果然歡喜，小太監們忙捧著漆盤呈上來。太后見大紅漆盤中一色尺許高的錫罐，映著日頭銀晃晃的，十分精緻好看。隨口又道：「太皇太后倒不愛吃這茶，難為皇帝總惦記著我喜歡，每年總是特意命人進貢──我也吃不了這許多，叫皇帝看著也賞些給後宮裡吧。」梁九功便道：「萬歲爺吩咐奴才，說是先進給太后，餘下的再分賞給諸宮裡的主子呢。」太后點點頭，從專管抱狗的宮女手裡接過那隻西洋哈巴兒，抱在膝上逗弄著，又道：「她們有的人愛吃這個，有的不愛吃，其實愛吃的倒不妨多賞些，反正擱在那裡，也是白擱著。」梁九功賠笑道：「萬歲爺也是這樣吩咐的，萬歲爺說，延禧宮的寧貴人就愛吃這個，命奴才回頭就給多送些去呢。」

太后聽了，猶未覺得什麼，一旁的惠嬪不由望了端嬪一眼，果然端嬪手指裡絞著手絹，結成了個結，又拆散開來，過不一會兒，又扭成一個結，只管將手指在那裡絞著。太后已經命梁九功下去了，端嬪心中不忿，轉念一想，對太后道：「皇額娘，說到寧貴人，這幾日好像老沒看見她來給您請安。」太后漫不經心地撫著懷中的狗，道：「許是身上不爽快吧，她是有身子的人，定是懶怠走動。」惠嬪道：「別不是病了吧。」端嬪笑了一聲，道：「昨兒我去給太皇太后請安，還在慈寧宮裡瞧見她，有說有笑地陪太皇太后解交繩玩兒呢，哪裡就會病了。」太后「哦」了一聲，手裡有一下沒一下撫摸著那哈巴兒，誰知手上的玳瑁米珠團壽金護甲掛住了一綹狗毛，那狗吃痛，突然回過頭來，就向太后手上狠狠咬去。太后「哎喲」了一聲，那狗「汪汪」叫著，跳下地去跑開了。惠嬪與端嬪忙圍過來，端嬪見傷口已經沁出血來，忙拿自己的絹子替太后按住，惠嬪忙命人去取水來給太后淨手，又命人快去取藥來。

太后罵道：「這作死的畜生，眞不識抬舉。」惠嬪道：「就是因爲太后平日對牠恩寵有加，牠才這樣無法無天。」端嬪在一旁道：「皇額娘平日就是對人的心太實了，對人太好了，好得那起不識好歹的東西竟敢忘恩負義，猖狂得一時忘了形。」太后聽了這句話，倒似是若有所思。傳了御醫來看了手傷，幸而並不要緊，又敷上了藥。自然已經傳得皇帝知曉，連忙過來請安，連太皇太后亦打發人來問，各宮裡的主位亦連忙前來問安。

到了黃昏時分，宮女方進來通傳：「寧貴人來給太后請安了。」端嬪笑道：「可眞便宜了她，晨昏定省，如今可又省了一頭。」太后哼了一聲，道：「叫她進來吧。」畫珠已經進來，恭恭敬敬向太后請了安。太后素來待她極親熱，這時卻只淡淡地說：「起來吧。」惠嬪卻笑吟吟地道：「妹妹今兒的氣色倒眞是好，像這院子裡的芍藥花，又白又紅又香。」端嬪道：「珠妹妹的氣色當然好了，哪裡像我們人老珠黃的。」

畫珠笑道：「姐姐們都是風華正茂，太后更是正當盛年，就好比這牡丹花開得正好，旁的花花草草，哪裡及得上萬一？」太后這才笑了一聲，道：「老都老嘍，還將我比什麼花兒朵兒。」端嬪笑道：「妹妹這張嘴就是討人喜歡，怨不得哄得萬歲爺對妹妹另眼相看，連萬壽節也翻妹妹的牌子。可見在皇上心裡，妹妹才是皇上最親近的人。」畫珠嘴角微微一動，終於忍住，只是默然。惠嬪向太后笑道：「您瞧端妹妹，仗著您老人家素來疼她，當著您的面連這樣的話都說出來了。」端嬪暈紅了臉，嗔道：「太后知道我從來是口沒遮攔，想到什麼就說什麼。」太后道：「這才是皇額娘的好孩子，心事都不瞞我。」

惠嬪又指了花與太后看，端嬪亦若無其事地賞起花來，一時說這個好，一時誇那個豔。過了片刻，太后微露倦色，說：「今兒乏了，妳們去吧，明兒再來陪我說話就是了。」三人一齊告退出來，惠嬪住得遠，便先走了。端嬪向畫珠笑道：「還沒給妹妹道喜。」畫珠本就有幾分生氣，面帶不豫地問：「道什麼喜？」端嬪道：「皇上又新賞了妹妹好些東西，難道不該給妹妹道喜？」畫珠笑道：「皇上今兒也在賞，明兒也在賞，我都不覺得是什麼大不了的事了。」端嬪聽了，自然不是滋味，忍不住道：「妹妹，皇上待妳好，大家全能瞧見。只可惜這宮裡，從來花無百日紅。」畫珠聽她語氣不快，笑了一聲，道：「姐姐素來是知道我的，因著姐姐一直照拂畫珠，畫珠感激姐姐，畫珠得臉，其實也是姐姐一樣得臉啊。咱們是一條船上的人，姐姐若將畫珠當了外人，畫珠可就不敢再替姐姐分憂解難了。」

端嬪輕輕地咬一咬牙，過了半晌，終於笑了：「好妹妹，我逗妳玩呢。妳知道我是有口無心。」畫珠也笑逐顏開，說：「姐姐，我也是和妳鬧著玩呢。」

畫珠回到宮中，坐在那裡只是生悶氣，偏生宮女小吉兒替她斟茶，失手打破了茶碗，將她嚇了一跳，她一腔怒氣正好發作出來，隨手拿了炕几上的犀拂劈頭蓋臉地就朝小吉兒打去，口裡罵：「作死的小娼婦，成心想嚇死我來著？我死了妳們可都稱心如意了！」另外的宮女們皆不敢勸，幾個人都跪在地下。畫珠卻是越想越生氣，下手越發使力，小吉兒被打得嗚嗚直哭，連聲求饒：「主子，主子息怒，奴才再不敢了，再不敢了！」那犀拂小指來粗的湘妃竹柄，抽在人身上頓時一條條的紅痕，小吉兒滿頭滿臉被打得是傷。另一個宮女容香原和小吉兒要好，見打得實在是狠了，大著膽子勸道：「主子且消消氣，主子自己的身子要緊，沒得爲個奴才氣壞了，主子可仔細手疼。」

畫珠猶發狠道：「我告訴妳們，妳們誰也別想翻到天上去，就算我死了，我做鬼也不能讓妳們舒坦了！」幾個人皆苦苦相勸，正在此時，門外有人道：「喲，這是鬧的哪一齣啊？」跟著簾子一挑，進來位衣飾整潔的太監。畫珠見是敬事房的大太監劉進忠，怔了一怔，容香忙接過犀拂去。畫珠方才笑了一笑：「倒叫諳達見笑了，奴才不聽話，我正教訓著呢。」劉進忠打了個千兒，滿臉笑容地道：「恭喜寧主子，今兒晚上，萬歲爺又是翻的主子您的牌子。」畫珠嘴角微微一動，似是欲語又止。劉進忠便道：「寧貴人，趕緊拾掇拾掇，預備侍候聖駕啊。」

容香連連向小吉兒使眼色，小吉兒這才躲出去了，容香忙上前來替畫珠梳洗。劉進忠退出宮外相候，同來的小太監不解地問：「劉諳達，旁的主子一聽說翻牌子，都歡喜得不得了，怎麼這寧貴人聽說翻了牌子，倒是一臉的不快活？」

劉進忠嗤笑一聲，道：「你們知道什麼？」另一位小太監道：「諳達當著上差，自然比我們要知道得多，諳達不指點咱們，咱們還能指靠著誰呢？」劉進忠便笑道：「小猴兒崽子，算你小子會說話，這中間當然有緣故的——咱們當奴才的，最要緊的是什麼？是知道上頭的風向。在這宮裡，同樣是主子，是娘娘，可是得寵和不得寵，那可就是一個天上，一個地下了。我倒問問你們，如何看得出來哪位主子最得寵？」

小太監嘴快，道：「要照記檔來看，寧貴人最得寵了，一個月三十天，萬歲爺倒有二十天是翻她的牌子。賞她的東西也多，今兒也在賞，明兒也在賞。宮裡都說，連新近得寵的良貴人也奪不了寧貴人的風頭。」劉進忠哈哈一笑，道：「光看記檔能明白個屁。」小太監聽他話裡有話，便一味地纏著他，但劉進忠露了這麼一下子，卻再也不肯說了。

待他們回到乾清宮，梁九功正領著人正等在暖閣之外，見他們送了畫珠進來，便雙掌互擊，四名小監便上前來，接過包裹著畫珠的錦被去，梁九功將嘴一努，他們便將畫珠送入大殿之後的圍房。梁九功這才返身進了暖閣，皇帝盤膝坐在炕上看摺子，梁九功悄悄上前，替換下侍候筆墨的小太監，覷見皇帝稍稍頓筆，便道：「已經起更了，請萬歲爺的示下，萬歲爺是就歇著呢，還是往儲秀宮去？」

皇帝想了一想，道：「就歇著吧。」梁九功「嗻」了一聲，問：「那奴才打發人去接良主子？」皇帝道：「如今戰事正緊，只怕夜裡又有摺子來，她這幾日老歇不好，今兒就不接她過來了，且讓她安安心心睡一覺。」梁九功賠笑道：「每日裡萬歲爺若是不過去，便必打發人接她過來的，今兒要是不去，主子必要記掛著。上回萬歲爺召見大臣，會議了一整夜，結果主子等到後半夜裡才睡下，後來萬歲爺知道了，將奴才一頓好罵，奴才可不敢忘了教訓。」皇帝便道：「偏你有許多囉嗦。」雖這樣說，隨手卻摘下腰上的荷包，道：「拿這個去給她，就說是朕說的，叫她今日早些睡。」又叮囑道：「她是有身子的人，叫她不必磕頭謝恩了。」

按例接到御賞之物，皆要面北磕頭謝恩，故而皇帝特意這樣叮囑。梁九功捧著荷包，「嗻」了一聲，退出來親自送往儲秀宮。待得他回來時，皇帝的摺子亦瞧得差不多了，見到他便問：

「她說了什麼沒有？」梁九功道：「主子並沒有說旁的話，只命奴才請萬歲爺也早些安置。」皇帝點一點頭，說：「朕也倦了，就歇著吧。」梁九功擊掌命人進來侍候皇帝安置，因這日輪到魏珠守夜，梁九功率人一一檢點了門窗，最後才退出去。

方退出暖閣，卻見小太監小和子正等在那裡，見著他，便如見著救星一般，悄悄地對他道：「圍房裡的寧貴人鬧著要見萬歲爺呢。」梁九功道：「告訴她萬歲爺歇下了，有話明天再回奏吧。」小和子哭喪著臉道：「寧貴人發了脾氣，又哭又鬧，誰勸就罵誰，她還懷著龍種呢，咱們可不敢去拉她。」梁九功恨聲道：「一幫無用的蠢材。」話雖這樣說，到底怕鬧出事來，於是跟著他往後面圍房裡去見畫珠。

老遠便見到圍房之外，幾名小太監在門口縮頭縮腦，見著梁九功，紛紛地垂手侍立。梁九功呵斥道：「都什麼時辰了，還不去睡？只管在這裡杵著，等著賞板子不成？」小太監忙不迭都退走了。梁九功踏進房內，只見地下狼藉一片，連茶壺茶杯都摔了，畫珠坐在炕上抱膝流淚。梁九功卻請了個安，道：「夜深了，奴才請寧貴人早些歇著。」

畫珠猛然抬起頭來，直直地盯著他，一雙眼睛雖然又紅又腫，燈下只覺目光中寒意凜冽：「我要見皇上。」梁九功道：「回主子的話，萬歲爺已經歇著了。」畫珠卻失了常態，連聲音都變了調子：「萬歲爺歇著了，那他翻我的牌子做什麼？」梁九功微微一笑，慢吞吞地道：「寧主子不妨拿這話去問萬歲爺，奴才可不敢亂猜測萬歲爺的意思。」畫珠冷笑道：「打量著我傻麼？他只管拿我來頂缸，我憑什麼要枉擔了這個虛名？」說到這裡，眼淚不禁又流了下來。

梁九功賠笑道：「寧主子向來聰明，怎麼今兒反倒說起傻話來。您犯這樣的糊塗不打緊，可這三更半夜，夜深人靜的，您這麼嚷嚷，擱著外人聽見了，您可多沒體面。」畫珠身體劇烈地顫抖著，半晌說不出一句話來。梁九功道：「跟萬歲爺撕破臉面，寧主子您有什麼好處？您還是安心歇著吧，萬歲爺早歇下了，您鬧也沒有用。」

畫珠熱淚滾滾，哭道：「我要見皇上，我什麼都不要，我只要見皇上。」

梁九功道：「寧主子，您怎麼就不明白呢。萬歲爺待您，已經是恩寵有加了，後宮裡的主子們誰不想日日見到萬歲爺，不獨您一個兒。不過就是讓您睡了幾夜圍房，現下萬歲爺可是處處優待著主子您，吃的用的，一應兒皆是最好的分子，隔三差五的另有賞賜，後宮裡其他的主子們，眼紅您還來不及呢，您幹嘛要和這福氣過不去？」

畫珠怔怔地只是流淚。梁九功見她不再吵嚷，便道：「您還是早些歇著吧，看哭腫了眼睛，明兒可見不了人了。」畫珠聞言，果然慢慢地拿絹子拭了眼淚。梁九功便道：「奴才告退了。」打了個千兒，便欲退出去。畫珠卻道：「梁諳達，我有一句話請教您。」

梁九功忙道：「不敢當。」畫珠眼中幽幽閃著光，聲音裡透著森冷的寒意：「求諳達讓我死也做個明白鬼——皇上到底是不是因爲琳琅？」

梁九功「喲」了一聲，滿臉堆笑，道：「寧主子，可不興說這樣不吉利的詞兒，您還懷著身子，將來誕育了小格格、小阿哥，您的福氣還在後頭呢，可不興說那個字。」

畫珠死死地盯著他，問：「我只問你，是不是因爲琳琅？」

梁九功道：「寧貴人這話奴才聽不明白。奴才勸寧貴人別胡思亂想，好生將養著身子才是。」晝珠冷笑一聲，答：「我自然會好好將養著身子。」梁九功不再多說，告退出來。走到門外，招手叫過小和子，囑咐道：「好生侍候著，留意夜裡的動靜，如果出了事，別怪我一頓板子打死你們算完。」小和子連連應是。梁九功又問：「寧貴人宮裡是哪幾個人在侍候？」小和子道：「這可記不得，要去查檔。」梁九功道：「明兒打發人去回安嬪，就說我說的，聽說寧貴人宮裡幾個使喚的人太笨，老是惹得貴人生氣，請安嬪將他們都打發去別處，另外挑人來侍候寧貴人。」

脈脈斜陽

燕歸花謝，早因循、又過清明。是一般風景，兩樣心情。
猶記碧桃影裡、誓三生。烏絲闌紙嬌紅篆，歷歷春星。
道休孤密約，鑑取深盟。語罷一絲清露、濕銀屏。

——納蘭容若〈紅窗月〉

因著天氣一日暖和過一日，琳琅精神一日比一日倦怠，錦秋便勸道：「這會子已經是申末時分，主子才歇了午覺起來，不如奴才陪主子去宜主子那裡坐坐，說一會兒話，回來再用膳。」琳琅記得太醫的囑咐，要她平日裡多散散，不可思慮太過，於是便也答應了。天氣漸熱，園子裡翠柳繁花，百花開到極盛，卻漸漸有頹唐之勢。錦秋陪著她慢慢看了一回花，又逗了一回鳥，不知不覺走得遠了，時值黃昏，起了微微的東風，吹在人身上頗有幾分涼意。錦秋便道：「這風吹在人身上寒浸浸的，要不奴才去給主子拿件氅衣來。」琳琅道：「也好，順便將裡屋炕桌上那匣子裡的花樣子也拿來，原是我答應描了給宜主子的，剛才出來偏生又忘了。」錦秋便答應著去了。琳琅因見假山之下那一帶芍藥開得正好，斜陽餘暉之下如錦如霞，一時貪看住了，順腳隨著青石子道一路走了下去。

其實天色漸晚，各宮裡正傳膳，園中寂靜並無人行，只見群鳥歸林，各處神鴉啊啊有聲。琳琅看了一會花，回頭又見落霞正映在宮牆之上，如浸如染，絢紅如血，她走著走著，不覺轉到了假山之後。這裡本有一所小小兩間屋子，原是專管打掃花園的花匠們放置鋤鍬畚箕之屬的倉房所在，極是幽僻，素日甚少有人來。她見走得遠了，怕錦秋回來尋不著自己，正待順路返回去，忽聽那山牆之外有女子的聲音嚶嚶地哭泣。跟著有人勸道：「咱們做奴才的，挨打受罵，那又有什麼法子。」

琳琅料想必是有宮女受了委屈，故而躲在這裡向同伴哭訴，心下不以爲意，正待要走開，忽聽那人哭道：「她的心也忒狠毒了，恕不得良主子那條命都幾乎送在她手裡。」琳琅聽到這句話，宛若晴天裡一個霹靂，不知不覺就怔在那裡。但聽另一個聲音呵斥道：「妳可別犯糊塗了，這話也是胡亂說得的？」先前哭的那人似是被嚇住了，過了半晌，才道：「好姐姐，我也只給妳一個人說。那日端主子來瞧她，我在窗戶外頭聽得的，原是她和良主子都還在乾清宮的時候，她和端主子商議好了，做下什麼圈套陷害良主子，叫萬歲爺惱了良主子，將良主子趕出了乾清宮，這才有後來的事。」哭道：「她一直疑心我聽著了什麼，借機總是又打又罵，如今我被放出來種花，她還不放過我，硬誣我偷了她的鐲子，要趕我出去。好姐姐，我可該怎麼辦？」

另一人道：「快別說了，這樣無憑無據的事情，誰敢信妳，都只當妳是胡說罷了。妳快快將這事給忘了，忘得一乾二淨，我也只當從來沒聽說過。要叫別人聽見，這可是抄家滅門的大禍。」那人似被嚇住了，只是嚶嚶地哭著。琳琅身上寒一陣，熱一陣，風撲在身上，便如害著大病一樣，手足一陣陣只是發冷，過了好一陣子，才有力氣轉身往回走去。她腳下虛浮，慢慢走了好半晌，才隨著假山走下來，一路走到了青石板的宮道上。錦秋正在那裡滿面焦灼地東張西望，見著她便如得了鳳凰一般，道：「主子往哪裡去了，可叫奴才好找。園子裡人少，連個問的人都沒有，眼瞧著天色都黑下來了，可急死奴才了。」一面說，一面將手裡的氅衣抖開，替琳琅穿上，一時觸到她的手，嚇了一跳：「主子的手怎麼這樣冷冰冰的，可別是受了涼寒。」琳琅輕輕搖一搖頭。錦秋見她臉上半分血色都沒有，心裡害怕，道：「天晚了，要不奴才先侍候主子回去，明兒再去長春宮吧。」琳琅並不答話，隨著青石板的大路，慢慢地往回走。錦秋攙扶著她，心裡只是七上八下。

待回到儲秀宮中，天色已晚，碧落正招呼了小太監傳燈。燈下驟然見著琳琅進來，一張面孔雪白，神魂不屬的樣子，碧落亦嚇了一跳，忙忙上前來侍候，拿熱毛巾把子擦過臉，又問：「主子可餓了，可想用點什麼？」琳琅輕輕搖一搖頭，道：「我倦了，想歪一歪。」碧落見她聲氣不同尋常，忙收拾了炕上，服侍她睡下。又命小宮女進來，將地下的大鼎裡換了安息香，這才躡手躡腳地走出去，尋著錦秋，劈面就問：「我的小祖宗，妳引主子到哪裡去了？梁諳達千交代萬囑咐，妳全都當成耳旁風？我告訴妳，妳倘若是不想活了，可別連累著大傢伙兒。」錦秋幾乎要哭出來，道：「並沒有往哪裡去，就是說去宜主子那裡坐坐，走到園子裡，主子叫我回來拿氅衣和花樣子，我拿了回去，半晌就沒尋見主子，過了好一陣子，才瞧見主子從假山那頭下來，便是這樣子了。」

碧落道：「妳竟敢將主子一個人撂在園子裡頭，萬一衝撞上什麼，妳擔當得起嗎？」錦秋道：「我也是一時沒想得周全，原說快去快回的，不過一盞茶的工夫，而且平日裡園子裡人來人往的，總覺得不打緊的。」碧落恨聲道：「不打緊？妳瞧瞧主子的樣子，這還叫不打緊？看讓萬歲爺知道了，梁諳達能饒得了誰？」錦秋又怕又悔，抽泣著道：「我也不是成心，誰知道就那麼一會兒工夫，就出了差池……」碧落見她這樣子，也不好再埋怨，又怕琳琅有事叫自己，只得返身進去。

碧落坐在小杌子上，見琳琅一動不動面朝裡躺著，心裡只是害怕。等起了更，乾清宮的小太監悄悄地來回：「萬歲爺就過來了，請主子預備接駕。」碧落不敢說實話，只得進去炕前，輕聲喚了聲：「主子。」只見琳琅眸子清炯炯地望著帳頂，原來並未曾睡著，見她來，只說：「我什麼都不想吃。」碧落只得道：「那主子可覺得好些了？乾清宮說萬歲爺就過來，若是主子身上不爽快，奴才就打發人去回萬歲爺。」琳琅知道若是回了皇帝，必要害得他著急，若不親來瞧自己，必又打發人來，總之是不安心，於是掙扎著坐起來，道：「不，不用。」說：「將鏡子拿來我看看。」

碧落忙拿了鏡子過來，琳琅照了一照，只覺得臉頰上皆是緋紅的，倒比方才有了些顏色，又命錦秋進來替自己梳頭，方收拾好了，皇帝已經到了。

皇帝的心情倒甚好，就著燈望一望她的臉上，說：「妳今兒精神像是不錯。」琳琅含笑道：「我睡了大半晌，適才又歪了一會兒，這會子倒餓了。」皇帝道：「朕也餓了，今兒有南邊貢來的糟鵪鶉，我已經打發人給妳的小廚房送去了，叫他們配上粥，咱們一塊兒吃。」

碧落便率人收拾了炕桌，又侍候皇帝寬了外頭的衣裳，在炕上坐了，琳琅打橫陪著他。一時小廚房送了細粥來，八樣小菜，糟鵪鶉、五絡雞絲、胭脂鵝脯、炸春捲、燻干絲、風醃果子狸、燻肘花小肚、油鹽炒枸杞芽兒，另外配了四樣點心，倒是滿滿一桌子。琳琅就著油鹽炒枸杞芽兒，勉強吃了半碗粥，只覺得口中發苦，再嚥不下去，就擱了筷子。皇帝因見她雙頰鮮紅，說道：「是不是吃得發了熱，可別脫衣裳，看回頭著了風。」一面說，一面擱下筷子，摸了摸她的手，不禁臉上就變了顏色：「怎麼這樣滾燙？」琳琅也覺得身上無力，連肌膚都是焦痛的，知道自己只怕是在發熱，勉強笑道：「我真是不中用，大抵是後半晌起來吹了風，受了涼。」

皇帝一面命人去傳太醫，一面就打發她躺下。碧落等人早著了忙，忙上來侍候。皇帝道：「妳們如今當差也太不用心了，主子病了還不知道，可見有多糊塗。」琳琅道：「不怨她們，我也是這會子才有些覺得。」皇帝一直等到太醫傳來，又開了方子，看著她吃下藥去，這麼一折騰，已經是二更天的工夫了。皇帝心中著急，嘴上卻安慰她道：「不打緊，太醫說只是受了風寒，吃一劑藥就好了。」琳琅勉強笑道：「我這會子也覺得身上鬆快了些，皇上還是回乾清宮去早些歇著吧，明兒還得上朝呢。」

皇帝也知自己在這裡，必然令她不能安睡，便道：「也好，妳且養著，我先回去。」走至門口，終究不忍，回過頭來，卻見她正望著自己，眼中淚光盈然，見他回頭，忙倉促轉過臉去。皇帝便返身回來，握了她的手，低聲道：「妳今兒是怎麼了？」她似乎悚然回過神來，眼睛裡依舊是那種惶然驚懼的神氣，嘴裡卻答非所問：「這夜裡真安靜。」皇帝愛憐萬分，說道：「可不是累著了，如今不比往日，妳要替我好好保重自己才是。」她心底微微一熱，抬起頭來見皇帝目不轉睛地望著自己，那雙烏黑深邃的眼眸，明亮而深沉。她不由自主轉開臉去，低低地道：「我害怕……」皇帝只覺得她聲音裡略帶惶恐，竟在微微發顫，著實可憐，情不自禁將她攬入懷中，說道：「別怕，我都佈置好了，她們自顧不暇，料來不能分神跟妳過不去。再說有皇祖母在，她答應過我要護妳周全。」只覺得她鬢髮間幽香馥郁，楚楚可憐。卻不想她輕輕歎了口氣，說：「琳琅不是害怕那些。」皇帝不由「唔」了一聲，問：「那妳是怕什麼？」

她的聲音更加低下去，幾乎微不可聞：「我不知道。」皇帝聽她語氣淒涼無助，自己從來未曾見過她這樣子，心中愛憐，說：「有我在，妳什麼都不必怕。」桌上點著紅燭結了燭花，火焰跳動，燦然大放光明，旋即黯然失色，跳了一跳，復又明亮，終不似以前那樣光亮照人。她低聲道：「你瞧這蠟燭，結了燭花燃得太亮，只怕就會熄了。」皇帝聽她語意裡隱約有幾分淒涼，念及她所受之種種苦楚，心中更是難過。隨手抽下她髮間一支碧玉釵，將燭光剔亮，說：「這世上萬事妳俱不用怕，萬事皆有我替妳擔當。」她眼中依稀閃著淡薄的霧氣，聲音漸漸低下去：「紅顏未老恩先斷——」皇帝一腔話語，不由都噎在那裡，過了半晌，方才道：「妳原是這樣以爲。」她終於抬起頭來，他的眉頭微皺，眉心裡便擰成川字，她緩緩道：「琳琅其實與後宮諸人無異，我怕失寵，怕你不理我，怕你冷落，怕你不高興。怕老，怕病，怕死……怕……再也見不著你。」

皇帝伸手將她攬入自己懷中，兩人相依相偎良久，她低聲道：「只咱們兩個人在這裡，就像是在做夢一樣。」皇帝心底不知爲何泛起一絲酸楚，口中道：「怎麼說是做夢，妳身上不好，可別說這樣的話。我打算過了，待得天下大定，我要將西苑、南苑、北海子全連起來，修一座大園子起來。到了那時候，咱們就上園子裡住去，可以不必理會宮裡那些規矩，咱們兩個人在一塊兒。」她「嗯」了一聲。皇帝又道：「京裡暑氣重，妳素來怕熱，到時我在關外挑個地方，也蓋園子起來，等每年進了六月，我就帶妳出關去避暑，行圍獵鹿。咱們的日子長久著呢。」

又勸慰她良久，方才親自打發她睡下，終於出來。碧落率著人皆在外頭預備送駕，一時皇帝上了肩輿，一溜八盞宮燈簇擁了御駕，回乾清宮去。梁九功隨在後頭，轉身向碧落招了招手，碧落只得上前來，梁九功道：「妳也來，萬歲爺有話問妳。」

碧落便隨在後頭，跟著皇帝回了乾清宮。皇帝換了衣裳，在炕上坐了，碧落靜靜地跪在那裡，卻不敢作聲。皇帝默然良久，方才道：「太醫的話，妳也聽見了。朕平日是怎麼囑咐妳們的？」碧落連連磕頭，道：「奴才該死。」皇帝淡然道：「太醫說妳們主子是受了極大的驚嚇，以致心神不屬，風邪入脈，萬幸沒有動到胎氣。妳老老實實地告訴朕，妳們主子是遇上了什麼人，還是遇上了什麼事？」碧落無奈，只得將錦秋的話從頭到尾複述了一遍，道：「奴才們實實不知道，奴才已經狠狠責罵錦秋，她急得也只會哭，求萬歲爺明察。」梁九功便去傳了錦秋來，皇帝問過，果然實情如此，並無人知曉。皇帝沉吟片刻，道：「園子裡冷清，不定是撞上了什麼，總歸是因爲跟的人少的緣故，此後妳們主子出去，必要著兩個人跟著。妳們主子待妳們不薄，妳們也要盡心盡力地侍候。」碧落與錦秋皆磕頭稱「是」，皇帝便命她們回去了。梁九功上來侍候皇帝安置，皇帝囑咐他道：「你挑一個得力的人去儲秀宮小廚房當差，凡是良貴人的一應飲食，都要特別仔細侍候。」梁九功「嗻」了一聲，皇帝淡然道：「朕倒要好生瞧著，看誰敢再算計朕的人。」

琳琅吃了幾劑藥，終於一日日調養起來，皇帝這才放了心。梁九功派去儲秀宮的人叫張五寶，原在御膳房當差，最精於飲饌之道，爲人又極踏實勤勉。凡是琳琅入口之物，不論是茶水點心，還是早晚二膳，皆先由他細細嚐過。這日琳琅去了景仁宮給佟貴妃請安，宮裡只留下幾個不相干的小太監，大家便奉承著張五寶，與他在直房裡喝茶，央他講些御膳房的掌故來聽。正在閒話的當兒，一名宮女走進來，手裡提著雕漆食盒，笑道：「各位諳達寬坐。」張五寶原識得她，便趕著她的名兒叫：「曉晴妹妹，今兒怎麼得空到這裡來？是不是端嬪打發妳來的？」曉晴撈了辮梢在手裡，笑道：「誰是你的妹妹？如今我可不在端主子那裡，眼下分派我去了延禧宮裡當差呢。」將食盒交給張五寶，道：「這個是桃仁餡山藥糕，我們寧主子說良貴人素來愛吃這個，所以送來給良主子嚐嚐新。」

各宮裡皆有小廚房，妃嬪相互饋贈吃食，原也尋常，張五寶並沒有在意，便接了過去，口裡說：「有勞有勞，替我們主子多謝寧貴人。」又留曉晴吃茶，曉晴道：「我可不像你們這樣輕閒，主子還打發我往別處去送糕呢。」

待得曉晴走後，張五寶打開食盒看了一看，見盒中果然是一大盤新蒸的桃仁餡山藥糕，幾名小太監便笑道：「聞著真是噴鼻的香，怪饞人的。平日裡只說嚐膳嚐膳，主子吃什麼好東西，諳達您總得先嚐了，可真是天下頭一份的好差事。」張五寶笑罵道：「你們以為嚐膳是好玩的差事麼？出了半點差池，那可是要掉腦袋的。」

一時將糕收了，待得琳琅回來，碧落果然命傳點心，小廚房便預備了建蓮紅棗湯、糖蒸酥酪並那桃仁餡山藥糕。張五寶用清水漱了口，一樣樣地嚐過。每嚐過一樣，便再漱一次口。等嚐到桃仁餡山藥糕，忽覺得微有苦味，隱約夾雜著一種辛香之氣。心下暗暗詫異，不敢馬虎，又拿了一塊，掰開了桃仁餡，對著亮光細看了好一會兒，方又再細細地放在口裡嚼了。碧落見了他的舉止，知道事情有異，不覺一顆心都提了起來。張五寶的臉色沉下來，對碧落道：「打發人去回梁諳達，這糕裡有毛病。」

梁九功行事最是俐落，立刻傳了太醫院當值的李太醫進來。李太醫掰開了糕餡子，細細地拿手指碾開，又聞了氣味，細細地嚐了味道，知道茲事體大，不敢隱瞞，對梁九功道：「諳達，依下官看，這桃仁裡頭似攙了一味中藥紅花，到底是與不是，還要待下官與同事公議。」梁九功道：「李大人，這紅花是味什麼藥？」李太醫道：「紅花別名草紅、刺紅花、杜紅花、金紅花，如果紅花配桃仁，破血祛瘀之力更甚，通經散瘀而止痛，治婦人各種瘀血病症、經閉、症瘕、難產、死胎、產後惡露不行，民間亦有用此方墮胎的。」梁九功倒吸了一口涼氣，立刻命人連盒子帶糕一塊兒封了。一面親自去回稟皇帝，一面打發人去回稟佟貴妃。佟貴妃正在病中，聽說出了這樣的事情，大是震驚，立刻命安嬪打發人將送糕的宮女曉晴看管起來。

皇帝自然震怒非常：「前明宮中穢亂，故此等事層出不窮，本朝自入關以來宮闈清嚴，簡直是聞所未聞。此事朕聽著就覺得髒了朕的耳朵，你告訴佟貴妃，叫她依律處置。不管是誰的指使，得都替朕查得清楚，朕絕不容六宮之中有此等陰毒之人。」梁九功便親自去回稟了佟貴妃。

偏生這幾日佟貴妃犯了舊疾，一直在吃藥調養，只得將此事依舊交代安嬪去辦。安嬪不忿畫珠已久，聽到這樣的事情，哪有不雷厲風行的，立時帶了人去延禧宮。

未至垂花門口，已經瞧見畫珠領著闔宮的宮女太監站在宮門之外，安嬪笑吟吟道：「喲，好容易得空來陪妹妹說幾句，倒勞貴人妹妹出來接我，眞是不敢當，不敢當。」畫珠冷笑一聲，道：「原來姐姐是來陪我說話的，我瞧這陣仗，還以爲姐姐是牽人來拿我的。」安嬪笑道：「妹妹又沒做虧心事，怎麼會以為我是來拿人的？」畫珠道：「才剛打發兩個人來，二話不說，綁了我的宮女就走，我倒要問問妳，皇上是不是有旨意，要褫奪我的貴人位分，或者是乾脆三尺白綾子賜我一個了斷？」

安嬪心裡一動，笑道：「妹妹猜得不錯，萬歲爺有旨意。」便面南站了，道：「傳萬歲爺口諭。」畫珠怔了一怔，只得由宮女攙扶著，面北跪了下來。安嬪慢條斯理地道：「萬歲爺說，叫寧貴人明白回話，欽此。」畫珠只得忍氣吞聲，磕頭謝恩。安嬪道：「妹妹不必氣惱，姐姐只是奉了旨意，來問妹妹幾句話，妹妹只要老實答了，萬歲爺自有明鑑。」畫珠冷笑道：「我老實答了，你們肯信麼？」安嬪微微一笑，道：「我肯不肯信都不要緊，只要萬歲爺肯信妹妹就成。」畫珠聽了此句，忽然怔怔地流下淚來。安嬪道：「站在這裡像是什麼樣子呢，還請妹妹進去說話吧。」畫珠拭一拭眼淚，彷彿一下子鎮定下來，挺直了身子，神色自若地扶著宮女轉身進到宮中去。

待進了殿中，安嬪居中坐了，便道：「請問寧貴人，今兒晌午是不是打發宮女曉晴送給良貴人一盤桃仁餡的山藥糕？」畫珠道：「是又怎麼樣？」安嬪微微一笑，道：「那再請問寧貴人，那山藥糕的餡裡，除了桃仁，寧貴人還叫人擱上了什麼好東西？」畫珠連聲冷笑：「我道是什麼潑天大禍，原來是為了那盤山藥糕。不過是我廚房裡新做了一些，想起她原先愛吃這個，打發人送了她一盤。不獨送了她，還送了佟貴妃、端嬪、德嬪、榮嬪。難道說我這糕裡頭倒擱了毒藥不成？」

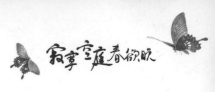

安嬪笑道：「太醫可沒說裡頭擱了毒藥，太醫只說，裡頭擱的是墮胎藥。」

畫珠聽了此話，宛若半空裡一個焦雷，好半晌說不出話來，末了方才喃喃道：「原來如此……」抬起頭來，厲聲道：「不是我做的，我並不知情。」安嬪坐在那裡，翹起水蔥似的手指，打量尾指上套的金護甲上嵌著殷紅如血的珊瑚珠子，閒閒地道：「妹妹此時當然要說不知情了，換作是我，也要推個一乾二淨啊，這可是抄家滅族的大禍。」畫珠連連冷笑，道：「妳想要落井下石，坐實了我這罪名，沒這麼容易。皇上英明睿智，斷不會被妳們蒙蔽了去。」安嬪抽出肋下的絹子，拭一拭鼻翼上搽的粉，說道：「知道皇上往日裡待妳好，可惜這回連皇上也不能徇情私饒了妳。」起身吩咐左右道：「好生侍候寧貴人，貴人還懷著皇上的血脈呢，若有個閃失，你們可擔當不起。」

那些宮女太監早已經跪了一地，安嬪便道：「這裡的人統統不留了，關到北五所去聽候發落，我另外再派人來侍候貴人。從即日起，延禧宮不許人進出，更不許往外傳遞東西，一切再聽佟貴妃懿旨。」她說一句，延禧宮的首領太監便「嗻」一聲，最後她一離開延禧宮，便將宮女太監全部帶走，另外派了四名嬤嬤來，名爲侍候，實爲監視，將畫珠軟禁起來。

安嬪去向佟貴妃覆命，到了景仁宮方知佟貴妃給太后請安去了，忙忙又趕過去。佟貴妃是先往慈寧宮太皇太后處去了，方才轉過來，故而安嬪至太后宮外，遠遠只見數人簇擁著一乘輿轎過來，正是佟貴妃的輿轎，忙親自上前侍候佟貴妃下了輿轎，早有人打起簾子。佟貴妃知太后無事喜在暖閣裡歪著，所以扶著宮女，緩步進了暖閣，果見太后坐在炕上，嗒嗒地吸著水煙。她與安嬪請下安去，太后歎了一口氣，說：「起來吧。」她謝恩未畢，已經忍不住連聲咳嗽，太后忙命人賜坐，卻並不理睬安嬪，安嬪只得站著侍候。佟貴妃明知太后叫自己過來是何緣由，待咳喘著緩過氣來，道：「因連日身上不好，沒有掙扎著過來給皇額娘請安，還請皇額娘見諒。」

太后擱下煙袋，自有宮女奉上茶來，太后卻沒有接，只微微皺著眉說：「我都知道，妳一直三災八難的，後宮裡的事又多，額娘知道妳是有心無力。」頓了一頓，問：「畫珠的事，究竟是怎麼回事？」

佟貴妃見她問及，只得道：「此事是安妹妹處置，我也只知是寧貴人身邊的宮女，已經認了罪。」太后見她並不知道首尾，只得轉臉對安嬪道：「聽說寧貴人叫妳給關起來了，到底是怎麼一回事？」

安嬪便將事情首尾原原本本講了一遍。太后聽說李太醫說糕點餡子裡竟夾著墮胎藥，只覺得太陽穴突突亂跳，半晌說不出話來。

安嬪道：「這等陰狠惡毒的行事，歷來為太皇太后和太后所厭棄。寧貴人素蒙聖眷，沒想到竟敢謀算皇嗣，實實是罪大惡極。臣妾不敢擅專，奉了貴妃的懿旨，與榮嬪、德嬪、宜嬪、端嬪幾位姐姐商議後，才命人將她暫時看管起來。如何處置，正要請太后示下。」

暖閣中極靜，只聽銅漏滴下，泠泠的一聲。佟貴妃坐在太后近前，只聽她呼吸急促，兩眼直勾勾地盯著自己，忙道：「皇額娘別生氣，您身子骨要緊。」安嬪也道：「太后不必為了這樣忘恩負義的小人，氣壞了自個兒的身子。」

太后久久不說話，最後才問：「妳們打算如何處置？」

安嬪道：「事關重大，還要請太后示下。不過祖宗家法……」稍稍一頓，道：「是留不得的。是否株連親族，就看太后的恩典了。」謀害皇嗣，乃十惡不赦之大罪，以律例當處以極刑，並株連九族。太后只覺煩躁莫名，道：「人命關天，妳口口聲聲說她謀害皇嗣，難道畫珠肚子裡的不是皇上的血脈？」

佟貴妃聽說要人性命，心下早就惴惴不安，亦道：「皇額娘說的是，事關重大，總得等皇上決斷，請了聖旨才好發落。」

安嬪不由抿嘴一笑，道：「雖然寧貴人現在身懷有孕，可她半分也不替肚子裡的孩子積德，竟敢謀害皇嗣，十惡不赦，料想皇上亦只能依著祖宗家法處置。」

太后冷冷道：「皇帝素來愛重寧貴人，等弄清了來龍去脈，妳們再講祖宗家法也不遲。」

安嬪道：「皇上素來處事嚴明，從不挾私偏袒。依臣妾愚見，妄測聖意必也遵祖宗家法行事。」話音方落，只聽「砰」一聲，卻是太后將手中的茶碗重重擱在炕桌上。嚇得佟貴妃連忙站起來了，英嬤嬤忙道：「太后，寧貴人有負皇恩，著實可惡，您別氣壞了身子。」太后被她這麼一提醒，才緩緩道：「總之此事等皇帝決斷吧。」

佟貴妃恭聲應「是」，她是副后身分，位分最高，雖在病中，但六宮事務名義上仍是她署理，她既然遵懿旨，安嬪只得緘然。

皇帝這日在慈寧宮用過晚膳，方去向太后請安。方至宮門，英嬤嬤已經率人迎出來，她是積年的老嬤嬤，見駕只請了個雙安，悄聲道：「萬歲爺，太后一直說心口痛，這會子歪著呢。」

皇帝遲疑了一下，說：「那我明兒再來給太后請安。」只聽暖閣裡太后的聲音問：「是皇帝在外頭？快進來。」皇帝便答道：「是兒子。」進了暖閣，只見太后斜倚在大迎枕上，臉上倒並無病容，見著他，含笑問：「你來了。」皇帝倒規規矩矩行了請安禮，太后命人賜了坐。皇帝道：「太后聖躬違和，兒子這就命人去傳太醫。」太后道：「不過是身上有些不耐煩，歪一會子也就好了。有樁事情，我想想就生氣——那可是你心愛的人。」

皇帝聽她說自己心愛的人，心中不由微微一跳，賠笑道：「皇額娘，六宮之中，兒子向來一視同仁，自覺並無偏袒。」太后不覺略帶失望之色，道：「連你也這麼說？那畫珠這孩子是沒得救了。」

皇帝聽她提到畫珠，才知道是自己想錯了，一顆心不由頓時放下了。旋即道：「寧貴人的事，兒子還在命人追查，待查得清楚，再向太后回奏。」皇帝行事素來敏捷乾脆，從太后宮中出來後即起駕去景仁宮。佟貴妃病得甚重，勉強出來接駕。皇帝見她弱不禁風，心下可憐，說：「妳還是歪著吧，別強撐著立規矩了。」佟貴妃謝了恩，終究只是半倚半坐。皇帝與她說了些閒話，倒是佟貴妃忍不住，道：「寧貴人之事如何處置，還請皇上示下。」稍一遲疑，又說：「太后的意思，寧貴人素得皇上愛重……」

皇帝道：「國有國法，家有家規，這六宮之中，妳們哪一個人朕不愛重？」語氣一轉：「只是朕覺得此事蹊蹺，朕自問待她不薄，她不應有怨懟之心，且明知事發之後她脫不了干係，如何還要做這樣的蠢事？」佟貴妃素知皇帝心思縝密，必會起疑心，當下便道：「臣妾也是如此想，皇上待寧貴人情深義重，她竟然罔顧天恩，行此大逆不道之事，著實令人費解。」皇帝說：「那個送糕的宮女，妳再命人細細審問明白。」

佟貴妃怕皇帝見疑，當下便命人去傳了宮女曉晴來，語氣嚴厲地吩咐身邊的嬤嬤：「此事關係重大，妳們仔細拷問，她若有半點含糊，就傳杖。妳們要不替我問個明白，也不必來見我了。」她素來待下人寬和，這樣厲言警告是未曾有過的事，嬤嬤們皆悚然驚畏，連聲應是。

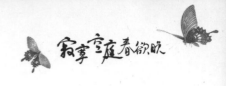

此身良苦

而今才道當時錯，心緒淒迷。紅淚偷垂，滿眼春風百事非。
情知此後來無計，強說歡期。一別如斯，落盡梨花月又西。

——納蘭容若〈採桑子〉

那些嬤嬤，平日裡專理六宮瑣事，最是精明能幹，並不比外朝的刑名遜色，既然有貴妃懿旨許用刑，更是精神百倍。連夜嚴審，至第二日晌午，方問出了端倪。佟貴妃看了招認的供詞，一口氣換不過來，促聲急咳。宮女們忙上來侍候，好容易待得咳喘稍定，她微微喘息：「我……我去乾清宮面見皇上。」

皇帝卻不在乾清宮，下朝後直接去了慈寧宮。佟貴妃只得又往慈寧宮去，方下了輿轎，崔邦吉已經率人迎出來，先給佟貴妃請了安，低聲道：「貴主子來得不巧，太皇太后正歇晌午覺呢。」佟貴妃不由停下腳步，問：「那皇上呢？」崔邦吉怔了一下，立刻笑道：「萬歲爺在東頭暖閣裡看摺子呢。」佟貴妃便往東暖閣裡去，崔邦吉卻搶上一步，在檻外朗聲道：「萬歲爺，貴主子給您請安來了。」這才打起簾子。

琳琅本立在大案前抄《金剛經》，聽到崔邦吉通傳，忙擱下筆迎上前來，先給佟貴妃行了禮。佟貴妃不想在這裡見著她，倒是意外，不及多想。皇帝本坐在西首炕上看摺子，見她進來，皇帝倒下炕來親手攙了她一把，說：「妳既病著，有什麼事打發人來回一聲就是了，何必還掙扎著過來。」

佟貴妃初進暖閣見了這情形，雖見皇帝與琳琅相距十餘丈，但此情此景便如尋常人家夫妻一般，竟未令人覺得於宮規君臣有礙。她忍不住心中泛起錯綜複雜的滋味，聽皇帝如斯說，眼眶竟是一熱。她自恃身分，勉力鎮定，說：「藥糕之事另有內情，臣妾不敢擅專，所以來回稟皇上。」又望了琳琅一眼，見她微垂螓首立在窗下。那窗紗明亮透進春光明媚，正映在琳琅臉上，雖非豔麗，但那一種嫺靜婉和，隱隱如美玉光華。耳中只聽皇帝道：「妳先坐下說話。」轉臉對琳琅道：「去沏茶來。」

佟貴妃與他是中表之親，如今中宮之位虛懸，皇帝雖無再行立后之意，但一直對她格外看顧，平日裡相敬如賓。她到了此時方隱隱覺得，皇帝待她雖是敬重，這敬重裡卻總彷彿隔了一層。聽他隨意喚琳琅去倒茶，驀然裡覺得，在這暖閣之中，這個位分低下的貴人竟比自己這個貴妃，似乎與皇帝更爲親密，自己倒彷彿像是客人一般，心中悵然若失。

琳琅答應一聲去了，佟貴妃定了定神，緩緩道：「事情倒眞如皇上所說，另有蹊蹺。那宮女招認，說是端嬪指使她攀汙寧貴人，那味紅花之藥，亦是端嬪命人從宮外夾帶進來。臣妾已經命人將夾帶入宮私相傳遞藥材的太監、宮女皆鎖了起來，他們也都招認了。臣妾怕另生事端，已經命兩名嬤嬤去陪伴端嬪。如何處置，還請皇上示下。」

皇帝緘默良久，佟貴妃見他眉頭微蹙，眉宇間卻恍惚有幾分倦怠之意。她十四歲入侍宮中，與皇帝相處多年，甚少見他有這樣的倦色，心下茫然不知所措。皇帝的聲音倒還是如常平靜：「審，定要審問清楚。妳派人去問端嬪，朕哪裡虧待了她，令她竟然如此陰狠下作。妳跪安吧，朕乏了。」

琳琅端了茶盤進來，佟貴妃已經退出去了。她見皇帝倚在炕几之上，眼睛瞧著摺子，那一支上用紫毫擱在筆架上，筆頭的朱砂已經漸漸涸了。她便輕輕喚了聲：「皇上。」皇帝伸手握住她的手，微微歎了口氣：「她們成日地算計，算計榮寵，算計我，算計旁人。這宮裡，一日也不叫人清淨。」

她就勢半跪在腳踏上，輕聲道：「那是因爲她們看重皇上，心裡惦記皇上，所以才會去算計旁人。」皇帝「唔」了一聲，問：「那妳呢，妳若是看重我，心裡惦記我，是否也會算計我？」

她心裡陡然一陣寒意湧起，見他目光清冽，直直地盯著自己，那一雙瞳仁幾乎黑得深不可測，她心中怦怦亂跳，幾乎是本能般脫口道：「琳琅不敢。」皇帝卻移開目光去，伸出手臂攬住她，輕聲道：「我信妳不會算計我，我信妳。」

她心底一陣難以言喻的痛楚，皇帝的手微微有些發冷，輕而淺的呼吸拂過她的鬢邊，她烏髮濃密，碎髮零亂的絨絨觸動在耳畔。她想起小時候嬤嬤給自己梳頭，無意間碎碎唸叨：「這孩子的頭髮生得這樣低。」後來才聽人說，頭髮生得低便是福氣少，果然的，這一生福薄命舛。到了如今，已然是身在萬丈深淵裡，舉首再無生路，進退維谷，只是走得一步便算一步，心下無限哀涼，只不願意抬起頭。紫檀腳踏本就木質堅硬，她一動不動地半跪在那裡，只是懶怠動彈。腳蜷得久了，酥酥的一陣麻意順著膝頭痹上來。皇帝卻亦是不動，他腰際明黃佩帶上繫著荷包正垂在那炕沿，御用之物照例是繡龍紋，千針萬線納繡出猙獰鮮活。她不知爲何有些悵然，就像是丟了極要緊的東西，卻總也記不得是丟了什麼一樣，心裡一片空落落地難過。

太皇太后歇了午覺起來，皇帝已經去了弘德殿。晌午後傳茶點，琳琅照例侍候太皇太后吃茶。太皇太后論了茶磚的好壞，又說了幾句旁的話，忽然問：「琳琅，此回藥糕之事你怎麼看？」琳琅微微一驚，忙道：「琳琅位分低微，不敢妄議六宮之事。況且此事由琳琅而起，如今牽涉眾人，琳琅心中實實不安。」太皇太后微微一笑，說：「妳的位分，我早就跟皇帝說過了，原本打算萬壽節晉妳爲嬪位，偏生妳一直病著。趕明兒挑個好日子，就叫內務府去記檔。」琳琅聽她誤解，越發一驚，說道：「太皇太后，琳琅並無此意，太皇太后與皇上待琳琅的好，琳琅都明白，並不敢妄求旁的。」

太皇太后道：「好孩子，我知道妳並不看重位分虛名，可是旁人看重這些，咱們就不能讓她們給看輕了。皇帝是一國之君，在這六宮裡，他願意抬舉誰，就應該抬舉誰。咱們大清的天子，心裡喜歡一個人，難道還要偷偷摸摸的不成？」

琳琅心下一片混亂，只見太皇太后含笑看著自己，眼角的淺淺淡紋，顯出歲月滄桑，但那一雙眼睛卻並沒有老去，光華流轉似千尺深潭，深不可測，彷彿可以看進人心底深處去。她心下更是一種惶然的驚懼，勉強鎮定下來，輕聲道：「謝太皇太后恩典，琳琅知道您素來疼惜琳琅，只是琳琅出身卑賤，皇上對琳琅如此眷顧，已經是琳琅莫大的福氣。太皇太后再賞賜這樣的恩典，琳琅實實承受不起，求太皇太后體恤。」

太皇太后向蘇茉爾笑道：「妳瞧這孩子，晉她的位分，旁人求之不得，獨獨她像是惟恐避之不及。」轉過臉對琳琅道：「妳前兒做的什麼花兒酪，我這會子怪想著的。」琳琅答：「不知太皇太后說的是不是芍藥清露蒸乳酪？」太皇太后點頭道：「就是這個。」琳琅便微笑道：「我這就去替老祖宗預備。」福了一福，方退了出去。

太皇太后注視她步態輕盈地退出了暖閣，臉上的微笑慢慢收斂了，緩緩對蘇茉爾道：「她見事倒還算明白。」蘇茉爾緘默不言，太皇太后輕輕歎了一口氣：「妳還記不記得，那年福臨要廢黜皇后，另立董鄂氏爲后，董鄂說的那一句話？」蘇茉爾答道：「奴才當然記得，當時您還說過，能說出這句話，倒眞是個心思玲瓏剔透的人兒。先帝要立董鄂皇貴妃爲后，皇貴妃卻說：『皇上欲置臣妾炭火其上？』」

太皇太后微微一笑：「她們百般算計，哪裡知道在這後宮裡，三千寵愛在一身，其實就好比架在那熊熊燃著的火堆上烤著。捧得越高，嫉妒的人就越多，自然就招惹禍事。」頓了一頓，說：「皇帝就是深知這一點，才使了這招『移禍江東』，將那個寧貴人捧得高高兒的，好叫旁人全去留意她了。」

蘇茉爾道：「皇上睿智過人。」

太皇太后又長長歎了一口氣，淡然反問：「還談什麼睿智？竟然不惜以帝王之術駕馭臣工的手段來應對後宮，眞是可哀可怒。」蘇茉爾又緘默良久，方道：「萬歲爺也是不得已，方出此下策。」

太皇太后道：「給她們一些教訓也好，省得她們成日自作聰明，沒得弄得這六宮裡烏煙瘴氣的。」臉上不由浮起憂色：「現如今叫我揪心的，就是玄燁這心太癡了。有好幾回我眼瞅著，他明明瞧出琳琅是虛意承歡，卻若無其事裝成渾然不知。他如今竟然在自欺欺人，可見無力自拔已經到了何種地步。」

蘇茉爾低聲道：「這位衛主子，既不是要位分，又不是想爭榮寵，她這又是何苦。」

太皇太后道：「我瞧這中間定還有咱們不知道的古怪，不過依我看，她如今倒只像想自保。這宮裡想站住腳，並不容易，妳不去惹人家，人家自會來惹妳。尤其皇帝又撂不下她，她知道那些明槍暗箭躲不過，所以想著自保。」歎了口氣：「這雖不是什麼壞事，可遲早我那個癡心的傻孫兒會明白過來。等到連自欺欺人都不能的那一天，還保不齊是個什麼情形。」

蘇茉爾深知她的心思，忙道：「萬歲爺素來果毅決斷，必不會像先帝那樣執迷不悟。」

太皇太后忽然輕鬆一笑：「我知道他不會像福臨一樣。」她身後窗中透出晌午後的春光明媚，照著她身上寶藍福壽繡松鶴的妝花夾袍，織錦夾雜的金線泛起耀眼的光芒。她凝望著那燦爛的金光，慢條斯理伸手捋順了襟前的流蘇：「咱們也不能讓他像福臨一樣。」

皇帝這一陣子聽完進講之後，皆是回慈寧宮陪太皇太后進些酒膳，再回乾清宮去。這日遲遲沒有過來，太皇太后心生惦記，打發人去問，過了半晌回來道：「萬歲爺去瞧端主子了。」

太皇太后「哦」了一聲，像是有些感慨，說：「一日夫妻百日恩，去見一面也是應該。」轉過臉來將手略抬，琳琅忙奉上茶碗。窗外斜暉脈脈，照進深廣的殿裡，光線便黯淡下來，四面蒼茫暮色漸起，遠處的宮殿籠在靄色中，西窗下日頭一寸一寸沉下去。薄薄的並沒有暖意，寒浸浸的倒涼得像秋天裡了。她想著有句云：東風臨夜冷於秋。原來古人的話，果然眞切。

其實皇帝本不願去見端嬪，還是佟貴妃親自去請旨，說：「端嬪至今不肯認罪，每日只是喊冤。臣妾派人去問，她又什麼都不肯說，只說要御前重審，臣妾還請皇上決斷。」皇帝本來厭惡端嬪行事陰毒，聽佟貴妃如此陳情，念及或許當真有所冤屈，終究還是去了。

端嬪仍居咸福宮，由兩名嬤嬤陪伴，形同軟禁。御駕前呼後擁，自有人早早通傳至咸福宮。端嬪只覺望眼欲穿，心中早就焦慮如焚。但見斜陽滿院，其色如金，照在那影壁琉璃之上，刺眼奪目。至窗前望了一回，又望了一回，方聽見敬事房太監「啪啪」的擊掌聲，外面宮女太監早跪了一地，她亦慌忙迎下台階，那兩名嬤嬤，自是亦步亦趨地緊緊跟著。只見皇帝款步徐徐而至，端嬪勉強行禮如儀：「臣妾恭請聖安。」只說得「臣妾」二字，已經嗚咽有聲。待皇帝進殿內方坐下，她進來跪在炕前，只是嚶嚶而泣。皇帝本來預備她或是痛哭流涕，或是苦苦糾纏，倒不防她只是這樣掩面飲泣，淡然道：「朕來了，妳有什麼冤屈就說，不必如此惺惺作態。」

端嬪哭道：「事到如今，臣妾百口莫辯，可臣妾實實冤枉，臣妾便是再糊塗，也不會去謀害皇上的子嗣。」皇帝心中厭煩，道：「那些宮女太監都招認了，妳也不必再說。朕念在素日的情分，不追究妳的家人便是了。」端嬪嚇得臉色雪白，跪在當地身子只是微微發抖：「皇上，臣妾確是冤枉。那山藥糕確實是臣妾一時鬼迷心竅，往裡頭攙了東西，又調包了給良貴人送去。不不，臣妾並沒有往裡頭攙紅花，臣妾只往裡頭攙了一些巴豆。臣妾一時糊塗，只是想嫁禍給寧貴人。只盼皇上一生氣不理她了。可是臣妾真的是被人冤枉，皇上，臣妾縱然粉身碎骨，也不會去謀害皇嗣。」

皇帝聽她顛三倒四哭訴著，一時只覺真假難辨，沉吟不語。端嬪抽泣道：「臣妾罪該萬死……如今臣妾都已從實稟明，還求皇上明查。臣妾自知罪大惡極，可是臣妾確實冤枉，臣妾如今百口莫辯，但求皇上明察。」連連碰頭，只將額上都磕出血來。

皇帝淡然道：「朕當然要徹查，朕倒要好生瞧瞧，這栽贓陷害的人到底是誰。」

皇帝素來行事果決，旋即命人將傳遞藥物進宮的宮女、太監，所有相干人等，在慎刑司嚴審。誰知就在當天半夜裡，畫珠忽然自縊死了。皇帝下朝後方才知曉，於是親自到慈寧宮向太皇太后回奏。太皇太后震怒非常，正巧宮女遞上茶來，手不由一舉，眼瞧著便要向地上摜去，忽然又慢慢將那茶碗放了下來。蘇茉爾只見她鼻翕微動，知道是怒極了，一聲不響，只跪在那裡輕輕替她捶著腿。

皇帝倒是一臉的心平氣和：「依孫兒看，只怕她是自個兒膽小，所以才尋了短見。她平日心性最是高，哪裡受過這樣的委屈，或是一時想不開，也是有的。」太皇太后倒是極快地亦鎮定下來，伸手端了那茶慢慢吃著。

皇帝又道：「依孫兒看，這事既然到了如此地步，不如先擱著，天長日久自然就顯出來了。至於寧貴人，想想也怪可憐的，不再追究她家裡人就是了。」妃嬪在宮中自戕乃是大逆不道，勢必要連坐親眷。太皇太后明白他的意思，笑了一聲，道：「難得你還知道可憐她，她還懷著你的骨肉——難為你——」終於咬一咬牙，只說道：「你既說不追究，那便饒過她家裡人就是了。」

皇帝聽了這句話，站起來恭聲道：「想是孫兒哪裡行事不周全，請皇祖母教訓。」太皇太后注視他良久，皇帝的樣子仍舊十分從容。太皇太后長長吁了口氣，說：「我不教訓你，你長大了，凡事都有自己的主見，是對是錯，值不值得，你自己心裡頭明白就成了。」隨手端過茶碗，慢慢地嚐了一口：「你去吧，皇祖母乏了，想歇著了。」

皇帝於是行禮跪安，待得皇帝走後，太皇太后怔怔地出了一會兒神，說：「蘇茉爾，你即刻替我去辦一件事。」蘇茉爾「嗻」了一聲，卻並沒有動彈，口裡說：「您何必要逼著萬歲爺這一步。」太皇太后輕歎了口氣，說：「妳也瞧見了，不是我逼他，而是他逼我。為了一個琳琅，他竟然下得了這種手……」凝望著手中那只明黃蓋碗，慢慢地道：「事情既然已經到了如今的地步，咱們非得要弄明白這其中的深淺不可。」

卻說這日納蘭方用了晌午飯，宮裡忽來人傳旨覲見。原本皇帝召見，並無定時定規，但晌午後皇帝總有進講，此時召見殊為特例。他心中雖納悶，但仍立時換了朝服入宮來，由太監領著去面聖。那太監引著他從夾道穿過，又穿過天街，一直走了許久，方停在了一處殿室前。那太監尖聲細氣道：「請大人稍候，回頭進講散了，萬歲爺的御駕就過來。」

納蘭久在宮中當差，見這裡是敬思殿，離後宮已經極近，不敢隨意走動，因皇帝每日的進講並無定時，有時君臣有興，講一兩個時辰亦是有的。剛等了一會兒，忽然見一名小太監從廊下過來，趨前向他請了個安，卻低聲道：「請納蘭大人隨奴才這邊走。」納蘭以為是皇帝御前的小太監，忽又換了地方見駕，此事亦屬尋常，沒有多問便隨他去了。

這一次卻順著夾道走了許久，一路俱是僻靜之地，他心中方自起疑，那小太監忽然停住了腳，說：「到了，請大人就在此間稍候。」他舉目四望，見四面柔柳生翠，啼鳥閒花，極是幽靜，不遠處即是赤色宮牆，四下裡卻寂無人聲。此處他卻從未來過，不由開口道：「敢問公公，這裡卻是何地？」那小太監卻並不答話，微笑垂手打了個千兒便退走了。他心中越發疑惑，忽然聽見不遠處一個極清和的聲音說道：「這裡冷清清的，我倒覺得身上發冷，咱們還是回去吧。」

這一句話傳入耳中，卻不吝五雷轟頂，心中怦怦直跳，只是想：是她麼？難道是她？真的是她麼？竟然會是她麼？本能就舉目望去，可恨那樹木枝葉葳蕤擋住了，看不眞切。只見隱隱綽綽兩個人影，他心下一片茫然失措。恰時風過，吹起那些柳條，便如驚鴻一瞥間，已經瞧見那玉色衣衫的女子，側影姣好，眉目依稀卻是再熟悉不過。只覺得轟一聲，似乎腦中有什麼東西炸開來，當下心中一窒，連呼吸都難以再續。

琳琅掠過鬢邊碎髮，覺得自己的手指觸著臉上微涼。錦秋道：「才剛不聽說這會子進講還沒散呢，只怕還有陣子工夫。」琳琅正欲答話，忽然一抬頭瞧見那柳樹下有人，正癡癡地望著自己。她轉臉這一望，卻也癡在了當地。園中極靜，只聞枝頭啼鶯婉轉，風吹著她那袖子離了手腕，又伏貼下去，旋即又吹得飄起來……上用薄江綢料子，繡了繁密的花紋，那針腳卻輕巧若無，按例旗裝袖口只是七寸，繡花雖繁，顏色仍是極素淡……碧色絲線繡在玉色底上，淺淺波漪樣的紋路……衣袖飄飄地拂著腕骨，若有若無的一點痲，旋即又落下去。她才覺得自己一顆心如那衣袖一般，起了又落，落了又起。

錦秋也已經瞧見樹下立有陌生男子，喝問：「什麼人？」

納蘭事出倉促，一時未能多想，眼前情形已經是失禮，再不能失儀。心中轉過一千一萬個念頭，半晌才回過神來，木然而本能地行下禮去，心中如萬箭相攢，痛楚難當，口中終究一字一字道出：「奴才……納蘭性德給衛主子請安。」

裕親王福全正巧也進宮來給太皇太后請安，先陪著皇帝聽了進講。皇帝自去年開博學鴻儒科，取高才名士為侍讀、侍講、編修、檢討等官，每日在弘德殿作日課的進講。皇帝素性好學，這日課卻是從不中斷。這一日新晉的翰林張英進講《尚書》，足足講了一個多時辰。皇帝倒是聽得十分用心，福全也是耐著性子。待進講已畢，梁九功趨前道：「請萬歲爺示下，是這就起駕往慈寧宮，還是先用點心。」

皇帝瞧了瞧案上的西洋自鳴鐘，說：「這會子皇祖母正歇午覺，咱們就先不過去吵擾她老人家。」梁九功便命人去傳點心。皇帝見福全強打精神，說：「小時候咱們背書，你就是這樣子，如今也沒見進益半分。」福全笑道：「皇上從來是好學不倦，奴才卻是望而卻步。」皇帝道：「那時朕也頑劣，每日就盼下了學，便好去布庫房裡玩耍。」福全見皇帝今日似頗為鬱鬱不樂，便有意笑道：「福全當然記得，皇上年紀小，所以總是贏得少。」皇帝知道他有意攛掇起自己的興致來，便笑道：「明明是你輸得多。」福全道：「皇上還輸給福全一隻青頭大蟈蟈呢，這會子又不認帳了。」皇帝道：「本來是你輸了，朕見你懊惱，才將那蟈蟈讓給你。」

福全笑道：「那次明明是我贏了，皇上記錯了。」一扯起幼時的舊帳，皇帝卻啞然失笑，道：「咱們今兒再比，看看是誰輸誰贏。」福全正巴不得引得他高興，當下道：「那與皇上今日再比過。」

皇帝本來心情不悅，到此時方才漸漸高興起來，當下便換了衣裳，與福全一同去布庫房。忽又想起一事來，囑咐梁九功：「剛才說容若遞牌子請安，你傳他到布庫房來見朕。」梁九功「嗻」了一聲，回頭命小太監去了，自己依舊率著近侍，不遠不近地跟在皇帝後頭。

皇帝興致漸好，兼換了一身輕衣薄靴，與福全一路走來，憶起童年的趣事，自是談笑風生。至布庫房前，去傳喚容若的小太監氣吁吁地回來了，附耳悄聲對梁九功說了幾句話，偏偏皇帝一轉臉看見了。皇帝對內侍素來嚴厲，呵斥道：「什麼事鬼鬼祟祟？」

那小太監嚇得「撲」跪在地上，磕了一個頭卻不敢作聲，只拿眼角偷瞥梁九功。梁九功見瞞不過，趨前一步，輕聲道：「萬歲爺息怒……奴才回頭就明白回奏主子。」福全最是機靈，見事有尷尬，急中生智，對皇帝道：「萬歲爺，奴才向皇上告個假，奴才乞假去方便，奴才實在是……忍無可忍。」

按例見駕，皇帝不示意臣子跪安，臣子不能自行退出。福全陪皇帝這大半晌工夫，皇帝想必他確實是忍無可忍，忍不住笑道：「可別憋出毛病來，快去吧。」自有小太監引福全去了，皇帝唇角的笑意卻漸漸淡了，問梁九功：「什麼事？」

梁九功見周圍皆是近侍的宮女太監，此事卻不敢馬虎，亦是附耳悄聲向皇帝說了幾句話。他這樣悄聲回奏，距離皇帝極近，卻清晰地聽著皇帝的呼吸之聲，漸漸夾雜一絲紊亂。皇帝卻是極力自持，調勻了呼吸，面上並無半分喜怒顯現出來，過了良久，卻道：「此事不可讓人知道。」

福全回來布庫房中，那布庫房本是極開闊的大敞廳，居中鋪了厚氈，四五對布庫鬥得正熱鬧。皇帝居上而坐，梁九功侍立其側，見他進來，卻向他丟個眼色。他順視線往下看去，梁九功的右手中指卻輕輕搭在左手手腕上，這手勢表明皇帝正生氣。福全見皇帝臉色淡然，一動不動端然而坐，瞧不出什麼端倪，只是那目光雖瞧著跳著「黃瓜架子」的布庫，眼睛卻是瞬也不瞬。他心中一咯噔，知道皇帝素來喜怒不願形於色，惟紋絲不動若有所思時，已經是怒到了極處，只不知道爲了什麼事。

他又望了梁九功一眼，梁九功不易覺察地搖了搖頭，示意與他無關。他雖然放下半顆心來，忽聽小太監進來回話：「啓稟萬歲爺，納蘭大人傳到。」

皇帝的眉頭不易覺察地微微一蹙，旋即道：「叫他進來吧。」

納蘭恭敬行了見駕的大禮，皇帝淡然道：「起來吧。」問他：「遞牌子請見，可有什麼事要回奏？」納蘭聞言一怔，磕了一個頭，正不知該如何答話，皇帝忽然一笑，對他說：「今兒倒湊巧，裕親王也在這裡，你正經應當去給裕親王磕個頭，他可是你的大媒人。」納蘭便去向福全行了禮，福全心中正是忐忑，忙親手攙了起來。忽聽皇帝道：「朕也沒什麼好賞你的，咱們來摔一場，你贏了，朕賜你爲巴圖魯，你輸了，今兒便不許回家，罰你去英武殿校一夜書。」福全聽他雖是諧笑口吻，唇角亦含著笑，那眼中卻殊無笑意。心中越發一緊，望了納蘭一眼，納蘭略一怔忡，便恭聲道：「微臣遵旨。」

其時滿洲入關未久，宗室王公以習練摔角爲樂。八旗子弟，無不自幼練習角力摔角，滿語稱之為「布庫」。朝廷便設有專門的善撲營，前身即是早年擒獲權臣鼇拜的布庫好手。皇帝少年時亦極喜此技，幾乎每日必要練習布庫，只是近幾年平定三藩，軍政漸繁，方才漸漸改為三五日一習，但依舊未曾撂下這功夫。納蘭素知皇帝善於布庫，自己雖亦習之，卻不曾與皇帝交過手，心中自然不安，已經打定了主意。

皇帝雙掌一擊，場中那些布庫皆停下來，恭敬垂手退開。福全欲語又止，終究還是道：「皇上……」皇帝微笑道：「等朕跟容若比過，咱們再來較量。」梁九功忙上前來替皇帝寬去外面大衣裳，露出裡面一身玄色薄緊短衣。納蘭也只得去換了短衣，先道：「奴才僭越。」方才下場來。

皇帝卻是毫不留情，不等他跳起第二步，已經使出絆子，納蘭猝不及防，砰一聲已經重重被皇帝摔在地上。四面的布庫見皇帝這一摔乾淨俐落，敏捷漂亮，不由轟然喝采。納蘭起立道：「奴才輸了。」

皇帝道：「這次是朕攻其不備，不算，咱們再來。」納蘭亦是幼習布庫，功底不薄，與皇帝摔角，自然守得極嚴，兩人周旋良久，皇帝終究瞧出破綻，一腳使出絆子，又將他重重摔在地上。納蘭只覺頭暈目眩，只聽四面喝采之聲如雷，他起身道：「微臣又輸了。」

「你欺君罔上！」皇帝面色如被嚴霜，一字一頓地道：「你今兒若不將真本事顯露出來，朕就問你大不敬之罪。」

納蘭悚然一驚，見皇帝目光如電，冷冷便如要看穿自己的身體一樣，忍不住打了個激靈。等再行交手，防守得更加嚴密，只聽自己與皇帝落足厚氈之上，沉悶有聲，一顆心卻跳得又急又快，四月裡天氣已經頗爲暖和，這麼一會子工夫，汗珠子已經冒出來，汗水癢癢的順著臉頰往下淌。就像適才在園子裡，那些柳葉拂過臉畔，微癢灼熱，風裡卻是幽幽的清香。他微一失神，腳下陡然一突，只覺天旋地轉，砰一聲又已重重摔在地上，這一摔卻比適才兩次更重，只覺腦後一陣發麻，旋即鑽心般的劇痛襲來。皇帝一肘卻壓在他頸中，使力奇猛，他暫態窒息，皇帝卻並不鬆手，反而越壓越重。他透不過氣來，本能用力掙扎，視線模糊裡只見皇帝一雙眼睛狠狠盯著自己，竟似要噴出火來，心中迷迷糊糊驚覺——難道竟是要扼死自己？

他用力想要掙脫，可是皇帝的手肘便似有千鈞重，任憑他如何掙扎仍是死死壓在那裡，不曾鬆動半分。他只覺得血全湧進了腦子裡，眼前陣陣發黑，兩耳裡響起嗡嗡的鳴聲，再也透不出一絲氣來，手中亂抓，卻只擰住那地氈。就在要陷入那絕望黑寂的一剎那，忽聽似是福全的聲音大叫：「皇上！」

皇帝驟然回過神來，猛地一鬆手。納蘭乍然透過氣來，連聲咳嗽，大口大口吸著氣，只覺腦後劇痛，頸中火辣辣的便似剛剛吞下去一塊火炭。本能用手按在自己頸中，觸手皮肉焦痛，只怕已經扼得青紫，半晌才緩過來。起身行禮，勉強笑道：「奴才已經盡了全力，卻還是輸了，請皇上責罰。」

皇帝額上全是細密的汗珠，接了梁九功遞上的熱手巾，匆匆拭了一把臉上的汗，唇際倒浮起一個微笑：「朕下手重了些，沒傷著你吧？」納蘭答：「皇上對奴才已經是手下留情，奴才心裡明白，還請皇上責罰。」

皇帝又微微一笑，道：「你又沒犯錯，朕爲什麼要責罰你？」卻望也不曾望向他一眼，只說：「朕乏了，你跪安吧。」

福全陪著皇帝往慈寧宮去，太皇太后才歇了午覺起來。祖孫三人用過點心，又說了好一陣子的話，福全方才跪安，皇帝也起身欲告退，太皇太后忽道：「你慢些走，我有話問你。」皇帝微微一怔，應個「是」。太皇太后卻略一示意，暖閣內的太監宮女皆垂手退了下去，連崔邦吉亦退出去，蘇茉爾隨手就關上了門，依舊回轉來侍立太皇太后身後。

暖閣裡本有著向南一溜大玻璃窗子，極是透亮豁暢，太皇太后坐在炕上，那明亮的光線將映著頭上點翠半鈿，珠珞都在那光裡透著潤澤的亮光。太皇太后凝視著他，那目光令皇帝轉開臉去，不知爲何心裡不安起來。

太皇太后卻問：「今兒下午的進講，講了什麼書？」皇帝答：「今兒張英講的《尙書》。」太皇太后道：「你五歲進學，皇祖母這幾個孫兒裡頭，你念書是最上心的。後來上書房的師傅教《大學》，你每日一字不落將生課默寫出來，皇祖母歡喜極了，擇其精要，讓你每日必誦，你可還記得？」

皇帝見她目光炯炯，緊緊盯住自己，不得不答：「孫兒還記得。」

太皇太后又是一笑，道：「那就說給皇祖母聽聽。」

皇帝嘴角微微一沉，旋即抬起頭來，緩緩道：「有國者不可以不愼，辟則爲天下僇矣。」太皇太后問：「還有呢？」

「道得衆則得國，失衆則失國。」皇帝的聲音平和，聽不出任何漣漪：「此謂國不以利爲利，以義爲利也。」

太皇太后點一點頭：「難爲你還記得——有國者不可以不愼，你今兒這般行事，傳出去宗室會怎麼想？群臣會怎麼想？言官會怎麼想？你爲什麼不乾脆扼死了那納蘭性德，我待要看你怎麼向天下人交代！」語氣陡然凜然：「堂堂大清的天子，跟臣子爭風吃醋，竟然到動手相搏。你八歲踐祚，十九年來險風惡浪，皇祖母瞧著你一一挺過來，到了今天，你竟然這樣自暴自棄。」輕輕地搖一搖頭：「玄燁，皇祖母這些年來苦口婆心，你都忘了麼？」

皇帝屈膝跪下，低聲道：「孫兒不敢忘，孫兒以後必不會了。」

太皇太后沉聲道：「你根本忘不了！」抽出大迎枕下鋪的三尺黃綾子，隨手往地上一擲。那綾子極輕薄，飄飄拂拂在半空裡展開來，像是晴天碧空極遙處一縷柔雲，無聲無息落在地上。太皇太后吩咐蘇茉爾道：「拿去給琳琅，就說是我賞她。」皇帝如五雷轟頂，見蘇茉爾答應著去拾，情急之下一手將蘇茉爾推個趔趄，已經將那黃綾緊緊攥住，叫了一聲：「皇祖母。」忽然驚覺來龍去脈，猶未肯信，喃喃自語：「是您——原來是您。」

皇帝緊緊攥著那條黃綾，只是紋絲不動，過了良久，聲音又冷又澀：「皇祖母爲何要逼我？」太皇太后語氣森冷：「爲何？你竟反問我爲何——昨兒夜裡，愼刑司的關慶喜向你回奏了什麼，皇祖母並不想知道。你半夜打發梁九功去了一趟延禧宮，他奉了你的口諭，去幹了些什麼，皇祖母也並不想知道。皇祖母就想知道一件事，你還記不記得自己的身分？你這樣癡心地一力回護她，她可會領你的情？」

皇帝臉色蒼白，叫了一聲：「皇祖母。」

太皇太后話句裡透著無盡的沉痛：「玄燁啊玄燁，你爲了一個女人，一再失態，你叫皇祖母如何說你？你這樣行事，與前朝昏君有何差？」皇帝背心裡早生出一身冷汗，道：「昨夜之事是孫兒拿的主意，孫兒行事糊塗，與旁人並不相干，求皇祖母責罰孫兒。且畫珠算不得無辜，還望皇祖母明察。」太皇太后目光如炬，直直地盯著他：「縱然她有一萬個不是，縱然是她將計就計在糕裡下了紅花，可到底也沒傷著琳琅，她罪不至死。況且她還懷著你的骨肉，你怎麼能下這樣的狠手——虎毒尙不食子，此事如果傳揚出去，史書上該怎麼寫？難道爲了維護一個女人，你連天性人倫都不要了？」皇帝身子微微一動，伏身又磕了一個頭。

太皇太后柔聲道：「好孩子，你還記不記得，小時候你臂上生了疽瘡，痛得厲害，每日發著高熱不退，吃了那樣多的藥，總是不見好。是御醫用刀將皮肉生生劃開，你年紀那樣小，卻硬是一聲都沒有哭，眼瞧著那御醫替你擠淨膿血，後來瘡口才能結痂痊癒。」輕輕執起皇帝的手：「皇祖母一切都是爲你好，聽皇祖母的話，這就打發她去吧。」

皇帝心中大慟，仰起臉來：「皇祖母，她不是玄燁的疽瘡，她是玄燁的命。皇祖母斷不能要了孫兒的命去。」

太皇太后望著他，眼中無限憐惜：「你好糊塗。起先皇祖母不知道——漢人有句話，強扭的瓜不甜。咱們滿洲人也有句話，長白山上的天鷹與吉林烏拉（滿語，松花江）裡的魚兒，那是不會一塊兒飛的。」伸出手攙了皇帝起來，叫他在自己身邊坐下，依舊執著他的手，緩緩地道：「她心裡既然有別人，任你對她再好，她心裡也難得有你，你怎麼還是這樣執迷不悟？後宮妃嬪這樣多，人人都巴望著你的寵愛，你何必要這樣自苦？」

皇帝道：「後宮妃嬪雖多，只有她明白孫兒，只有她知道孫兒要什麼。」

太皇太后忽然一笑，問：「那她呢？你可明白她？你可知道她要什麼？」對蘇茉爾道：「叫碧落進來。」

碧落進來，因是日日見駕的人，只屈膝請了個雙安。太皇太后問她：「衛主子平日裡都喜歡做些什麼？」碧落想了想，說：「主子平日裡，不過是讀書寫字，做些針線活計。奴才將主子這幾日讀的書還有針黹笸子都取來了。」

言畢將些書冊並針線笸都呈上。太皇太后見那些書冊是幾本詩詞並一些佛經，只淡淡掃了一眼。皇帝卻瞧見那笸內一只荷包繡工精巧，底下穿著明黃穗子，便知是給自己做的，想起昔日還是在乾清宮時，她曾經說起要給自己繡一只荷包。這是滿洲舊俗，新婚的妻子，過門之後是要給夫君繡荷包，以證百年好合，必定如意。後來這荷包沒有做完，卻叫種種事端給耽擱了。皇帝此時見著，心中觸動前情，只覺得悽楚難言。太皇太后伸手將那荷包拿起，對碧落道：「這之前的事兒，妳從頭給妳們萬歲爺講一遍。」碧落道：「那天主子從貴主子那裡回來，就像是很傷心的樣子。奴才聽見她說，想要個孩子。」皇帝本就心思雜亂，聽到這句話，心中一震。只聽碧落道：「萬歲爺的萬壽節，奴才原說，請主子繡完了這荷包權做賀禮。主子再三地不肯，巴巴兒地寫了一幅字，又巴巴兒地打發奴才送去。」太皇太后問：「是幅什麼字？」

碧落賠笑道：「奴才不識字，再說是給萬歲爺的壽禮，奴才更不敢打開看。奴才親手交給梁諳達，就回去了。主子寫了些什麼，奴才不知道。」太皇太后就道：「妳下去吧。」

皇帝坐在那裡，只是默不作聲。太皇太后輕輕歎了一口氣，說：「她寫了幅什麼字，碧落不知道，我也不曾知道。可我敢說，你就是爲她這幅字，心甘情願自欺欺人！如今你難道還不明白，她何嘗有過半分眞心待你？她不過是在保全自己，是在替自己前途打算——她想要個孩子，也只不過爲著這宮裡的妃嬪，若沒個孩子，就是終身沒有依傍。她一絲一毫都沒有指望你的心思，她從來未曾想過要倚仗你過一輩子，她從來不曾信過你。難爲你爲了她，竟做出這樣的事來！」

太皇太后又道：「若是旁的事情，一百件一千件皇祖母都依你，可是你看，你這樣放不下，她終歸是你梗在心上的一根刺，時時刻刻都會讓你亂了心神。你讓納蘭性德去管上駟院，打發得他遠遠兒的，可是今兒你還是差點扼死了他。他是誰？他是咱們朝中重臣明珠的長子。你心中存著私怨，豈不叫臣子寒心？你一向對後宮一視同仁，可是如今一出了事情，你就亂了方寸，寧貴人固然犯下滔天大錯，可你也不能這樣處置。你爲了她，一而再，再而三地犯糊塗。旁人犯了糊塗不打緊，咱們大清的基業，可容不得你有半分糊塗心思。」

太皇太后輕輕吁了口氣：「刮骨療傷，壯士斷腕。長痛不如短痛，你是咱們滿洲頂天立地的男兒，更是大清的皇帝，萬民的天子，更要拿得起，放得下。就讓皇祖母替你了結這樁心事。」

皇帝心下一片哀涼，手中的黃綾子攥得久了，汗濡濕了潮潮地膩在掌心，怔怔瞧著窗外的斜陽，照在廊前如錦繁花上，那些芍藥開得正盛，殷紅如胭脂的花瓣讓那金色的餘暉映著，越發如火欲燃，灼痛人的視線。耳中只聽到太皇太后輕柔如水的聲音：「好孩子，皇祖母知道你心裡難過。赫舍里氏去的時候，你也是那樣難過，可日子一久，不也是漸漸忘了。這六宮裡，有的是花兒一樣漂亮的人，再不然，三年一次的秀女大挑，滿蒙漢軍八旗裡，什麼樣的美人，什麼樣的才女，咱們全都可以挑了來做妃子。」

皇帝終於開了口，聲音卻是飄忽的，像是極遠的人隔著空谷說話，隱約似在天邊：「那樣多的人，她不是最美，也不是最好，甚至她不曾以誠相待，甚至她算計我，可是皇祖母，孫兒沒有法子，孫兒今日才明白皇阿瑪當日對董鄂皇貴妃的心思，孫兒斷不能眼睜睜瞧著她去死。」

太皇太后只覺太陽穴突突亂跳，額上青筋迸起老高，揚手便欲一掌摑上去。見他雙眼望著，眼底痛楚、淒涼、無奈相織成一片絕望，心底最深處怦然一動，忽然憶起許久許久以前，久得像是在前世了，也曾有人這樣眼睜睜瞧著自己，也曾有人這樣對自己說：「她不是最美，也不是最好，我知道她不曾以誠相待，我甚至明知她算計我，可是我沒有法子。」那樣狂熱的眼神，那樣灼熱的癡纏，心裡最最隱蔽的角落裡，永遠卻是記得。誰也不曾知道她辜負過什麼，誰也不曾知道那個人待她的種種好——可是她辜負了，這一世都辜負了。

她的手緩而無力地垂下去，慢慢地垂下去，緩緩地撫摸著皇帝的臉龐，輕聲道：「皇祖母不逼你，你自幼就知道分寸，小時候你抽煙，皇祖母只是提了一提，你就戒掉了。你得答應皇祖母，慢慢將她忘掉，忘得一乾二淨，忘得如同從來不曾遇上她。」

皇帝沉默良久，終於道：「孫兒答應皇祖母——竭盡全力而爲。」

尾聲

謝家庭院殘更立，燕宿雕梁。月度銀牆，不辨花叢哪瓣香。
此情已自成追憶，零落鴛鴦。雨歇微涼，十一年前夢一場。

——納蘭容若〈採桑子〉

琳琅自見到納蘭，雖然不過倉促之間，便及時避走。雖由錦秋扶著，可是一路走來，心中思緒紛雜，卻沒有一個念頭能想得明白，只是神思恍惚。走過御花園，遠遠卻瞧見三四個太監提攜著些箱籠鋪蓋之屬，及至近前才瞧見爲首的正是延禧宮當差的小林。見了她忙垂手行禮，琳琅只點一點頭罷了。正待走開，忽見他們所攜之物中有一個翠鈿妝奩匣子樣式別緻，十分眼熟，正是畫珠素日常用的心愛之物。不由詫異道：「這像是寧貴人的東西——你們這是拿到哪裡去？」

小林磕了一個頭，含含糊糊道：「回主子話，寧貴人沒了。」

琳琅吃了一驚，半晌說不出話來，過了許久方才喃喃反問：「沒了？」小林道：「昨兒夜裡突然生了急病，還沒來得及傳召太醫就沒了。剛剛已經回了貴主子，貴主子聽見說是絞腸痧，倒歎了好幾聲。依規矩這些個東西都不能留了，所以奴才們拿到西場子去焚掉。」

琳琅震駭莫名，脫口問：「那皇上怎麼說？」小林道：「還沒打發人去回萬歲爺呢。」琳琅這才自察失言，勉強一笑，說：「那你們去吧。」小林「嗻」了一聲，領著人自去了。琳琅立在那裡，遠遠瞧著他們在綠柳紅花間越走越遠，漸漸遠得瞧不分明了。那下午晌的太陽本是極暖，她背心裡出了微汗，一絲絲的微風撲上來，猶帶那花草的清淡香氣，卻叫人覺得寒意侵骨。

錦秋雖隱約覺得事有蹊蹺，但未多想，侍候著琳琅回到儲秀宮。因不見了碧落，琳琅問：「碧落呢？」小宮女回道：「慈寧宮打發人來叫去了，去了好一會子了，大約就快回來了吧。」琳琅立在那裡，過了半晌方輕輕「哦」了一聲，小宮女打起簾子，她慢慢轉過身進屋子裡去。錦秋見她至炕上坐下，倒彷彿想著什麼心事一般，以爲是適才撞見了外臣，後又聽說寧貴人的事，受了些驚嚇。正自心裡七上八下，隔窗瞧見碧落回來了，忙悄悄地出去對她道：「主子才剛還問妳回來了沒有呢。」因琳琅素來寬和，從來不肯頤指氣使，所以碧落以爲必是有要事囑咐，連忙進屋裡去，卻見琳琅坐在炕上怔怔地出神，見她進來於是抬起頭來，臉色平和如常，只問：「太皇太后叫了妳去，有什麼吩咐？」

碧落賠笑道：「太皇太后不過白問了幾句家常話。」琳琅「哦」了一聲，慢慢地轉過臉去。看半天的晚霞映著那斜陽正落下去，讓赤色的宮牆擋住了，再也瞧不見了，她便起身說：「我有樣東西給妳。」

碧落跟了她進了裡間，看她取鑰匙開了箱子，取出兩只檀香木的大匣子，一一打開來。殿中光線晦暗，碧落只覺眼前豁然一亮，滿目珠光。那匣子裡頭有幾對玻璃翠的鐲子，水頭十足，皆碧沉沉如一泓靜水，好幾塊大如鴿卵的紅寶石映著數粒貓眼，瑩瑩地流轉出赤色光芒，夾雜著祖母綠，白玉、東珠更是不計其數——那東珠皆是上用之物，粒粒一般大小，顆顆渾圓勻稱，淡淡的珠輝竟映得人眉宇間隱隱光華流動，還有些珠翠首飾，皆是精緻至極。她在宮中多年，從來未見過如此多的珍寶，她知這位主子深受聖眷，皇帝隔幾日必有所贈，卻沒想到手頭竟然有這樣價值連城的積蓄。琳琅輕輕歎了口氣，說：「這些個東西，都是素日裡皇上賞的。我素來不愛這些，留著也無用，妳和錦秋一人一匣拿去吧。錦秋人雖好，但是定力不夠，耳根子又軟，若此時叫她見著，歡喜之下難保不喜形於色。這些賞賜都不曾記檔，若叫旁人知曉，難免會生禍端。妳素來持重，替她收著，她再過兩日就該放出宮去了，到時再給了她，也不枉妳們兩個跟我一場。」

碧落只叫得一聲：「主子。」琳琅指了一指底下箱子，又道：「那裡頭都是些字畫，也是皇上素日裡賞的。雖有幾部宋書，幾幅薛稷、蔡邕、趙佶的字，還有幾卷崔子西、王凝、閻次于——畫院裡的畫如今少了，雖值幾個銀子，妳們要來卻也無用，替我留給家裡人，也算是個念想。」

碧落駭得連話都說不出來了。琳琅從箱底裡拿出一個青綾面子的包袱，緩緩打開來，這一次卻似是繡活，打開來原是十二幅條屏，每幅皆是字畫相配。碧落見那針腳細密靈動，硬著頭皮賠笑道：「主子這手針線功底真好。」琳琅緩緩地道：「這個叫惠繡。皇上見我喜歡，特意打發人在江南尋著這個——倒是讓曹大人費了些功夫。只說是個大家女子在閨閣中無事間繡來，只是這世間無多了。」

碧落聽她語意哀涼，不敢多想，連忙賠笑問：「原是個女子繡出來的，憑她是什麼樣的大家小姐，再叫她繡一幅就是了，怎麼說不多了？」琳琅伸手緩緩撫過那針腳，悵然低聲道：「那繡花的人已經不在了。」

碧落聽了心中直是忽悠一沉，瞧這情形不好，正不知如何答話，錦秋卻喜不自勝地來回稟：「主子，皇上來了。」

琳琅神色只是尋常樣子，並無意外之色。碧落只顧著慌慌張張收拾，倒是錦秋上前來替她抿一抿頭髮，只聽遙遙的擊掌聲，前導的太監已經進了院門。她迎出去接駕，皇帝倒是親手攙了她一把。梁九功使個眼色，那些太監宮女皆退出去，連錦秋與碧落都迴避了。

皇帝倒還像平常一樣，含笑問：「妳在做什麼呢？」

她唇邊似恍惚綻開一抹笑意，卻是答非所問：「琳琅有一件事想求皇上。」皇帝「唔」了一聲，道：「妳先說來我聽。」她微仰起臉來凝望皇帝。家常赭色倭緞團福的衣裳，惟衣領與翻袖用明黃，衣袖皆用赤色線繡龍紋。那樣細的繡線，隱約的一脈，漸隱進明黃色緞子裡去，如滲透了的血色一樣。又如記憶裡某日晨起，天欲明未明的時候，隔著帳子朦朧瞧見一縷紅燭的餘光。

她忽然憶起極久遠的以前，彷彿也是一個春夜裡，自己獨自坐在燈下織補。小小一盞油燈照得雙眼發澀，夜靜到了極處，隱約聽見蟲聲唧唧。風涼而軟，吹得帳幕微微掀起，那燈光便又忽忽閃閃。頭垂得久了，頸中只是痠麻難耐，仍是全心全意地忙著手裡的衣裳，一絲一縷，極細極細的分得開來，橫的經，縱的緯……妝花龍紋……那衣袍夾雜有陌生的香氣。

如今這樣淡淡的香氣已經是再熟悉不過，氤氳在皇帝的袍袖之間，她忽然覺得一陣虛弱的恐懼。皇帝見她眸光如水，在晦暗的殿室裡也如能照人，忽然間就黯淡下去，如小小的、燭火的殘燼。不由問：「妳這是怎麼了？適才不是說有事要我答應妳？」

她本是半跪半坐在腳踏上，將臉依偎在他的衣袍下襬，聽得他發問，身子震動了一下，又過了良久，方才輕聲開口說道：「琳琅想求皇上，倘若有一日琳琅死了，皇上不可以傷心。」皇帝只覺得徹骨的寒意從心底翻湧出來，勉強笑道：「好端端的，怎麼說起這樣的話，咱們的將來還長遠著呢。」

琳琅「嗯」了一聲，輕聲道：「我不過說著玩罷了。」皇帝道：「這樣的事怎麼可以說著玩，滿門獲罪可不是玩的。」妃嬪如果自戕，比宮人自戕更是大不敬。皇帝怕她起了輕生之意，有意放重了口氣。她沉默片刻，說道：「琳琅知道分寸。」

皇帝轉過臉去，只不敢瞧著她的眼睛，說道：「只是太皇太后這幾日身子不爽，想靜靜養著，妳每日不必過去侍候了。」她忽然微微一笑，說道：「皇上的髮辮亂了，我替皇上梳頭吧。」皇帝心裡難過到了極處，卻含笑答應了一聲。她去取了梳子來，將皇帝辮梢上的明黃穗子、金八寶墜角一一解下來，慢慢打散了頭髮。皇帝盤膝坐在那裡，覺得那犀角梳齒淺淺地劃過髮間，她的手似在微微發抖，終是不忍回過頭去，只作不知。

因要視朝，皇帝卯時即起身，司衾尚衣的太監宮女侍候他起身，穿了衣裳，洗過了臉，又用青鹽漱過口，方捧上蓮子茶來。皇帝只吃了一口就擱下了，又轉身去看，琳琅裹著一幅杏黃綾被子向裡睡著，一動不動，顯是沉睡未醒，那烏亮如瀑布似的長髮鋪在枕上，如流雲迤邐。他伸出手去，終究是忍住了，轉身出了暖閣，方跨出門檻，又回過頭去，只見她仍是沉沉好睡。那杏黃原是極暖的顏色，燭火下看去，只是模糊而溫暖的一團暈影。他垂下視線去，身上是朝服，明黃袖和披領，衣身、袖子、披領都繡金龍，天子方才許用的服制，至尊無上。

他終於掉過臉去。梁九功瞧見他出來，連忙上前來侍候。

「萬歲爺起駕啦……」

步輦穩穩地抬起，一溜宮燈簇擁著御輦，寂靜無聲的宮牆夾道，只聽得見近侍太監們薄底靴輕快的步聲。極遠的殿宇之外，半天皆是絢爛的晨曦，那樣變幻流離的顏色，橙紅、橘黃、嫣紅、醉紫、緋粉……潑彩飛翠濃得就像是要順著天空流下來。前呼後擁的步輦已經出了乾清門，廣闊深遠的天街已經出現在眼前，遠遠可以望見氣勢恢宏的保和、中和、太和三殿。那飛簷在晨曦中伸展出雄渾的弧線，如同最桀驁的海東青舒展開雙翼。

梁九功不時偷瞥皇帝的臉色，見他慢慢閉上眼睛，紅日初升，那明媚的朝霞照在他微蹙的眉心上，心中不禁隱隱擔心。皇帝倒是極快地睜開雙眼來，神色如常地說：「叫起吧。」

琳琅至辰末時分才起身。錦秋上來侍候穿衣，含笑道：「主子好睡，奴才侍候主子這麼久，沒見主子睡得這樣沉。」

琳琅「嗯」了一聲，問：「皇上走了？」

錦秋道：「萬歲爺卯初就起身上朝去了，這會子只怕要散朝了，過會子必會來瞧主子。」

琳琅又「嗯」了一聲，見炕上還鋪著明黃褥子，因皇帝每日過來，所以預備著他起坐用的。便吩咐錦秋：「將這個收拾起來，回頭交庫裡去。」錦秋微愕，道：「回頭皇上來了——」

琳琅說：「皇上不會來了。」自顧自開了妝奩，底下原來有暗格。裡頭一張芙蓉色的薛濤箋，打開來瞧，再熟悉不過的字跡：「蓬萊院閉天台女，畫堂晝寢人無語。拋枕翠雲光，繡衣聞異香。潛來珠鎖動，驚覺銀屏夢。臉慢笑吟吟，相看無限情。」皇帝的字跡本就清峻飄逸，那薛濤箋爲數百年精心收藏之物，他又用唐墨寫就，極是精緻風流，底下並無落款，只鈐有「體元主人」的小璽。她想起還是在乾清宮當差的時候，只她獨個兒在御前，他忽然伸手遞給她這個。她貿然打開來看，只窘得恨不得地遁。他卻擱下了筆，在御案後頭無聲而笑。時方初冬，薰籠裡焚著百合香，暖洋洋的融融如春。

他悄聲道：「今兒中午我再瞧妳去。」

她極力地正色：「奴才不敢，那是犯規矩的。」

他笑道：「妳瞧這詞可就成了佳話。」

她窘到了極處，只得端然道：「後主是昏君，皇上不是昏君。」

皇帝仍是笑著，停了一停，悄聲道：「那麼我今兒算是昏君最後一次吧。」

她命錦秋點了蠟燭來，伸手將那箋在燭上點燃了，眼睜睜瞧著火苗漸漸舔蝕，芙蓉色的箋一寸一寸被火焰吞噬，終於盡數化為灰燼。她舉頭望向簾外，明晃晃的日頭，晚春天氣，漸漸地熱起來。庭院裡寂無人聲，只有晴絲在陽光下偶然一閃，若斷若續。幼時讀過那樣多的詩詞，寂寞空庭春欲晚，梨花滿地不開門。這一生還這樣漫長，可是已經結束了。

【終】

紫玉撥寒灰，心字全非。
疏簾猶自隔年垂，半卷夕陽紅雨入，燕子來時。
回首碧雲西，多少心期。
短長亭外短長堤。百尺游絲千里夢，無限淒迷。

——納蘭容若〈浪淘沙〉

還是初春天氣，日頭晴暖，和風熏人。隔著簾子望去，庭院裡靜而無聲，只有廊下的鸚鵡，偶然懶懶地搧動翅膀，牠足上的金鈴便一陣亂響。

睡得久了，人只是乏乏的一點倦意，慵懶得不想起來，她於是喚貼身的宮女：「香吟。」卻不是香吟進來，熟悉的身影直唬了她一跳，連行禮都忘了：「皇上——」髮鬢微鬆，在御前是很失儀的，皇帝卻只是微笑：「朕瞧妳好睡，沒讓人叫醒妳。」這樣的寵溺，眼裡又露出那樣的神色，彷彿她是他失而復得的珍寶。

人人皆道她寵冠六宮。因為七月裡選秀，十二月即被冊為和嬪，同時佟佳氏晉為貴妃，佟妃是孝懿皇后的妹子，自孝懿皇后崩逝便署理後宮。在那一天，還有位貴人晉為良嬪，她是皇八子的生母，因為出身卑賤，皇帝從來不理會她。這次能晉為嬪位，宮中皆道是因著八阿哥爭氣。這位容貌心性最肖似皇帝的阿哥才十八歲，就已經封了貝勒。

晉了位分是喜事，佟貴妃扯頭，她們三人做東，宴請了幾位得臉的後宮主位，榮妃、宜妃、德妃、惠妃都賞光，一屋子人說說笑笑，極是熱鬧。那是她第一次見著良嬪，良嬪為人安靜，連笑容也平和淡然，她總覺得這位良嬪瞧上去眼善，只不曾憶起是在哪裡見過。席間只覺宜妃頗為看顧良嬪，她就沒想明白，這樣兩個性子截然不同的人，怎麼會相交。

後來聽人說，那是因為八阿哥與九阿哥過從甚密，她並沒有放在心上，因為皇帝從來不喜歡后妃議論前朝的事。她這樣想著，臉上的神色不由有一絲恍惚，皇帝卻最喜她這種怔忡的神色，握了她的手，突然道：「朕教妳寫字。」

皇帝喜歡教她寫字，每次都是一首御制詩，有一次甚至教她寫他的名字，她學得甚慢，可是他總是肯手把手地教。教她寫字時，他總是不說話，也不喜她說話，只是默默握了她的手，一筆一劃，極為用心，彷彿那是世上最要緊的事。毛筆軟軟彎彎，寫出來的字老是彎彎扭扭，橫的像蚯蚓，豎的像樹枝，有時她會忍不住要笑，可是他不厭其煩。偶然他會出神，眼裡有一抹不可捉摸的恍惚。在她印象裡，皇帝雖然溫和，可是深不可測，沒有人敢猜測他的心思，她也不敢。後宮嬪妃這樣多，他卻這樣眷顧她，旁人皆道她是有福澤的。

其實她是很喜歡熱鬧的人，可是皇帝不喜歡，她也只好在他面前總是緘默。他喜歡她穿碧色的衣裳，江寧、蘇州、杭州三處織造新貢的衣料，賜給她的總是碧色、湖水色、蓮青色、煙青色……貢緞、倭緞、織錦、府緞、綾、紗、羅、縴絲、杭綢……四季衣裳那樣多，十七歲的年紀，誰不愛紅香濃豔？可為著他不喜歡，只得總是穿得素淡如新荷。

入宮的第二年，她生了一位小格格，宗人府的玉牒上記載為皇十八女，可是出生方數月就夭折了。她自然痛哭難抑，皇帝散了朝之後即匆匆趕過來瞧她，見她悲慟欲絕，他的眼裡是無盡的憐惜，夾著她所不懂的難以言喻的痛楚。他從來沒有那樣望著她，那樣悲哀，那樣絕望，就像失去的不是一位女兒，而是他所珍愛的一個世界，雖然他有那樣多的格格、阿哥，可是這一刻他傷心，似乎更甚於她。她哭得聲堵氣噎，眼淚浸濕了他的衣裳，他只是默默攬著她，最後，他說：

「我欠了妳這樣多。」

那是他唯一一次，在她面前沒有自稱「朕」，她從來沒有聽過他那樣低沉的口氣，軟弱而茫然，就像一個尋常人般無助。在她記憶裡，他永遠是至高無上的萬乘之尊，雖然待她好，可是畢竟他是君，她是臣。而隔著三十年的鴻溝，他也許並不知道她要什麼，雖然他從來肯給她，這世上一切最好的東西。

過了數日，內務府奉了旨意，良嬪晉了良妃。王氏隨口道：「到底是兒子爭氣，皇上雖然不待見她，看在八爺的分上，總是肯給她臉面。」她心裡不知爲何難過起來，王氏這才覺察說錯了話，連忙笑道：「妹妹還這樣年輕，聖眷正濃，明年必然會再添位小阿哥。」

她卻一直再沒有生養。後宮的妃嬪，最盼的就是生個兒子，可是有了兒子就有一切麼？那良妃雖有八阿哥，可是她還是那樣的寂寞。除了闔宮朝覲，很少瞧見她在宮中走動。皇帝上了年紀，眷念舊情，閒下來喜往入宮早的妃嬪那裡去說說話，德妃、宜妃、惠妃……可是從來沒聽說過往良妃那裡去。

宮裡的日子，靜得彷彿波瀾不興。妃嬪們待她都很和氣，因爲知道皇帝寵愛她。這寵愛，或許眞的可以是天長日久，一生一世吧。她和王氏最談得來，因爲年紀相差不多。有次在佟貴妃處閒坐，大家正說得熱鬧，宜妃突然笑道：「妳們瞧，她們兩個眞像一對親姊妹。」細細打量，其實她和王氏並不甚像，只是下頷側影，有著同樣柔和的弧度。德妃笑道：「皇上喜歡瓜子臉，可憐我這圓臉，早先年還說是嬌俏，現在只好算大餅了。」笑得宜嬪撐不住，一口茶差些噴出來。

其實德妃還是很美，團團的一張臉，當年定也曾是皎皎若明月。這後宮的女子，哪一個不美？或者說，哪一個曾經不美？

這樣一想，心裡總是有一絲慌亂，空落落的慌亂。雖然皇帝待她一如既往的好，那日還特意歇了晌午覺就過來瞧她，滿面笑容地問她：「今兒妳生辰，朕叫御膳房預備了銀絲麵，回頭朕陪妳吃麵。」她怔了一下，方才含笑道：「皇上記錯了，臣妾是十月裡生的，這才過了端午節呢。」皇帝「哦」了一聲，臉上還是笑著，只是眼神裡又是她所不懂的那種恍惚。她嗔道：「皇上是記著誰的生辰了，偏偏來誆臣妾。」

皇帝笑而不答，只說：「朕事情多，記糊塗了。」

皇帝走後，她往宜妃宮中去。可巧遇見宜妃送良妃出來，因日常不常來往，她特意含笑叫了聲：「良姐姐。」良妃待人向來客氣而疏遠，點一點頭算是回禮了。宜妃引了她進暖閣裡，正巧宮女收拾了桌上的點心，因見有銀絲麵，她便笑道：「原來今兒是宜妃姐姐的生辰。」便將皇帝記錯了生辰的話當成趣事講了一遍。宜妃卻似頗為感觸，過了許久，才長長歎了口氣。宜妃為人最是爽朗明快，甚少有如此惆悵之態，倒叫她好生納悶了一回。

皇帝嫌宮裡規矩煩瑣，一年裡頭，倒似有半年駐蹕暢春園。園子那樣大，花紅柳綠，一年四季景色如畫。秋天裡楓葉如火，簇擁著亭台水榭，整個園子就像都照在燭炬明光之下一樣。乘了船，在琉璃碧滑的海子裡，兩岸皆是楓槭，倒映在水中，波光瀲灩。皇帝命人預備了筆墨，他素來雅擅丹青，就在艙中御案上精心描繪出四面水光天色，題了新詩，一句一句地吟給她聽。她並不懂得，他也並不解釋，只是笑吟吟，無限歡欣的樣子。

心血來潮，他忽道：「朕給妳畫像。」她知道皇帝素喜端莊，所以規規矩矩地坐好了，極力地神色從容。他凝視她良久，目光那樣專注，就像是岸上火紅的楓槭，似要焚燒人的視線。彷彿許久之後，他才低頭就著那素絹，方用淡墨勾勒了數筆，正運筆自若，忽然停腕不畫了。她本來坐得離御案極近，瞧著那薄絹上已經勾出的臉龐，側影那樣熟悉，她問：「皇上爲何不畫了？」皇帝將筆往硯台上一擲，「啪」一聲響，數星墨點四濺開來，淡淡地說：「不畫了，沒意思。」

她有些惋惜地拿起那幅素絹，星星點點的墨跡裡，臉龐的輪廓柔和美麗，她含笑道：「皇上倒是將臣妾畫得美了……」絹上的如玉美人，眉目與她略異，神態似寥然的晨星，又像是簾卷西風起，那一剪脈脈菊花，雖只是輪廓，可是栩栩如生。正兀自出神，忽聽皇帝吩咐：「撂下。」她叫了聲：「皇上。」他還是那種淡淡的神色：「朕叫妳撂下。」

她知道皇帝在生氣，這樣沒來由不問青紅皂白，卻是頭一回。她賭氣一樣將素絹放回案上，請個雙安道：「臣妾告退。」從來對於她的小性，他皆願遷就，甚至帶了一絲縱容，總是含笑看她大發嬌嗔。這次卻回頭就叫梁九功進來：「送和主子下船。」

一瞬間只覺得失望之至，到底年輕氣盛，覺得臉上下不來。離了御舟乘小艇回岸上去，氣猶未平。踏上青石砌，猛然一抬頭，見著隱約有人分花拂柳而來，猶以爲是侍候差事的太監，便欲命他去喚自己的宮女，於是道：「哎，你過來。」

那人聽著招呼，本能地抬起頭來，她吃了一驚，那人卻不是太監，年約三十許，一身黑緞團福長袍，外面罩著石青巴圖魯背心，頭上亦只是一頂紅絨結頂的黑緞便帽，可是腰際佩明黃帶，明明是位皇子。

那皇子身後相隨的太監已經請了個安：「和主子。」

那皇子這才明白她的身分，倒是從容不迫，躬身行禮：「胤禛給母妃請安。」他有雙如深黑夜色的眼睛，諸皇子雖樣貌各別，可是這胤禛的眼睛，倒是澄澈明淨。她很客氣道：「四爺請起，總聽德妃姐姐記掛四阿哥。」其實皇四子自幼由孝懿皇后撫育長大，與生母頗爲疏遠，但這樣遇上，總得極力地找句話來掩飾窘迫。

皇四子依舊是很從容的樣子：「胤禛正是進園來給額娘請安。」黑沉沉的一雙眼眸，看不出任何端倪。她早就聽說皇四子性子陰鬱，最難捉摸，原來果然如此。

依著規矩，後宮的嬪嬪與成年皇子理應迴避，這樣倉促裡遇上，到底不妥。況且她年輕，比面前這位皇四子還要年輕好幾歲，被他稱一聲母妃，只覺得不太自在。他起身旋即道：「胤禛告退。」她並沒有記得旁的，只記得那天的晚霞，在半天空裡舒展開來，奼紫嫣紅，照在那些如火的楓葉上，更加的流光溢彩，就像是上元節時綻放半空的焰火，那樣多姿多采，有一樣叫「萬壽無疆」的，每年皆要燃放來博皇帝一笑。她忽然惆悵起來，萬壽無疆，眞的會萬壽無疆麼？她想起皇帝的臉龐，清峻瘦削，眼角的細紋，襯得眼神總是深不可測。可是適才的胤禛，臉龐光潔，眼神明淨，就像是海子裡的水，平靜底下暗湧著一種生氣。她回過頭去，只見暮鴉啊啊地叫著，向著遠處的平林飛去。四下裡暮色蒼茫，這樣巧奪天工的園林勝景，漸漸模糊，如夢如幻。

後來的日子，彷彿依舊是波瀾不興。前朝的紛爭，一星半點偶然傳到後宮裡來。廢黜太子時，皇帝似乎一夜之間老了十年。他數日不飲不食，大病了一場。阿哥們爭鬥紛紜，以擁立皇八子的呼聲最高。後宮雖不預前朝政務，可是皇帝心中愀然不樂，她也常常看得出來。有一日半夜裡他忽然醒來，他的手冰冷地撫在她的臉頰上，她在惺忪的睡意裡驚醒，他卻低低喚了她一聲：「琳琅。」

這是她第一次聽見這個名字。皇帝的手略略粗糙，虎口有持弓時磨出的繭，沙沙地刮過柔滑的絲緞錦被。他翻了一個身，重新沉沉睡去。

再後來，她也忘了。

康熙五十七年時，她晉了和妃。榮寵二十年不衰，也算是異數吧。冊妃那日極是熱鬧，後宮裡幾位交好的妃嬪預備了酒宴，她被灌了許多酒，最後，頗有醉意了。

卸了晚妝，對著妝奩上的鏡子，雙頰依舊滾燙緋豔如桃花。她悵然望著鏡中的自己，總歸是美的吧，三十六歲了，望之只如二十許年紀。色衰則愛弛，她可否一直這樣美下去，直到地老天荒？

又過了四年，皇帝已經看著老去，但每隔數日還是過來與她敘話。她婉轉奏請，意欲撫育一位皇子。皇帝想了一想，說道：「朕知道妳的意思，阿哥們都大了，朕從皇孫裡頭挑一個給妳帶，也是一樣。」沉吟片刻道：「老四家的弘曆就很好，明兒朕命人帶進宮來，給妳瞧瞧。」皇帝素來細心，又道：「宮裡是非多，只說是交給妳和貴妃共同撫育就是了。」佟貴妃位分尊貴，這樣可免了不少閒話，她的心裡微微一熱。

那個乳名叫「元壽」的皇孫，有一雙黑黝黝的明亮眼睛，十分知禮，又懂事可愛。有了他，彷彿整個宮室裡都有了笑聲，每日下了書房回來，承歡膝下，常常令她忘記一切煩惱。有一回皇帝過來，元壽也正巧下學。皇帝問了生書，元壽年紀雖小，卻極為好勝，稚子童音，朗朗背誦〈愛蓮說〉：「水陸草木之花，可愛者甚蕃。晉陶淵明獨愛菊；自李唐來，世人盛愛牡丹；予獨愛蓮之出淤泥而不染，濯清漣而不妖，中通外直，不蔓不枝，香遠益清，亭亭淨植……」皇帝盤膝坐在炕上，笑吟吟側首聽著，她坐在凳子上，滿心裡皆是溫暖的歡喜。

元壽回家後復又回宮，先給她請了安，呈上些香薷丸，說道：「給太太避暑。」滿語中叫祖母為「太太」，孩子一直這樣稱呼她，她笑著將他攬進懷裡去，問：「是你額娘叫你呈進的麼？」元壽一雙黑亮明淨的眼睛望著她，說：「不是，是阿瑪。」他說的阿瑪，自然是皇四子胤禛，她不由微微一怔，元壽道：「阿瑪問了元壽在宮裡的情形，很是感念太太。」她突然想起許多年前，在暢春園的漫天紅楓下，長身玉立的皇四子幽暗深邃的雙眼，伸手撫過元壽烏亮順滑的髮辮，輕輕歎了口氣。

該來的終究來了，康熙六十一年十一月十三日，皇帝崩於暢春園。

妃嬪皆在宮中未隨扈，諸皇子奉了遺詔，是皇四子胤禛嗣位。她並不關心這一切，因為從乍聞噩耗的那一剎那已經知道，這一生已然涇渭分明。從今後她就是太妃，一個沒有兒子可依傍的、四十歲的太妃。

名義上雖是佟貴妃署理六宮，後宮中的事實質上大半卻是她在主持。大行皇帝靈前慟哭，哭得久了，傷心彷彿也麻木了。入宮二十餘年，她享盡了他待她的種種好，可是還是有今天，離了他的今天。她不知自己是在慟哭過去，還是在慟哭將來，或許，她何嘗還有將來？

每日除了哭靈，她還要打起精神來檢點大行皇帝的遺物，乾清宮總管顧問行紅腫著雙眼，捧著只紫檀羅鈿的匣子，說：「這是萬歲爺擱在枕畔的……」一語未了，凝噎難語。她見那匣子極精巧，封錮甚密，只怕是什麼要緊的事物，於是對顧問行道：「這個交給外頭……」話一出口便覺得不妥，想了想說道：「還是請皇帝來。」

顧問行怔了一下，才明白她是指嗣皇帝，雖不合規矩，可是知道事關重大，或許是極要緊的事物，自己也怕擔了干係，於是親自去請了御駕。

嗣皇帝一身的重孝，襯出蒼白無血色的臉龐，進殿後按皇帝見太妃的禮數請了個安。她也欠了欠身子，只見他抬起眼來，因守靈數日未眠，眼睛已經凹陷下去，眼底淨是血絲。元壽那雙亮晶晶的眸子，卻原來那般神似他。殿中光線晦暗，放眼望去四處的帳幔皆是白汪汪一片，像蒙了一層細灰，黯淡無光的一切，斜陽照著，更生頹意。她頓了一頓，說道：「這匣子是大行皇帝的遺物，因擱在御寢枕畔，想必是要緊的東西，所以特意請了皇上來面呈。」

皇帝哦了一聲，身後的總管太監蘇培盛便接了過去。皇帝只吩咐一聲：「打開。」他素來嚴峻，一言既出，蘇培盛不敢駁問，立時取銅釬撬開了那紫銅小鎖。那匣子裡頭黃綾墊底，卻並無文書上諭，只擱著一只平金繡荷包。她極是意外，皇帝亦是微微一愣，伸手將那荷包拿起。只見那荷包正面金線繡龍紋，底下綴明黃穗子，明明是御用之物。皇帝不假思索便將荷包打開來，裡頭卻是一方白玉佩，觸手生溫，上以金絲銘著字，乃是「情深不壽，強極則辱；謙謙君子，溫潤如玉」。那玉佩底下卻繞著一綹女子的秀髮，細密溫軟，如有異香。

她見事情尷尬，輕輕咳嗽了一聲，說道：「原來並不是要緊的文書。」皇帝道：「既是先帝隨身之物，想必其中另有深意，就請母妃代為收藏。」於是將荷包奉上，她伸手接過，才想起這舉止是極不合規矩的，默默望了皇帝一眼，誰知他正巧抬起眼來，目光在她臉上一繞，她心裡不由打了個突。

到了第二日大殮，就在大行皇帝靈前生出事端來。嗣皇帝是德妃所出，德妃雖猶未上太后徵號，但名位已定，每日哭靈，皆應是她率諸嬪妃。誰知這日德妃方進了停靈的大殿，宜妃卻斜刺裡命人抬了自己的軟榻，搶在了德妃前頭，眾嬪妃自是一陣輕微的騷亂。

她跪在人叢中，心裡仍是那種麻木的疑惑，宜妃這樣地藐視新帝，所為何苦。宮中雖對遺詔之說頗有微詞，但是誰也不敢公然質問，宜妃這樣不給新太后臉面，便如摑了嗣皇帝一記清脆響亮的耳光。

黃昏時分她去瞧宜妃。宜妃抱恙至今，仍沉痾不起，見著她只是淒然一笑：「好妹妹，我若是能跟大行皇帝去了，也算是我的福分。」她的心裡也生出一線涼意，先帝駕崩，她們這些太妃此後便要搬去西三所，尤其，她沒有兒女，此後漫漫長日，將何以度日。口中卻安慰宜妃道：「姐姐就為著九阿哥，也要保重。」提到心愛的小兒子，宜妃不由喘了口氣，說道：「我正是擔心老九。」過了片刻，忽然垂淚：「琳琅到底是有福，可以死在皇上前頭。」

她起初並不覺得，可是如雷霆隱隱，後頭挾著萬鈞風雨之聲，這個名字在記憶中模糊而清晰，彷彿至關要緊，可是偏偏想不起來在哪裡聽過，於是脫口問：「琳琅是誰？」宜妃緩了一口氣，說：「是八阿哥的額娘。她沒了也有十一年了，也好，勝如今日眼睜睜瞧著人爲刀俎，我爲魚肉。」

那樣驚心動魄，並不爲「人爲刀俎，我爲魚肉」這一句，而是忽然憶起康熙五十年那個同樣寒冷的冬月，漫天下著大雪，侍候皇帝起居的梁九功遣人來報，皇帝聖體違和。她冒雪前去請安探視，在暖閣外隱約聽見梁九功與御醫的對話，零零碎碎的一句半句，拼湊起來：

「萬歲爺像是著了夢魘，後來好容易睡安靜了，儲秀宮報喪的信兒就到了……當時萬歲爺一口鮮血就吐出來……吐得那衣襟上全是……您瞧，這會子都成紫色了……」

御醫的聲音更低微：「是傷心急痛過甚，所以血不歸心……」

皇帝並沒有見她，因爲太監通傳說八阿哥來了，她只得先行迴避。後來聽人說八爺在御前痛哭了數個時辰，聲嘶力竭，連嗓子都哭啞了。皇帝見兒子如此，不由也傷了心，連晚膳都沒有用，一連數日都減了飲食，終於饒過了在廢黜太子時大遭貶斥的皇八子。可是太子復立不久，旋即又被廢黜，此後皇帝便一直斷斷續續聖體不豫，身子時好時壞，大不如從前了。

她分明記起來，在某個沉寂的深夜，午夜夢迴，皇帝曾經喚過一聲「琳琅」。這個名字裡所繫的竟是如海深情，前塵往事轟然倒塌。那個眉目平和的女子，突然在記憶裡空前清晰，輪廓分明，熟悉到避無可避的驚痛。原來是她，原來是她。自己二十餘載的盛寵，卻原來是她。

便如最好笑的一個笑話，自己所執信的一切，竟然沒有半分半毫是屬於自己的。她想起素絹上皇帝一筆一筆勾勒出的輪廓，眉目依稀靈動。他下筆暢若行雲流水，便如早已在心裡描繪那臉龐一千遍一萬遍，所以一揮而就，並無半分遲疑。他瞞得這樣好，瞞過了自己，瞞過了所有的人，只怕連他自己，都恍惚是瞞過了。可是騙不了心，騙不了心底最深處的記憶，那裡烙著最分明的印記，只要一提起筆來，就會不知不覺勾勒出的印記。

這半生，竟然只是一個天大的笑話。她被那個九五之尊的帝王寵愛了半生，這寵愛卻竟沒有半分是給她的。她還有什麼，她竟是一無所有，在這寂寂深宮。

這日在大行皇帝梓宮前的慟哭，不是起先摧人心肝的號啕，亦不是其後痛不欲生的飲泣，而是無聲無息地落淚，彷彿要將一生的眼淚，都在這一刻流盡。她不知道自己在靈前跪了多久，只覺得雙眼腫痛得難以睜開，手足軟麻無力，可是心裡更是無望的麻木。大殮過後，來乾清宮哭靈的妃嬪漸漸少了，原來再深的傷心，都可以緩緩冷卻。斜陽照進寂闊的深殿，將她孤零零的身影，拉成老長。

寂寞空庭春欲晚

匪我思存作品 01

作　　者　匪我思存
總 編 輯　莊宜勳
主　　編　鍾靈
出 版 者　春天出版國際文化有限公司
地　　址　台北市信義路四段458號3樓
電　　話　02-7718-0898
傳　　眞　02-7718-2388
E－mail　frank.spring@msa.hinet.net
網　　址　http://www.bookspring.com.tw
部 落 格　http://blog.pixnet.net/bookspring
郵政帳號　19705538
戶　　名　春天出版國際文化有限公司
法律顧問　蕭顯忠律師事務所
出版日期　二〇一六年一月初版
定　　價　260元

總 經 銷　楨德圖書事業有限公司
地　　址　新北市新店區寶興路45巷6弄6號5樓
電　　話　02-8919-3186
傳　　眞　02-8914-5524
香港總代理　一代匯集
地　　址　九龍旺角塘尾道64號 龍駒企業大廈10 B&D室
電　　話　852-2783-8102
傳　　眞　852-2396-0050

ISBN 978-986-5607-10-4　Printed in Taiwan

國家圖書館出版品預行編目(CIP)資料

寂寞空庭春欲晚/ 匪我思存著. -- 初版. -- 臺北市：春天出版國際, 2016.01
面；公分. -- (匪我思存作品；1)
ISBN 978-986-5607-10-4(平裝)
857.7　104027728

本書中文繁體版由四川一覽文化傳播廣告有限公司代理，
經北京記憶坊文化資訊諮詢有限公司授權出版

匪我思存作品

FEIWOSICUN

WORKS

CHRONICLE

OF LIFE 01

匪我思存作品

FEIWOSICUN

WORKS

CHRONICLE

OF LIFE 01